KARIN MÜLLER

DAS RÄTSEL DES PFERDEAMULETTS

GODIVAS GESCHENK

Schneiderbuch

Bisher bei Schneiderbuch erschienen:

Das Rätsel des Pferdeamuletts (Band 1)
Das Rätsel des Pferdeamuletts – Godivas Geschenk (Band 2)
Nordlicht – Im Land der wilden Pferde (Band 1)
Nordlicht – Im Bann der wilden Pferde (Band 2)
Nordlicht – Die Magie der wilden Pferde (Band 3)

1. Auflage 2020
Originalausgabe

Dieses Werk wurde vermittelt durch Agentur Brauer
(Agentin: Ulrike Schuldes).

Umschlaggestaltung: Designomicon | Anke Koopmann, München
Umschlagmotiv: © Anke Koopmann unter Verwendung von Motiven von shutterstock
Satz: Datagrafix GSP GmbH, Berlin, www.datagrafix.com
Emoji von OpenMoji, Strichstärke angepasst: https://openmoji.org
Printed in Germany
ISBN 978-3-505-14323-6
www.schneiderbuch.de

MIX
Papier
FSC FSC® C014496

Inhalt

Prolog

Das Mädchen rannte durchs Unterholz. Äste und Wurzeln verbarrikadierten den schmalen Pfad. Dürre Zweige griffen wie Hände nach ihr. Manche brachen, andere waren hartnäckig. Sie zogen an ihren Haaren, als ob sie sie verhöhnten, oder hinterließen Kratzer und Striemen auf ihrer Haut. Heiseres Bellen dröhnte in Gydes Ohren. Sie hörte Stimmen. Die Männer aus dem Dorf kamen näher. Sie waren nicht mehr weit. Da waren Fackeln. Wie Irrlichter geisterten sie durch den aufsteigenden Nebel. Wenn sie die Hunde losließen, war ihr Schicksal besiegelt. Sie musste weiter, schnell, sie irgendwie abhängen.

Gyde taumelte eine Böschung hinab. Sie verlor das Gleichgewicht und fiel. Ihr Leinenhemd blieb an Dornensträuchern hängen und riss. Sie überschlug sich und prallte schmerzhaft mit der Schulter an einen Stein. Aber da unten war Wasser. Ein Geschenk der Götter. Vielleicht war sie ja doch nicht verflucht, wie sie alle fürchteten.

Barfuß stolperte Gyde durch den Bach. Sie überquerte ihn nicht direkt. Wenn sie die Fährte unterbrechen wollte, musste sie ein Stück flussabwärts laufen, bevor sie das andere Ufer erklomm. Kalt, so kalt. Sie spürte ihre Beine und Füße nicht mehr. Sie strauchelte in einer Senke und tauchte bis zur Hüfte ein. Sie riss die Augen auf und unterdrückte einen Schrei. Aber noch nicht. Sie musste noch ein Stück weiter in diesem eiskalten Wasser. Es war zu früh. Und doch zu spät.

»Da ist sie!« Der Schrei gellte durch die Nacht und stach mitten in ihr Herz. Es war ihr Onkel. Gyde kannte alle diese Menschen, die jetzt hinter ihr her waren, um sie zu töten. Sie war in diesem Dorf aufgewachsen. Sie war doch eine von ihnen? Und doch hatte sie nie dazugehört. Das Findelkind. Sie hatten sie aufgezogen und ihre Talente zuerst belächelt, dann bewundert. Und jetzt fürchteten sie sie. Und was man fürchtete, trieb man weit ins Moor hinein ... Oder man brachte es gleich um.

»Lasst die Hunde frei!«

Gyde zitterte. Die Tiere würden ihr nichts tun. Kein Wesen mit Fell oder Federn war ihr Feind auf dieser Welt. Das waren nur die Menschen.

Es war viel schlimmer. Die Hunde würden zu ihr laufen, damit sie mit ihnen spielte, sie streichelte und ihnen Aufmerksamkeit schenkte. Dann würden die Männer leichtes Spiel haben. Sie hatten Speere und Lanzen.

Gyde hatte keine Angst vor dem Tod. Aber sie wusste, dass die Männer auch die Hunde töten würden. So wie sie es mit dem Pferd getan hatten, weil es sich ihnen in den Weg gestellt hatte, um sie zu schützen. Gyde brach in Tränen aus. Der Hengst hatte sich für sie geopfert. Sie sah immer noch seine großen braunen Augen vor sich. Warum nur? Sie war ein Nichts! Einfach nur in Frieden leben. Mehr hatte sie nie gewollt.

Gyde fiel in sich zusammen. Ihre Lunge brannte, sie spürte ihre Beine nicht mehr. Mit letzter Kraft zog sie sich die Böschung hinauf.

Am anderen Ufer platschten die Hunde ins Wasser. Sie hatten sie aufgestöbert. Gleich würden sie bei ihr sein und die Männer zu ihr führen. Sie war gerade vierzehn Jahre alt geworden. Sie wollte noch nicht sterben. Aber dann würde es eben so sein. Gyde gab auf.

»Nein!«, vernahm sie plötzlich eine ruhige Frauenstimme irgendwo in der Nähe.

Sie hörte ein Pferd schnauben, direkt über sich. Gyde riss den Kopf hoch. Das war niemand aus dem Dorf. Die Nebel lichteten sich. Sie schienen einer Schimmelstute und ihrer Reiterin auszuweichen, sie respektvoll einzurahmen.

In die Mähne des Pferdes waren Blumen geflochten. Die gleichen blutroten Rosenblüten zierten die langen blonden Haare der schlanken Frau, die in einem fließenden hellblauen Kleid barfuß auf dem blanken schneeweißen Pferderücken saß. Die Reiterin streckte Gyde einen weißen Arm hin.

»Steig auf!«, befahl sie, und ihr sanfter Ton duldete keinen Widerspruch. Erstaunlich kraftvoll zog sie Gyde vor sich aufs Pferd. Das Tier wieherte und stampfte kurz mit dem Huf auf, als die ersten Hunde die Böschung erreichten. Winselnd blieben sie auf Abstand, setzten sich und warteten mit hängenden Zungen.

Dann kamen die Männer.

Mit wurfbereiten Waffen traten sie aus dem Nebel. Ihre Mienen waren hasserfüllt und kämpferisch, ihre Augen funkelten mordlüstern. Doch als sie die Schimmelstute und ihre Reiterin sahen, änderte sich alles. Die Männer wichen zurück. Der Erste beugte die Knie. Die anderen taten es ihm nach. Einer von ihnen war Gydes Onkel. Sie sah, wie seine Kiefermuskeln arbeiteten, als wolle er den Knochen durchbeißen. Als Einziger blieb er aufrecht stehen, aber er senkte den Kopf so wie alle anderen. Unsicher standen sie da, wagten nicht, die Dame auf dem Pferd anzusehen, verharrten in der Bewegung.

Sie wirkten fassungslos, eingeschüchtert, wussten nicht, was sie tun sollten. Einer nach dem anderen ließen sie die Waffen fallen oder schleuderten sie von sich. Noch nie hatte das Mädchen die Dorfbewohner so erlebt.

Die Hunde dagegen wedelten mit den Ruten und winselten aufgeregt. Gyde wagte kaum zu atmen. Unwillkürlich rückte sie etwas von der Dame hinter sich weg. Denn eine Dame musste sie sein. Doch die Fremde legte ihr beruhigend die Hand auf den Unterarm. Wo ihr langes blondes Haar das Mädchen streifte und die verletzte Haut berührte, schlossen sich die Wunden, und die Kratzer verblassten. Nur ein angenehmes Kribbeln blieb zurück. Und pulsierende Wärme. Gyde zitterte. Am liebsten wäre sie abgestiegen und fortgerannt. Aber sie kam nicht vom Fleck. Sie vergrub ihre Finger in das samtige Fell der Stute.

Die lebendige Wärme des Tieres beruhigte sie etwas. Doch Gydes Atem ging weiter stoßweise, und das Herz hämmerte unregelmäßig in ihrer Brust.

»Gib sie uns heraus!«, wagte ihr Onkel endlich zu sprechen. Trotzig reckte er sein Kinn.

»Nicht, das ist Epona«, raunte einer in der Menge. »Lass gut sein. Gehen wir.«

»Epona«, nahmen andere den Namen auf und reichten ihn ehrfürchtig weiter.

Gydes Onkel schlug die Arme fort, die an dem grob gewebten Ärmel seines Leinenhemdes zupften und ihn fortziehen wollten. Breitbeinig blieb er stehen.

Epona sprach leise, mit verhaltenem Zorn. »So geht ihr mit meinen Geschenken um? Sie ist mein. Ich bin sie, und sie ist ich seit dem Anbeginn der Zeit und über alle Zeiten hinaus.«

Epona wies mit ihrer Hand in die Richtung, aus der Gydes Verfolger gekommen waren. »Geht«, befahl sie.

Die Männer wichen langsam zurück, tasteten sich rückwärts über den unebenen Grund, ehrfürchtig die Köpfe gesenkt.

Aus dem Augenwinkel nahm Gyde eine plötzliche Bewegung wahr. Sie erstarrte. »Vorsicht!«, krächzte sie heiser.

»Ich sagte: Gib sie mir zurück.« Ihr Onkel war als Einziger stehen geblieben. Er hatte seinen Speer aufgehoben und machte sich bereit zum Wurf.

Eponas Hand schnellte in die Höhe. Die Waffe verbrannte in einer einzigen Stichflamme zu Ruß und Asche. In derselben Sekunde heulte Gydes

Onkel auf. Er ging in die Knie. Wimmernd hielt er seine verletzte Hand. Rauch stieg auf, und der Geruch von verbranntem Fleisch hing in der Luft.

Gyde wand sich. Sie verstand nicht, um was es hier ging. Ihr Onkel war verletzt. Die Göttin hatte ihm Einhalt geboten. Aber jetzt würde er noch wütender sein als je zuvor. Das alles war noch viel unheimlicher als ihre Flucht durch den nächtlichen Sumpf.

Die Schimmelstute machte bedächtig kehrt und trug Epona und Gyde in den Nebel, der sich wie ein Vorhang hinter ihnen schloss.

»Das ist nicht das Ende!«, schrie er ihnen hinterher. »Wir sehen uns wieder!«

Unbehelligt und ruhig traten das Pferd und seine Reiterinnen in die Morgendämmerung und verschmolzen damit und miteinander.

Gydes Onkel blieb schwer atmend auf dem Boden kauernd zurück. Ein Schatten löste sich aus den Bäumen und trat auf ihn zu. »Du hast versagt«, sagte der Dunkle mit schneidender Stimme.

Mit jedem Schritt, den er auf den Verletzten zuging, wurde diesem kälter. Schaudernd zog Gydes Onkel seinen zerlumpten Umhang dichter um sich. »Wer seid Ihr?«

»Niemand von Bedeutung«, behauptete der Dunkle. Sein Atem blies die Worte wie eisige Wolken in die Nacht. »Aber wir haben das gleiche Ziel.«

Er zog einen Lederbeutel hervor und warf ihn vor dem zitternden Mann auf den Boden.

»Vergiss nie, wem du dienst! Du und die Deinen. So viele Leben, wie nötig sind.«

Gydes Onkel wagte nicht, den Blick zu heben. Er nickte furchtsam. »So sei es, Herr.« Ergeben wartete er darauf, was als Nächstes geschehen würde. Der Dunkle machte ihm Angst, der Schmerz in seiner Hand war unerträglich, dieser Tag war verflucht. Er kniff die Augen zusammen. Als er endlich aufblickte, war er allein. Zögernd griff er nach dem Beutel. Ein paar Münzen kullerten in den Staub. Er hob die nächstliegende auf und betrachtete sie im Licht des aufgehenden Mondes. Das Metall blinkte, die Prägung war frisch und gestochen klar. Sie zeigte eine Reiterin auf einem geschmückten Pferd, begleitet von einer jungen Frau. Seine Hand zitterte, als er sie um die Münze schloss. Dann heulte er auf wie ein tödlich verwundetes Tier.

1. Willkommen im Paradies

3000 Jahre später

Zum Frühstück gab es dampfende Pfannkuchen mit Ahornsirup, einen Berg Rührei mit frischen Kräutern, dazu getoastetes Brot und Tomaten. Ich aß, als hätte ich seit drei Tagen nichts bekommen, und trank dazu gierig mein Lieblingsgetränk: heiße Schokolade mit einer Zimtsahnehaube. Die geblümte Jumbotasse hätte ich mir wie bei Astrid Lindgrens Geschichte »Michel in der Suppenschüssel« über den Kopf stülpen können, so groß war sie, und so lecker der Kakao – beinahe noch besser als bei Nana, meiner Großmutter.

Es war ein ziemlich seltsames Gefühl, in dieser fremden Küche zu sitzen, mir den Magen vollzuschlagen und dabei angestarrt zu werden wie ein dreiköpfiges Fohlen, von dem man noch nicht weiß, ob man es behalten soll oder ob man sich damit nur Ärger einhandelt.

Zu meinen Füßen unterm Tisch hatte sich ein kalbsgroßer Hund zusammengerollt. Ich hatte keine Ahnung, was für eine Rasse das sein mochte, aber seine Stimme war genauso beeindruckend wie seine Körpergröße. Waldo hatte mich laut bellend begrüßt und sich dann direkt vor mir auf den Rücken geworfen, damit ich ihm den grau-braun-weißen Bauch kraulen sollte, was ich natürlich sofort ausgiebig tat.

An der Wand hing eine Uhr, die fast genauso aussah wie die alte Küchenuhr bei uns zu Hause. Zu Hause. Ich schluckte trocken bei dem Gedanken, dass ich so schnell nicht zu Nana zurückkehren konnte. Und wollte. Wie es jetzt nach meiner überstürzten Flucht weitergehen sollte, wusste ich allerdings auch nicht. Ich war die ganze Nacht durchgeritten, natürlich mit ausgiebigen Pausen, in denen Arion trinken und grasen durfte, aber immer in der Angst, doch noch entdeckt und aufgehalten zu werden. Rückblickend war mir beinahe so, als hätte Oleg das Pferd und mich mit den immer länger werdenden Ritten auf diese unglaubliche Distanz vorbereiten wollen. Was man sich so alles einbilden konnte …

Streng genommen hatte ich den Grauen geklaut. Es war noch nicht mal sechs Uhr morgens. Ich wollte lieber nicht wissen, was meine Großmutter und Anyta Kuret sich alles am Telefon um die Ohren hauen würden, sobald sie mitbekamen, was ich getan hatte. Sie würden sich gegenseitig Vorwürfe machen und die Schuld dafür geben, dass Arion und ich nicht mehr da waren, dessen war ich mir sicher. Wahrscheinlich hetzten sie sich gegenseitig die Polizei auf den Hals. Oder das Vormundschaftsgericht. Oder beides.

Cora und Aides tauschten Blicke. »Godje, dir fallen ja die Augen zu«, sagte die Frau, die mir so unglaublich ähnlich sah. Es war, als ob ich mich im Spiegel einer dieser Apps betrachtete, die einem sein zukünftiges, älteres Ich zeigen. Ihre Haare waren nicht ganz so straßenköterblond wie meine, sondern eine Nuance heller, aber ebenso widerspenstig. Sie hatten sich gleich an mehreren Stellen aus dem Zopfgummi herausgewuselt, mit dem sie im Nacken zusammengehalten werden sollten. Um Coras Augen rankten sich zahlreiche Fältchen. Aber die Farbe war die gleiche wie bei meinen: ein kräftiges Blau mit einem helleren, mehrfarbig schimmernden Kranz um die Pupille. Nicht, dass ich mir etwas darauf einbildete, aber meine Freundin Tessa hatte mal gesagt, sie würde niemanden sonst mit solchen Augen kennen. Nun, ich jetzt schon. Das war also tatsächlich meine Schwester? Warum hatte mir nie jemand von ihr erzählt? Ich hatte tausend Fragen an sie, aber ich wusste nicht, wo ich anfangen sollte. Fürs Erste schüttelte ich heftig den Kopf, obwohl ich tatsächlich auf der Stelle, mit dem Gesicht in meinem vierten Pfannkuchen, hätte einschlafen können. Ich musste nur fertig kauen und runterschlucken, dann musste ich erst einmal nach Arion sehen …

»Ich gehe nach draußen und kümmere mich um dein Pferd. Er hat sicher Durst, und er kann ja schlecht im Vorgarten bleiben«, sagte der Mann mit dem Räuberbart, der mir gegenübersaß und mich die ganze Zeit neugierig mit zusammengezogenen Augenbrauen beobachtete: Aides, mein Schwager, von dessen Existenz ich bis vor fünf Minuten ebenso wenig geahnt hatte wie davon, dass ich eine Schwester namens Cora hatte. Ich fragte mich, welche Familiengeheimnisse Nana und Anyta mir außerdem noch verschwiegen hatten. Seit ich vierzehn Jahre alt geworden war und dieses seltsame anonyme Päckchen mit dem Pferdeamulett bekommen hatte, stand mein Leben komplett auf dem Kopf. Der vorläufige Höhepunkt war, mit einem teuren Hengst auf einen Hof zu fliehen, dessen Flyer mir anonym zugespielt worden war, nur weil mir die Frau auf dem Prospekt ähnlich sah.

Ob es wirklich so schlau gewesen war, ausgerechnet hier hereinzuplatzen? Lieber Himmel, ich kannte die beiden doch gar nicht! Vielleicht hatte Nana ja einen Grund gehabt …? Aides nahm seine Jacke von der Stuhllehne und ging mit federnden Schritten zur Tür.

Waldo regte sich kurz. Ich hörte, wie seine Rute auf den Boden klopfte, aber dann rollte er sich mit einem zufriedenen Seufzen ein und schlief weiter.

»Warte, das ist keine so gute Idee«, widersprach ich mit vollem Mund und wollte aufspringen, aber Cora zog mich wieder hinunter auf die Küchenbank. »Lass ihn nur machen. Iss du erst einmal in Ruhe auf und –«

»Arion hat schlechte Erfahrungen mit Männern gemacht«, unterbrach ich sie.

Cora lächelte nur. »Dein Arion wäre der Erste, der Aides nicht innerhalb von zwei Minuten nachliefe wie ein Hündchen. Du kannst ihm vertrauen.«

»Das ist es nicht.« Ich schüttelte den Kopf, wischte mir den Mund ab und zog mich an der Tischkante hoch. Himmel, diese Holzbank war nicht die beste Medizin für meinen schmerzenden Po. »Ich komme mit. Hier ist doch alles fremd für ihn.«

In Wahrheit glaubte ich nicht, dass irgendjemand außer mir Arion in einen fremden Stall bringen konnte. Nicht nach dem, was er veranstaltet hatte, als die sogenannten Profis versuchten, ihn nach Gut Hardenberg zu verladen. So weit waren wir noch lange nicht. Selbst sediert war dieser Hengst in der Lage, alles kurz und klein zu schlagen.

»Natürlich, ganz, wie du magst.« Cora hob gleichmütig die Schultern und lehnte sich zurück. »Dann weißt du auch gleich, wo du ihn und alles andere später findest. Ihr beiden bleibt doch ein bisschen, oder?«

Ich wurde rot. In meinem Kopf ging alles durcheinander. Aber wo sollten wir sonst hin? »Wenn wir dürfen?«, sprach ich meine Gedanken aus.

Aides und Cora tauschten wieder Blicke, dann lächelte sie mich flüchtig an, nickte und verbarg das Gesicht gleich darauf hinter ihrer Teetasse. Ich hätte gern gewusst, was sie dachte. Immerhin stellte sie keine Fragen, das fand ich großartig.

Aides wartete. Er hielt mir die Tür auf, und ich huschte unter seinem Arm hindurch, so schnell ich konnte. Eine Achtzigjährige wäre vermutlich flinker gewesen. Meine Beine schmerzten von dem langen Ritt. Sitzen tat weh, aber Gehen war auch nicht viel besser. Ich ging wie auf Eiern die wenigen Stufen hinunter und hatte Mühe, mit ihm Schritt zu halten, als wir den Hof überquerten. Verstohlen musterte ich den Mann meiner Schwester. Er war schlank und sehnig und trug die typischen Stallalltagsklamotten der meisten Pferdeleute: knöchelhohe Boots, Jeans und ein Sweatshirt, an dem ein paar kleine Strohhälmchen hingen. Er hatte dunkle, kinnlange Haare und tiefe Falten im sonnengebräunten Gesicht. Sie verschwanden teils unter einem wilden Bart. Der ließ ihn älter aussehen, aber vermutlich war er im gleichen Alter wie Cora, die ich zwischen Mitte und Ende zwanzig schätzte.

Arion stand noch immer unter den Apfelbäumen in dem eingezäunten Vorgartenbereich, wo ich ihn vor einer halben Stunde zurückgelassen hatte. Erleichtert beschleunigte ich meine Schritte. Arion graste, doch als er uns kommen sah, hob er den Kopf und brummelte leise. Seine Begrüßung klang ein bisschen wie: Hast du etwa schon fertig gegessen? Ich noch lange nicht! Mein Herz ging auf, und ich musste breit grinsen. Mein großes silbernes Wunderpferd!

»Du darfst gleich weiterfrühstücken, Großer«, erwiderte Aides ebenso sanft, wie er mich die ganze Zeit vorher skeptisch begutachtet hatte und so, als ob er den Hengst genau verstanden hätte. Er überholte mich, und ich sah fassungslos zu, während Arion den Kopf an seiner ausgestreckten Hand rieb, noch bevor ich ganz bei ihm war.

Aides bemerkte meinen Blick. »Was?«, fragte er gut gelaunt und tätschelte dem Hengst den Hals – als ob es das Selbstverständlichste auf der Welt sei. Dabei war Arion als gefährlich verschrien, nicht einmal Anyta und Oleg waren mit ihm zurechtgekommen – bis ich in ihr Hippobalance Pferdetherapiezentrum gestolpert war. Gemeinsam mit dem alten Stallmeister und meinem Schulfreund Fynn war mir das Unmögliche gelungen: Arion hatte endlich Vertrauen gefasst. Zu mir allein! So viel Vertrauen, dass Anyta ihn nun hinter meinem Rücken verkaufen wollte, um ihn ausbilden zu lassen und als Deckhengst einzusetzen. Aber das hätte alles wieder kaputt gemacht, was wir uns erarbeitet hatten, davon waren Oleg, Fynn und ich überzeugt. Denn genau das war schon einmal mit ihm geschehen, vor langer Zeit hatte Arion Schlimmes erlebt.

Anyta hatte uns verraten. Also waren wir geflohen – und Fynn und Oleg hatten mir heimlich dabei geholfen.

Fynn. Flüchtig dachte ich an unseren Kuss beim Abschied. Meine Lippen kribbelten bei der Erinnerung und lenkten mich von dem leisen Stich in meinem Herzen ab. Arion ließ es sich gefallen, dass Aides ihn unterm Kinn streichelte, und schob genüsslich die mit grünem Sabber beschmierte Lippe vor.

In meinem Bauch grummelte es. War ich etwa eifersüchtig? »Das hat er noch nie gemacht«, brabbelte ich und tat, als würde ich seinen Rücken auf Druckstellen überprüfen. »Also … er lässt sich nicht anfassen von … Fremden.« Missmutig zupfte ich ein paar Grashalme von seinem Widerrist.

Aides lachte frei heraus und zwinkerte mir zu. »Das höre ich öfter. Aber du sicher auch, oder?«

»Was? Woher …?« Ich wurde schon wieder rot. Bis vor einem Dreivierteljahr hätte ich jeden für des nackten Wahnsinns fette Beute erklärt, der mich auch nur auf zehn Meter an ein Pferd hätte heranbringen wollen. Ich hatte panische Angst vor diesen majestätischen Riesen gehabt, denn Pferde hatten immer schon erschreckend sonderbar auf mich reagiert. Und Nana hatte mich darin bestärkt, dass diese Tiere keineswegs harmlos, sondern potenzielle Godje-Fresser waren. Tja, dann wurde ich vierzehn, und nichts war mehr wie zuvor.

Unwillkürlich suchte ich mit den Fingerspitzen nach dem Amulett unter meinem Shirt. Kühl und reglos lag es auf meiner Haut, als ob es schliefe. Und jetzt?

Jetzt musste ich einen sicheren, pferdefreundlichen Ort für meinen Rappschimmel finden, und dann musste ich ganz dringend schlafen.

Ich bückte mich nach der Trense und dem Reitkissen, die ich Arion bei unserer Ankunft abgestreift hatte, damit er ohne störendes Gebiss fressen und sich wälzen konnte.

Arion folgte meinem Schwager ohne Halfter und Strick. Als Aides sich in Bewegung setzte, zuckelte der Hengst entspannt hinter ihm her, den riesigen hellgrauen Kopf eine Handbreit unter seinen Ellbogen gesenkt. Ich kam mir klein und doof vor, als ich den beiden nachstiefelte, aber was blieb mir anderes übrig?

Und wieder reagierte Aides sensibel. Er blieb stehen und wartete, bis ich die zwei eingeholt hatte. Dann wies er auf ein Stallgebäude, vor dem sich großzügige Sandausläufe befanden. »Hier drüben sind unsere Gastboxen, aber ich glaube, die Hausweide wird ihm besser gefallen. Da kann er sich eingewöhnen und sich frei bewegen. Was meinst du? Er macht mir nicht den Eindruck, als ob er gern auf engem Raum eingesperrt wird.«

Ich nickte staunend und sah von einem zum anderen. Arion verhielt sich, als ob er Aides sein Leben lang kannte und ich nichts weiter wäre als eine nette Begleitung. Dabei war ich es gewesen, die in einer buchstäblichen Nacht-und-Nebel-Aktion alles riskiert hatte, um seine Haut zu retten! Ich!

Mein Schwager nahm mir das Zaumzeug ab und legte es über einen Querholm des Koppelzauns. »Das bringen wir später in die Sattelkammer.«

Wir gingen ein paar Schritte weiter, den Hengst in unserer Mitte, dann hatten wir das Tor erreicht. Arion sog tief die Luft ein und wieherte so laut, dass mir die Ohren dröhnten. Reflexartig griff ich nach dem Strick, der noch immer lose über seinem Hals hing, und packte ihn mit beiden Händen. Weit in der Ferne antwortete ihm ein anderes Pferd, aber ich konnte keins sehen. Über uns zog ein Greifvogel seine Kreise. Den Schwalben, die im Tiefflug über ein abgeerntetes Getreidefeld schossen, war das egal. Neben und hinter dem Acker waren nur Wald und leicht hügelige Wiesen, auf denen vereinzelt Bäume standen. In einer Senke sah ich Wasser glitzern.

Arion tänzelte unruhig auf der Stelle, während Aides den Riegel zurückschob. Jetzt hatte er es eilig.

»Bereit?«, fragte Aides und lächelte. Ich nickte und fragte mich im selben Moment, ob er überhaupt mich gemeint hatte oder mit dem Pferd sprach. Zumindest sah er erst jetzt von Arion zu mir, als ich den Panikhaken vom Strick löste, und das verstärkte meine Annahme.

»Du kannst ihm ruhig auch das Halfter abnehmen«, sagte er. »Die Weide ist sicher. Unsere Stuten und die Wallache sind auf der Sommerweide, die dort hinten direkt ins Moor übergeht.« Er zeigte auf den Horizont. »Der Zaun dazwischen ist doppelt und steht unter Strom. Sie können sich sehen, und wir überlegen inzwischen in Ruhe, mit wem wir Arion vergesellschaften können. Wenn er unbedingt wegwollte, müsste er schon durch den See schwimmen, aber warum sollte er das tun?« Er breitete die Arme aus. »Das hier ist das Pferdeparadies. Außer uns gibt es weit und breit keine Menschen. Heutzutage bekommt niemand mehr eine Baugenehmigung hier im Naturschutzgebiet, wir haben Bestandsschutz mit strengen Auflagen. Willkommen in Persephones Heaven.«

»Persephone?«, wiederholte ich fragend.

Aides nickte ernst. »Die griechische Göttin der Fruchtbarkeit, Demeters Tochter. Wir fanden den Namen passend, weil Persephones Beiname Kora ist, und nachdem eure Mutter Chloe hieß, wie Demeter auch genannt wurde … einen Arion gibt's übrigens auch in der griechischen Mythologie, der soll ebenfalls Demeters Sohn gewesen sein, ein sprechendes Wunderpferd.« Er zwinkerte mir zu.

Mein Amulett stellte die keltische Pferdegöttin Epona dar. Demeter und sie waren miteinander verbunden, das wusste ich, aber ich begriff trotzdem gar nichts. Wie hing das alles zusammen? Ich starrte Aides an, aber Arion ließ mir keine Zeit zum Nachdenken. Als er seinen Namen hörte, scharrte er ungeduldig mit den Vorderhufen.

»Kann's losgehen?«

Ich beeilte mich, das Halfter abzustreifen, und trat einen Schritt zurück. Gleich nachdem Aides ihm endlich den Weg freigab, eroberte mein mythologisches Wunderpferd ganz irdisch und hengstmäßig die Koppel. Zuerst machte er nur ein paar federnde Trabsprünge, dann blieb er stehen, steckte prüfend die Nüstern in den Sand, prustete, schüttelte den Kopf und richtete sich wieder auf. Einmal noch sah er zu uns, galoppierte aus dem Stand an, um bockend und auskeilend bis ans andere Ende der Weide zu preschen. Ich sah den Dreck unter seinen Hufen davonspritzen und war wieder einmal gebannt von dieser unbändigen Kraft – und das nach einem zwölfstündigen Ritt. Eine Weile standen wir schweigend da und sahen zu, wie seine Gestalt immer kleiner wurde. Und ich hatte immer gedacht, Anytas Weiden wären riesig.

»Wow, er hat sich wirklich prächtig entwickelt!«, raunte Aides und strich sich über den Bart. Aber bevor ich nachhaken konnte, was das nun wieder bedeuten sollte, hatte er sich bereits umgedreht, das Koppeltor verriegelt und eilte mir voraus, um das Zaumzeug einzusammeln. »Komm mit, ich zeige dir die Sattelkammer und die Stallungen. Und dann ab mit dir ins Bett. Du schläfst ja schon im Stehen ein, und Cora reißt mir den Kopf ab, wenn ich dich zu lange wach halte.«

Cora war gerade dabei, den Futternapf einer schwarzen Katze zu füllen, die sich genießerisch auf der Anrichte räkelte und so laut schnurrte, dass ich es bis zur Tür hörte. Eine Weile hatte ich noch allein draußen gestanden und Arion beobachtet, aber er verhielt sich sehr ruhig und graste nur. Die tausend Fragen in meinem Kopf drehten sich unbeantwortet im Kreis, und dann fielen mir wirklich ständig die Augen zu.

Ich zog mir die schmutzigen Reitschuhe aus und stellte sie neben die anderen, die in einer Reihe unter der Heizung geparkt waren. Der Dielenboden knarzte, als ich in Socken ein paar Schritte näher trat.

»Da bist du wieder«, stellte Cora fest und drehte sich erst dann zu mir um.

»Woher wusstest du eigentlich, dass ich komme?«, platzte es aus mir heraus. Die Katze sah mich aus zitronengelben Augen an. »Hat Nana hier angerufen? Sucht sie mich schon? Hast du ihr was gesagt? Warum habt ihr gar keine Fragen an mich? Ihr verhaltet euch ja so, als ob es völlig normal wäre, dass ich hier hereingeplatzt bin.«

Bedächtig stellte Cora die Dose mit dem Futter beiseite und schob sie der Katze hin. Sie lächelte traurig. »Nana … so hast du sie schon als ganz kleines Mädchen genannt. Das hatte ich beinahe vergessen … Ich vermisse sie … alle.« Ihre Augen verloren sich in der Ferne, kehrten aber gleich zurück, als sie meine Unruhe wahrnahm. Sie schüttelte den Kopf. »Nein, noch weiß niemand, dass du hier bist. Ich hatte den Eindruck, dass dir das lieber ist, und …« Sie zögerte einen Augenblick und sah der Katze beim Fressen zu. »Ehrlich gesagt, halte ich das im Moment auch für besser.« Sie zwang ein Lächeln in ihr Gesicht. »Du hast sicher jede Menge Fragen, und glaub mir, die habe ich auch. Aber zuerst musst du dir eine Mütze Schlaf holen. Selbst wenn man wach und ausgeschlafen ist, hat unsere Familie eine komplizierte und lange Geschichte. Komm, ich zeige dir das Gästezimmer. Es ist schon alles für dich hergerichtet. Oder hast du noch Hunger?«

»Nein, alles gut«, murmelte ich, unterdrückte ein Gähnen und nahm meinen Rucksack und die Jacke vom Stuhl. Das war komplett unbefriedigend. Aber als ich meinen Mund öffnete, um zu protestieren, rächte sich der Gähnreflex und kam doppelt so heftig heraus.

Cora lachte. Resigniert folgte ich meiner großen Schwester durch einen verwinkelten, schmalen Flur. Sie erklärte mir jeden Raum, während wir daran vorbeigingen. Alle Türen standen offen oder waren gar nicht erst vorhanden, so erhaschte ich flüchtige Einblicke in meine unbekannte neue Familie. Wir kamen an einer vollgestopften kleinen Abstellkammer, einem supersauberen Gäste-WC, einem chaotischen Arbeitszimmer und dem Wohnzimmer vorbei, das so aufgeräumt aussah, als hätte kaum jemand Zeit, dort zu sitzen. In einem großen Sessel erspähte ich Waldo, den Hund, der mich vorhin so freudig begrüßt hatte. Er hatte offenbar ein bequemeres Plätzchen gefunden als den Küchenboden. Jedenfalls schlief er tief und fest und bewegte im Traum die Pfoten.

»Waldo schläft gern länger«, grinste Cora. »Wahrscheinlich jagt er gerade die Mäuse im Feld. Das ist seine Lieblingsbeschäftigung.«

Wir gingen weiter. An den Wänden hingen überall Fotos von Pferden, teils waren auch Menschen darauf zu sehen. Aber nirgends entdeckte ich ein Gesicht, das ich kannte, keine Spur von Nana … oder mir. »Wieso gibt es hier nirgends Fotos von uns?«, fragte ich.

Aber sie tat, als hätte sie mich nicht gehört. »Hinter dieser Tür geht es in den Keller hinunter, da gibt es eine Waschküche und einen kleinen Vorratsraum«, erklärte Cora weiter. »Oben unterm Dach schlafen wir, und voilà – hier ist dein Reich! Das Bad ist gleich nebenan, ganz allein für dich.«

Sie ließ mir den Vortritt.

»Wow.« Beeindruckt ließ ich meinen Rucksack zu Boden gleiten. Die Möbel waren aus weiß und türkis lasiertem Holz, von dem man noch die Maserung sehen konnte. Auf dem Nachttischchen standen frische Blumen, Herbstastern und Dahlien, so wie sie auch bei uns im Vorgarten gerade noch blühten. Vom Fenster aus konnte ich direkt über die endlose Weide sehen. Es gab einen kleinen Schrank, einen Schreibtisch, einen Sessel und ein Bett mit zwei herrlich dicken Kissen und aufgeschlagener Decke. Es zog mich magisch an.

Meine Schwester lachte. »Wenn du noch was brauchst, sag einfach Bescheid. Du findest mich entweder irgendwo im Haus oder draußen, einfach den Geräuschen nachgehen. Es gibt hier aus dem gleichen Grund keine Fotos von euch, wie es bei Nana oder Anyta keine von uns gibt. Schlaf dich erst einmal ordentlich aus, und dann reden wir. Einverstanden?«

Ich nickte dankbar, auch wenn ich nur Bahnhof verstand, und ließ einem erneuten Gähnanfall freien Lauf. Mein letzter Blick fiel auf meinen Rucksack, in dem unter anderem auch meine Zahnbürste, mein Nachthemd und mein Handy steckten. Aber ich fühlte mich einfach zu müde für alles. So, wie ich war, robbte ich unter die Decke, und noch während ich darüber nachdachte, ob ich wirklich einschlafen könnte, am helllichten Tag und nach all dieser

Aufregung und mit all diesen bohrenden Fragen im Kopf, dämmerte ich bereits weg. Das Letzte, was ich fühlte, war das sanfte Pulsieren des Amuletts auf meiner Brust, und in meinem Körper hallte das Gefühl nach, von einem Pferd getragen zu werden.

Epona trug Gyde ins Land hinter den Nebeln. Der mit Rosenblüten geschmückte Schimmel stapfte trittsicher durch den morastigen Boden. Jeder seiner Schritte hinterließ ein quatschendes Geräusch, wenn er die eingesunkenen Hufe aus dem Moor hob.

Gydes Herz schlug bis zum Hals. Sie saß zum ersten Mal auf einem so mächtigen und wunderschönen Tier. Der Schimmel war groß, und sie spürte deutlich, wie sich seine Rückenmuskeln unter ihren Beinen bewegten.

»Du bist hier sicher«, sagte Epona ruhig. »Aber er wird versuchen, dich zu finden, dich herauszulocken und deine Macht an sich zu binden. Denn solange du hier bist, sind die Pferde drüben in den Welten ungeschützt. Darum musst du von Zeit zu Zeit von hier fortgehen, durch andere Zeiten, um für sie zu sorgen. Willst du das für mich tun?« Die Pferdegöttin sah das Mädchen liebevoll an.

Gyde nickte verwirrt. Sie fürchtete sich sehr. »Welche Macht denn?«, flüsterte sie und suchte mit den Händen das warme Fell des Pferdes. »Ich habe keine Macht. Ich bin nur eine Waise, ein Findelkind, das niemand haben will. Wer wird mich suchen? Mein Onkel?«

»Du wirst wachsen, Gyde. Und du wirst viele Namen tragen, genau wie ich. Auch dies dient unserem Schutz. Jede Sonne hat als Gegenpol eine dunkle Energie. Je heller du scheinst, desto mehr Schatten wirst du werfen, desto mehr Wesen der Nacht wirst du anziehen. Aber sie werden dein Licht

nur noch heller strahlen lassen, zum Wohl der uns Anvertrauten. Deine Macht ist deine Herkunft.«

»Aber ich weiß nichts über meine Herkunft«, murmelte Gyde. »Und sie kann bestimmt nicht besonders sein, Herrin. Ich komme aus einem kleinen Dorf. Ich weiß von keinen weiteren Verwandten. Da ist nur mein Onkel …« Sie schauderte. Was, wenn die Göttin sie verwechselte? Wenn sie zurückmusste? Zu ihm! Er würde sie töten, denn dies hier war ganz bestimmt eine Verwechslung! Ganz sicher würde sie sterben, noch heute Nacht. Wieso sollte eine Göttin ausgerechnet sie erwählen? Sie musste fliehen!

Der Schimmel brummelte leise. Gyde sah sich panisch um und klammerte sich in seiner Mähne fest. Lauerte er irgendwo? Hatte er sie bereits gefunden?

»Er hat nicht länger Gewalt über dich«, erwiderte Epona sanft. »Dieses Land steht ihm nicht offen. Fürchte dich nicht.« Sie lächelte liebevoll und lenkte das weiße Pferd auf eine Anhöhe. »Du bist meine Tochter, und dies ist dein Zuhause. Vergiss das nie.«

Im Tal auf der anderen Seite gab der Nebel den Blick auf eine riesige Pferdeherde frei, die friedlich graste. Fohlen spielten miteinander, Gelächter drang zu ihnen herauf, und Gyde sah, dass die Pferde von Mädchen und Jungen umsorgt wurden, die fröhlich zwischen den Tieren umherliefen. Eine nie gekannte Sehnsucht erfasste sie.

Der Schimmel wieherte. Sein Begrüßungsruf hallte in jeder Faser ihres Körpers und ihrer Seele nach. Auch im Tal wurde er vielfach erwidert.

»Du bist nicht allein. Ich habe viele Kinder. Ich bin du, und ihr seid ich seit dem Anbeginn der Zeit und über alle Zeiten hinaus. Jetzt komm und lerne deine Geschwister kennen und die, die sie hüten.«

Ich wachte nass geschwitzt auf und musste mich einen Moment lang sortieren. Ich war geritten, ohne Sattel, auf einem weißen Pferd. Nein, das konnte nicht sein, Arion war grau. Ich rieb mir über die Augen. Was war das für eine sanfte Stimme gewesen? Und die Wärme eines zweiten Körpers hinter mir …? Epona und Gyde. Ich kannte diese Träume. Ich hatte miterlebt, wie die Pferdegöttin das Mädchen aus den Sümpfen rettete. Aber bisher hatte ich diese Visionen nur tagsüber gehabt, wenn ich ein Pferd unter seiner Stirn berührte. Dann fing mein Amulett an zu glühen und … meine Hand tastete automatisch zu der keltischen Münze um meinen Hals. Da war sie. Sie pulsierte nur noch schwach, aber es war unglaublich warm. Kein Wunder, dass ich so schwitzte. Ich strampelte die Decke weg.

Noch etwas war anders. Normalerweise waren die Bilder glasklar. Noch Wochen später hätte ich alles bis ins Detail wiedergeben können. Aber jetzt? Ich konnte mich nicht mehr an den Traum erinnern. Da waren Epona und Gyde gewesen, zusammen auf dem Schimmel mit den Rosen in der Mähne. Sie hatten in ein Tal geblickt, und ich hatte Gydes Angst gefühlt … oder Ehrfurcht … Ergriffenheit? Sehnsucht? Je mehr ich darüber nachdachte und versuchte, die Bilder zu retten, desto mehr zerflossen sie, verschwammen meinem Willen zum Trotz, lösten sich auf wie der Morgennebel um diese Jahreszeit. Nur das Gefühl, auf diesem mächtigen Schimmel zu sitzen, das blieb.

Arion. Ich schloss noch einmal verschlafen die Augen und versuchte, die Erinnerung seiner Muskeln in mir wachzuhalten, sein stahlgraues Fell, seine seidige Mähne zwischen meinen Fingern zu spüren. Unwillkürlich verzog sich mein Mund zu einem glücklichen Breitmaulfrosch-Grinsen.

Vielleicht hatte ich Glück und konnte einen Blick auf ihn erhaschen, drüben auf Anytas Weide, bevor ich ins Bad ging? Schultage, an denen er das Erste war, das ich beim Blick aus dem Fenster sah, noch bevor ich mit Nana in der Küche frühstückte, hatte ich zu meinen persönlichen Orakel-Glückstagen erklärt. Ich öffnete die Augen, drehte mich schläfrig zum Fenster und streckte mich.

Dann passierten zwei Dinge gleichzeitig: Ein großer graubrauner Hund schleckte mir mit nasser Zunge quer durchs Gesicht, und ich erkannte, dass dies hier nicht mein Kinderzimmer im ersten Stock bei Nana war. Schlagartig setzte meine Erinnerung wieder ein. Dieser Hund hieß Waldo. Er gehörte Cora, meiner Schwester, und ihrem Mann Aides. Ich war nicht zu Hause – ich war mit Arion hierhergetürmt, obwohl ich keine Ahnung hatte, wie die beiden es finden würden, wenn ich plötzlich vor ihrer Tür stand, oder wer mir den Prospekt zugespielt hatte, durch den ich überhaupt erst auf die verrückte Idee dazu gekommen war. Aber das würde ich jetzt herausfinden. Hoffte ich zumindest.

2. Geteiltes Leid

Etwa zur gleichen Zeit bei Nana

Es klingelte. »Ich gehe schon«, rief Margarete Philipp in die Küche, wo die Haushaltshilfe gerade mit beiden Händen in einem großen Topf voller Trauben rührte. Tilda wollte aus den letzten Früchten des Spätsommers Gelee kochen. Das Spalier an der Südseite des kleinen Hauses hatte vollgehangen, und Margarete war ihr immens dankbar, dass sie sich dessen angenommen hatte. Eigentlich hatte sie gehofft, die Trauben gemeinsam mit Godje ernten zu können, aber in letzter Zeit machte ihr schon die kleinste Anstrengung zu schaffen, und die Kleine war nur noch drüben auf Anytas Hof. Godje war längst überfällig zum Abendessen. Wahrscheinlich hatte sie wieder einmal alles über diese verflixten Pferde vergessen. Essen, Trinken, die Zeit, den Schlüssel …

Margarete riss die Tür auf. »Lass mich raten, du hast deine Uhr und den Haus…?«

Sie verstummte mitten im Satz. Dieses Gesicht hatte sie am allerwenigsten erwartet. Seit Jahren hatte sie es nicht mehr aus der Nähe gesehen. Seit mehr als zehn Jahren, um genau zu sein, seit der Beerdigung von Fergus und Chloe.

Mit einem angestrengten Geräusch atmete sie ein. Er war alt geworden. Nun, die Zeit eilte wohl an niemandem spurlos vorüber. »Was willst du hier?« Sie fuhr mit der Hand an ihr Herz. »Ist Godje etwas passiert? Ist sie gestürzt?« Aufgewühlt sah sie an dem Mann vorbei nach draußen, aber er war allein gekommen, da war keine Spur von ihrer Enkelin.

»Es geht ihr gut, Margarete. Bitte reg dich nicht auf. Aber ich muss dir etwas sagen. Darf ich hereinkommen?«

Die alte Frau zögerte. Widerwillig gab sie den Weg in den Flur frei und zeigte in Richtung Wohnzimmer. »Du kennst dich aus. Hier hat sich nichts verändert.« Ihr Kinn zitterte.

Oleg setzte sich langsam in Bewegung. Nickend grüßte er in Richtung der Frau, die in der Küche emsig kochte. Es duftete nach Marmelade. »Fleißig wie immer«, sagte er, um das Schweigen zu überbrücken.

Margarete sagte nichts. Sie holte mit zitternden Händen zwei Gläser aus dem Schrank, stellte sie auf den ovalen Tisch mit den antiken Stühlen, an dem sie eigentlich nur zu besonderen Anlässen saßen, und schenkte ihnen Wasser ein.

»Setz dich«, sagte sie schließlich, als er immer noch unschlüssig herumstand, und schob ihm das Glas hin. »Also? Was ist? Hat er sie gefunden, und du weißt nicht, wie du mir sagen sollst, dass ich all die Jahre recht hatte?«

Oleg atmete tief durch und nahm Platz. Dann griff er in seine Brusttasche und zog ein Foto heraus. Er legte es auf den Tisch und drehte es so, dass Margarete es sehen konnte. Neugierig beugte sie sich vor. Die Aufnahme war alt. Sie zeigte drei Mädchen. Die beiden Kleinen saßen auf einem Pferd, einer Schimmelstute. Die Jüngste, Godje, betrachtete konzentriert das Mähnenbüschel in ihren Babyhändchen. Die Mittlere hatte ihre Arme stützend um den Bauch des Kleinkindes gelegt, und die älteste Schwester, Cora, stand vor den beiden, am Hals der Schimmelstute, und strahlte in die Kamera.

Margarete fuhr sich mit der Hand an die Brust.

»Wie spät ist es?«, fragte ich Waldo. Der Rüde winselte freundlich und hechelte mich an. Sein Atem roch nach Gras und Pferdeäpfeln, aber das half mir nicht wirklich weiter. Ich kraulte ihn ein paar Minuten hinter den Ohren, und versuchte dabei vergeblich, ein wenig Ordnung in meine Gedanken zu bringen. Also stand ich auf, wühlte mein Handy, meine Zahnbürste und mein Deo aus dem Rucksack und ging hinüber in das kleine Bad. Auf dem Weg sah ich beiläufig aus dem Fenster. Und da stand er, weit hinten auf der riesigen, hügeligen Weide, aber unverkennbar: Arion. Seine Körperhaltung war entspannt und selbstbewusst, der König der Wiese.

Mein Herz machte einen Luftsprung. Der Rest von mir hielt sich lieber vornehm zurück. Noch immer taten mir alle Knochen weh, besonders die am Po. Wahrscheinlich würde sich dieser Schmerz zum schlimmsten Muskelkater meines Lebens entwickeln. Aber wenn ich meinem selbst erfundenen Orakel vertrauen konnte – und das tat ich immer –, dann würde das hier trotzdem ein guter Tag werden, ein sehr guter sogar … nur kein sehr langer. Denn mein Handydisplay behauptete, dass es schon gleich halb drei war.

Ich seufzte tief. Nur nicht an Nana denken und an die Sorgen, die sie sich sicher gerade um mich machte. Oleg hatte ja versprochen, ihr alles zu erklären, und mir eingetrichtert, dass ich sie nicht selbst anrufen sollte, sonst hätte ich Arion auch gleich direkt nach Gut Hardenberg reiten können. Ich hatte immer noch keine wirkliche Idee, wie ich ihm dieses Schicksal auf lange Sicht ersparen konnte, aber immerhin hatte ich durch meine Flucht für ihn – und für mich – einen Aufschub erwirkt. Diesen Vorsprung durfte ich nicht riskieren. Wie wohl Anyta reagiert hatte? Sie musste längst bemerkt haben, dass wir nicht auf Hardenberg angekommen waren …

Fynn und die anderen schrieben gerade Mathe, in der siebten Stunde, das war noch dazu eine echt fiese Uhrzeit für eine Arbeit. Schuldbewusst kaute ich auf meiner Unterlippe herum. Ich hatte noch nie wirklich die Schule geschwänzt und schon gar nicht, wenn eine Klausur angesetzt war.

Langsam und zögerlich machte sich ein Grinsen in meinem Spiegelbild breit. Ich begann, mir die Zähne zu putzen. Eigentlich fühlte sich das gerade trotz aller Sorgen supercool an. So eine verwegene Flucht hätte ich mir noch vor ein paar Wochen selbst niemals zugetraut! Wahnsinn!

Eine Viertelstunde später machte ich mich auf die Suche nach meiner neuen Verwandtschaft. Im Haus war alles still. Auf dem Küchentisch standen Gläser und eine Karaffe mit frischem Wasser, in dem Zitronenscheiben schwammen. Ich schenkte mir ein und leerte gleich zwei Gläser davon im Stehen. Dann schlüpfte ich in meine Schuhe, zog mir die wunderbar nach Arion duftende Jacke über und ging nach draußen.

Natürlich führte mich mein erster Weg zu ihm. Als ich Arion kennengelernt hatte, war er lackschwarz gewesen, dunkler als eine

Winternacht im Wald. Kaum zu glauben, dass das gerade mal ein Dreivierteljahr her war. Inzwischen hatte sich herausgestellt, dass der Hengst ein Spätentwickler war, ein Rappschimmel, der erst jetzt, im Alter von zehn Jahren, immer heller wurde. Ich brauchte ihn nicht lange suchen. Arion stand ganz hinten, im Schatten einer Baumgruppe in der Nähe der benachbarten Sommerweide, und hielt ganz offensichtlich Wache.

Ich hob einen der Äpfel auf, die vom Baum gefallen waren, und überquerte den Hof. Dann schlüpfte ich zwischen den Zaunlatten hindurch und lief über die Wiese in seine Richtung.

Als er mich pfeifen hörte, kam er zwischen zwei Bäumen hervor, mit einem Blick und einer Körperhaltung, die deutlich ausdrückten: Wer da? Dies ist mein Reich, und das da drüben sind meine Mädels (und Jungs), und ich passe auf sie auf.

Ich musste grinsen. Das war ja schnell gegangen. Gut, dass die Weiden nicht nur durch einen Elektrozaun, sondern auch durch einen fröhlich plätschernden Bach voneinander getrennt waren – wobei ich aus Erfahrung wusste, dass Arion sich nicht einmal im Winter von Wasser aufhalten ließ, wenn er ganz dringend irgendwohin musste, mich retten zum Beispiel.

Als er mich erkannte, senkte der Hengst den Kopf und trabte auf mich zu. Sein Fell schimmerte silbern, überall da, wo es die Sonnenstrahlen einfing. Direkt vor mir blieb Arion stehen und schnaubte.

Lachend wischte ich mir ein paar feuchte Tröpfchen vom Handrücken. »Na, Großer? Gefällt's dir hier? Lebst du dich gut ein?« Ich streichelte seinen Hals, bückte mich und strich ihm prüfend über die Vorderbeine, um zu spüren, ob nach dem langen Ritt etwas warm war oder geschwollen. Aber er fühlte sich genauso prächtig an, wie er aussah. Nur die Grashalme in seinem Maulwinkel wirkten ein bisschen unpassend.

»Denk mal über vernünftige Zahnseide nach«, alberte ich und zupfte sie ab.

Arion schien das allerdings ziemlich unnötig zu finden. Nachdem er kurz meine Streicheleinheiten genossen hatte, steckte er seinen Kopf wieder ins Gras und rupfte und malmte büschelweise, was ihm zwischen die Zähne kam. Ich grinste. »In der Fremde schmeckt's dir wohl besser als zu Hause, kann das sein?« Ich setzte mich zu ihm, genoss die Ruhe und ließ meine Gedanken schweifen. Zuhause. Wo war das eigentlich? Ich dachte an Fynn, an unseren Kuss, an Nana, an Olegs Verabschiedung und an Cora und Aides. Wer war ich? Wo gehörte ich hin? Wie sollte das alles weitergehen? Und wie würde Arions und meine Zukunft aussehen? Würde das hier eine neue Heimat für uns werden? Nein, das war ganz sicher Quatsch. Meine Fantasie ging mit mir durch. Ich musste mich der Wirklichkeit stellen – aber was war wirklich?

Ich angelte nach meinem Medaillon. Behutsam öffnete ich den Deckel und betrachtete die Fotos meiner Eltern, Chloe und Fergus. Ich hatte sie nie wirklich kennengelernt, sie waren bei einem Unfall gestorben, als ich noch ganz klein war. Ich hoffte so sehr, dass Cora mir mehr darüber erzählen konnte, über meine – unsere – Vergangenheit. Nachdenklich klappte ich die silberne Fassung wieder zu und ließ meine Finger über das Relief der darauf ruhenden keltischen Eponafigur gleiten.

Schließlich stand ich auf. Wenn ich Antworten wollte, musste ich Fragen stellen, aber nicht mir selbst, sondern jemand anderem.

Cora. Ich steckte das Amulett zurück unter meinen Pulli, klaubte den Apfel aus meiner Hosentasche und kullerte ihn Arion vor die Hufe. Krachend zermalmte er das Obst, noch bevor ich mich ganz aufgerappelt und mir das Gras von der Hose geklopft hatte.

Der Hof wirkte nur auf den ersten Blick wie ausgestorben. Waldo erhob sich von einem Nickerchen und bellte freudig. Jemand musste ihn während meiner Abwesenheit aus dem Haus gelassen haben, also konnten Cora oder Aides nicht weit sein. Das war schon mal gut.

Ein paar Hühner stoben laut gackernd auseinander, als der große Hund auf mich zurannte. Glücklich drückte er sich an mich und forderte eine ausgiebige Fellmassage ein, wodurch er mich fast aus dem Gleichgewicht brachte. Meine Schwester oder meinen Schwager sah ich allerdings nicht.

Dafür fiel mein Blick auf zwei Pferde in einem kleineren, mit Hackschnitzeln eingestreuten Paddock. Anscheinend hatten sie nicht mit auf die Sommerweide gedurft. Als ich näher kam, sah ich den Grund. Eine dunkelbraune Stute hatte ein geschwollenes Fesselgelenk, welches sie tunlichst entlastete, und ein geschecktes Endmaßpony war fast so breit wie hoch. Ich vermutete, dass es nur stundenweise mit den anderen grasen durfte, damit es nicht platzte. Vielleicht hatte es auch eine Stoffwechselkrankheit. In meinen Büchern hatte ich einiges darüber gelesen. Schon komisch, dass ausgerechnet Gras Pferde krank machen konnte. Dabei hatte ich immer geglaubt, das sei die natürlichste Nahrung und dass sie selbstverständlich von allen vertragen wurde. Anyta hatte mich irgendwann darüber aufgeklärt, dass die modernen Hochleistungsgrassorten einzig auf Kühe als Weidevieh zugeschnitten und viel zu reichhaltig für Pferde waren. Die waren von Mutter Natur dafür gebaut, stundenlang über magere Steppenlandschaften zu ziehen und sich ihre Kalorien mühsam zu erarbeiten.

»Armes Tucktuck«, lockte ich das dicke Pony, das sofort neugierig näher kam und seinen Kopf über den Zaun streckte. »Na, darfst du nicht zu den anderen? Wie heißt du denn?«

»Das ist Kasimir.«

Erschrocken drehte ich mich um.

Cora stand hinter mir. »Entschuldige«, lachte sie. »Aides schimpft mich auch regelmäßig, weil ich angeblich so herumschleiche. Hat er dir was gesagt?«

»Aides?«, fragte ich verdutzt.

»Nein, der kleine Räuber hier. Über seinen Kummer.« Sie kam näher und streichelte Kasimir den Hals.

Ich starrte meine große Schwester an.

»Also, hat dir denn niemand beigebracht, dass du deine Gabe bewusst einsetzen kannst?« Sie schüttelte traurig den Kopf. »Nein, wer auch? Ich schätze, Nana hat alles vermieden, was dir etwas darüber verraten würde. Und Anyta hat vermutlich auch die Zähne nicht auseinanderbekommen.«

Ich schnitt eine Grimasse. Das traf es ziemlich auf den Punkt.

»Hab' ich mir gedacht.« Cora zog sich einen Baumstumpf heran und ließ sich mit einem Stöhnen darauf fallen. »Na, dann zeig mal, was du kannst.«

»Ich soll …?«

Sie nickte. »Ja, klar. Frag ihn. Ich will sehen, was du kannst, damit ich dir beibringen kann, was noch fehlt.«

»Aber …« Woher wusste Cora so viel, wenn sie doch all die Jahre gar nicht da gewesen war? Über die Wirkkraft des Amuletts? Über Anyta? Über Nana? Und was wusste sie noch? Die Anzahl meiner ungeklärten Fragen stieg auf gefühlte tausendundfünf.

»Es ist in Ordnung, vertrau mir. Ich bin da«, sagte Cora. Wieder war ich mir nicht sicher, ob das Pferd gemeint war oder ich.

Kasimir brummelte leise und fixierte zuerst Cora, dann mich mit großen dunkelbraunen Augen, die sehr traurig wirkten. Aufmerksamkeit heischend bewegte er seinen Kopf auf und ab. Das Medaillon unter meinem Shirt begann zu pulsieren und Wärme abzugeben. Jetzt war nicht die Zeit, über mich und meine Probleme nachzudenken. Jetzt war der kleine Ponywallach dran.

Die Geräusche meiner Umwelt verblassten, nur noch Kasimir befand sich im Zentrum meiner Aufmerksamkeit. Langsam näherte ich meine Hand seiner Stirn. Sie wurde magnetisch davon angezogen, ich hätte mich nicht mehr dagegen wehren können, selbst wenn ich es gewollt hätte. Mein Mund wurde trocken. Ich schluckte, denn ich wusste, was gleich geschehen würde. Ich hatte es schon viele Mal erlebt, aber noch nie bewusst angesteuert oder ausgelöst. Sonst war es immer einfach … passiert.

Ich zögerte und atmete tief durch. Dann schob ich meine Finger unter die dichte, drahtige Ponymähne, dorthin, wo der kleine Haarwirbel war. Wie ein Strudel sog er mich ein, zog mich mit sich in eine andere Ebene. Ich sah Kasimir als Fohlen, wie er mit anderen Pferdekindern spielte und tobend über eine Wiese rannte. Ich hörte Kinderlachen, sah ihn Kunststücke machen, glückliche, erfüllte Zeiten, mein Herz ging auf. Ein Mädchen stand immer im Mittelpunkt seiner Aufmerksamkeit. Ich sah sie wachsen, größer werden, unzufriedener mit ihm, mit seinem Körper, der so klein blieb, wie er nun einmal war. Sie zerrte unnötig an seinen Zügeln, sie schlug ihn mit der Gerte, wenn er mit ihr über Hindernisse sprang, die für ihn viel zu hoch waren und die sie selbst mit den Füßen einriss.

Ich sah, wie sie die Lust an ihm verlor, wie er allein und vergessen in einem dunklen Stall vegetierte, während sie mit einem größeren Pony Turniererfolge erzielte. Immer öfter vergaß sie, ihn zu bürsten oder seinen Stall auszumisten. Er begann zu husten wegen der aufsteigenden Dämpfe, und seine Hufe faulten. Schließlich verkauften die Eltern des Mädchens ihn. Er landete bei einem anderen Kind, das überhaupt keine Ahnung von Pferden hatte. Er stand in einer Garage, allein, wurde mit schimmeligem Brot und Stroh gefüttert, wovon er sterbenskrank wurde. Er konnte kaum noch laufen, wälzte sich vor Bauchschmerzen und wollte nicht mehr aufstehen. Aber noch immer turnten die Kinder auf ihm herum und pikten ihn mit Stöcken, damit er aufstand. Dann kam endlich ein Tierarzt und holte ihn weg von dort.

Mir strömten die Tränen über die Wangen. Ich konnte kaum noch atmen, meine Lunge, mein Magen, mein Herz, ich konnte mich nur mit Mühe auf den Beinen halten, so schwer lastete Kasimirs Leid auf mir. Schluchzend riss ich meine Hand los und schlang beide Arme um den tapferen kleinen Kerl. »Was haben sie dir nur angetan?«, schniefte ich verzweifelt.

Cora ließ mich weinen. Beruhigend strich sie mir über den Rücken. Nach einer Weile legte sie mir die Hand auf die Schulter und zog mich mit sanftem Druck von Kasimir zurück. »Du darfst lernen, dich selbst zu schützen. Daran müssen wir arbeiten. Lass die Bilder los, du darfst sie gehen lassen. Genau wie den Schmerz. Es ist nicht deiner, und es wird nicht leichter für ihn, wenn du ihn übernimmst. Es ist seine Vergangenheit, die du gesehen hast. Sag ihm, dass jetzt alles gut ist. Er muss nie wieder von hier fort. Und sag es dir selbst. Dann gib es ab. Gib es Epona. Sie trägt die Last seiner Erinnerung, wenn du ihr diesen Schmerz überlässt, damit sie ihn transformieren kann. So ist er frei für Neues.«

»Transformieren?«, wiederholte ich und wischte mir über das Gesicht.

Cora hielt mir ein Taschentuch hin. »Auflösen und verwandeln bedeutet das.«

Sie wartete, bis ich mir die Nase geputzt hatte, dann nahm sie mich in den Arm und hielt mich, bis ich ruhiger wurde. »Fass dein Amulett an und atme«, sagte sie leise. »Ein und aus. Sieh dabei zu, wie der Schmerz durch Kasimirs drittes Auge austritt. Das ist der Bereich, den du berührst, wenn dein Amulett den Kanal öffnet.« Sie schloss meine Finger um das Medaillon und ließ ihre Hand auf meiner ruhen.

Ich hatte keine Ahnung, was sie genau meinte, aber es war, als ob mein Amulett umso besser wusste, was zu tun war. Warm und stetig pulsierte es. Es arbeitete. Hinter meinen geschlossenen Lidern entstanden neue Bilder. Ich konnte tatsächlich beobachten, wie eine Art staubgrauer Wirbel von Kasimirs Stirn aufstieg, der sich immer länger zog und sich schließlich löste. Dann wurde es hell und immer heller um uns herum. Ohne hinzusehen, fühlte ich, wie Eponas Hand sich über uns öffnete und wie ein Magnet all die Schatten und schlimmen Erlebnisse, die in diesem Wirbel enthalten waren, aufnahm.

»Schau dir an, wie er sich verändert, wie er leicht und licht wird, bis er sich vollständig aufgelöst hat. Du machst das sehr gut.« Coras Stimme war nur ein Flüstern, ich war mir nicht sicher, ob sie überhaupt sprach, ob es Epona war oder meine eigenen Gedanken. Aber irgendwann waren da nur noch kleine, helle, tanzende Punkte. Als ich blinzelte, wurden sie zu kleinen Schmetterlingen, und dann flogen sie weg. Ich musste seufzen, Kasimir schnaubte und schüttelte seinen Kopf.

Cora lachte. »Na? Gar nicht so schwer, oder? Wie geht's dir?«

»Keine Ahnung«, gab ich zu. Mir war schwindelig, ich hatte Heißhunger auf eine Tasse heiße Schokolade, und ich wusste nicht, ob ich lachen oder weiterweinen sollte. Und dringender denn je wünschte ich mir Erklärungen. »Was war das? Wieso weißt du das alles?«

»Das ist ein kleiner Teil der Heilarbeit, die wir für die Pferde tun«, sagte Cora leise. »Ich habe mich lange dagegen gewehrt, aber es ist unsere Bestimmung. Wir können nicht vor ihr davonlaufen. Glaub mir, ich habe es versucht. Unsere Gabe ist Segen und Fluch zugleich. Sie macht uns unendlich verwundbar. Aber gleichzeitig birgt sie eine noch größere Macht, die jenseits von Zeit und Raum existiert.«

»Willst du damit sagen, dass … du etwa auch?«, stammelte ich überwältigt.

Sie sah mich liebevoll an, aber ihre Augen waren traurig. »Jede von uns hat ihre eigene Besonderheit, die im Dienst der Pferde und all derer ohne Stimme steht. Unsere Eltern haben dieses Geschenk über ihr eigenes Leben gestellt. Um uns zu beschützen. So wie es einst auch Anyta geschworen hat.«

»Anyta? Was hat Anyta damit zu tun? Was weißt du über unsere Eltern? Was soll das alles bedeuten?« Ich wich zurück. Irgendwo in mir drin riet mir ein Stimmchen, schleunigst von hier zu verschwinden. Das war doch alles total spooky und durchgeknallt, oder? Vielleicht war Cora verrückt? Krank? Richtig krank? Und Nana hatte mich deswegen von ihr abgeschirmt?

»Eure Großmutter hat euch nicht voneinander ferngehalten, um euch zu trennen, sondern um euch zu beschützen. Ihr seid sicherer, wenn ihr nicht zusammen seid.« Auf einmal stand Aides hinter uns. Er hielt zwei Wassergläser in den Händen, die er an uns weiterreichte.

Ernst blickte er zu Cora, und als sie nickte, sagte er: »Es ist viel passiert damals. Es ist gut, dass du gekommen bist – und auch wieder nicht. Vielleicht ist es besser, wir erzählen dir alles von Anfang an. Das hilft dir hoffentlich dabei, die Zusammenhänge zu verstehen. Wollen wir dazu ins Haus gehen?«

3. Aus eins mach zwei

Elf Jahre zuvor

»Cora, Liebling, bitte, beruhige dich.« Chloe Philipp sah bestürzt zu ihrem Mann. Fergus ging einen Schritt auf seine Tochter zu und öffnete die Arme.

Aber Cora wollte sich nicht besänftigen lassen. Sie wich zurück, die Hände abwehrend gegen ihre Eltern gerichtet – beziehungsweise gegen die beiden Menschen, die vorgegeben hatten, es zu sein. »Bleibt weg von mir! Ihr könnt mich nicht dazu zwingen, niemand kann das! Ich will das nicht. Ich gehe meinen eigenen Weg, ich bin ein ganz normaler Teenager, und ich kann hervorragend auf mich allein aufpassen. Lasst mich in Ruhe mit euren Verschwörungstheorien. Wer soll denn so einen Bockmist glauben?! Was kommt als Nächstes? Der Weihnachtsmann? Einhörner? Elfen?« Voller Zorn und mit aller Kraft schleuderte Cora das leuchtende Amulett in ihrer Hand gegen die Wand. Es fiel auf den Boden und erlosch.

Einen Augenblick lang sagte niemand ein Wort. Es herrschte die Art von Stille, in der man seinen eigenen Atem hört. Aus dem Nebenzimmer drang leises Wimmern, das langsam anschwoll.

Chloe löste sich als Erste aus der Erstarrung. »Du hast Godje geweckt«, sagte sie mit einem müden Seufzen, als das Weinen des Kleinkindes immer lauter wurde. Fergus wollte hinübereilen, aber Chloe winkte ab. »Ich gehe schon, klärt ihr das.«

»Da gibt es nichts zu klären«, zischte Cora, rannte an ihrer Mutter vorbei aus dem Zimmer. Die Tür knallte sie dabei so heftig zu, dass die Bilderrahmen mit den Pferdefotografien an der Wand zitterten.

Fergus durchquerte den Raum, bückte sich und hob das Medaillon auf. Der Verschluss war gebrochen, und die Öse des Anhängers hatte sich von der Fassung gelöst – nichts, was ein guter Goldschmied nicht reparieren konnte. Die viel schwerwiegendere Frage war, ob man das andere reparieren konnte – das Vertrauen Coras in sie beide und in ihr Schicksal.

Ihre kleine Schwester nebenan schrie jetzt. Aber das war Cora egal. Sie musste raus hier, und zwar schnell. In ihren Augen brannten Tränen der Verzweiflung, der Enttäuschung und der Wut. Sie wusste, dass sie recht hatten. Dass sie nichts dagegen tun konnte. Die Gabe war in ihr und überall um sie herum, sie wuchs beständig, je älter sie wurde. Unübersehbar, selbst für Menschen, die keine Ahnung von Pferden hatten, und sprungartig, seit sie vierzehn Jahre alt war und das Medaillon bekommen hatte, das Demeter mit einem Pferd zeigte.

Sie fiel auf, auch wenn sie das nicht wollte. Sie beide fielen auf, bei der Kleinen war es genauso. Und das war das Schlimmste. Sie wollte eine von vielen sein, möglichst unsichtbar. Es war unerträglich, wenn die Leute glotzten und starrten, weil Pferde auf sie so anders reagierten. Und jetzt sagten Chloe und Fergus, dass ihre Gabe auch noch Gefahren mit sich brachte. Dass ihr Licht Schattengestalten anzog, die ihr nach dem Leben trachteten, ihnen beiden. Dass sie nicht sicher waren. Keine von ihnen. Und dass es darum besser war, die Geschwister zu trennen.

In ein Eliteinternat in Wales wollten sie sie schicken. Aber auf gar keinen Fall würde sie dorthin gehen! Schon gar nicht jetzt, wo Daeira tragend war und im Winter ein Fohlen bekommen würde.

Sie schoben sie ab. Das war die Wahrheit, darum ging es in Wirklichkeit. Cora war nicht länger klein und süß und fügsam, nicht so wie Godje. Oh nein, das war sie wirklich nicht, und sie würde es auch nie mehr sein! Das konnten sie vergessen.

Cora riss ihre Jacke vom Haken und rannte zur Haustür hinaus. Es gab nur einen, der sie verstand, der ihr zuhörte, außer den Pferden. Und sie wusste, wo sie ihn finden würde, ob es ihren Eltern nun passte oder nicht.

»Du bist nicht die Einzige, die ein Amulett trägt, weißt du?« Cora sah mir in die Augen. Ich musste ihrem Blick ausweichen, so intensiv war er. Es war, als ob ich völlig nackt vor ihr stehen würde und sie mir bis in die Seele schauen konnte. Sie angelte ein Medaillon unter ihrer Bluse hervor, das meinem zum Verwechseln ähnlich sah. Nur die darin eingearbeitete antike Münze war anders. Auch sie zeigte eine Pferdegöttin – inzwischen erkannte ich es sofort, wenn ich eine sah –, aber es war nicht Epona. Zumindest wirkte die Darstellung überhaupt nicht keltisch.

»Es ist Demeter«, erklärte Cora, als hätte ich laut gefragt. »Epona wurde in römischen Zeiten …«

»… als einzige Göttin der Kelten übernommen«, beendete ich ihren Satz. Cora nickte. »Aber eigentlich sind nur die Namen neu.

Alle Göttinnen sind letztlich eine. Alles andere ist Illusion, von Menschen gemachtes Beiwerk.« Sie lächelte melancholisch.

Mir rieselte ein Schauer über den Rücken, der mir die Härchen im Nacken aufstellte. »Aber was soll das alles bedeuten? Warum haben wir diese Amulette erhalten? Von wem? Hast du deins auch zum Vierzehnten bekommen? Wer sind wir? Wer waren unsere Eltern wirklich?«, platzte es aus mir heraus.

Wir saßen in der Küche, an dem Tisch, an dem wir gefrühstückt hatten. Irgendwie fanden wichtige Gespräche doch immer in der Küche statt. Cora nippte an ihrem Glas mit selbst gemachtem Eistee und lachte. »Du bist wirklich so was von meine Schwester. Ich war genau wie du damals! Geduld, Godje. Ich erzähle dir alles, was ich weiß. Ach, es ist so schön, dich endlich wiederzusehen. Du warst noch so klein … « Sie griff nach meinen Händen und drückte sie ganz fest. Ihre Finger waren warm und trocken und ein wenig rau.

Aides räusperte sich, stand auf und holte eine Packung Kekse aus einem Hängeschrank. »Was Süßes? Cora bekommt immer Heißhunger, wenn sie eine Vision hatte.«

»Ich auch«, nickte ich, dankbar für eine Entschuldigung, mich aus Coras Fingern zu lösen, und griff zu, kaum dass er den ersten Cookie in eine Glasschale gefüllt hatte. Meine Hand traf direkt in der Schüssel auf die von Cora. Schon wieder. Sie war irgendwie cool. Aber auch schräg, verwirrend, surreal. Sie beide. Alles. Und trotzdem fühlte ich mich wohl bei den zweien, geborgen irgendwie, verstanden. Es tat so gut, endlich reden zu können … über Dinge, die ich nie ausgesprochen hatte. Schüchtern erwiderte ich ihr Grinsen und widmete mich meinem Keks. Ich hatte also tatsächlich eine Schwester, eine lebende Verwandte. Wow.

Mit vollem Mund sagte Cora schließlich: »Also … wo fange ich an?« Sie schluckte ihren Keks hinunter und spülte mit einem Schluck Tee nach. »Okay. Ich habe keine Ahnung, woher die Amulette ursprünglich stammen. Meins bekam ich ebenfalls mit vierzehn von unseren Eltern. Ich habe es ehrlich gesagt nie infrage gestellt, bis ich darauf kam, dass Anyta …« Sie brach ab, sah kurz zu Aides und senkte dann rasch den Blick. »Eins nach dem anderen. Ich greife vor.« Sie trank ein paar Schlucke, um den Keks hinunterzuspülen, und ich musste mich beherrschen, nicht zu drängeln.

»Ich bin damit groß geworden, anders als du. Unsere Eltern haben mir eingetrichtert, diese Gabe, das Amulett, die Pferdegöttin zu hüten wie einen Schatz. Sie haben *mich* gehütet wie einen Schatz. Ich bin ganz selbstverständlich damit aufgewachsen, ihr zu dienen. Dabei war es ein verdammter goldener Käfig, und ich habe ihn gehasst. Ich habe nicht verstanden, wozu das alles gut sein soll und was überhaupt so besonders daran sein soll, vor allem, nachdem ich Aides kennengelernt hatte … Jetzt sind wir frei. Der Preis dafür war – und ist – allerdings verdammt hoch.« Liebevoll sah sie ihn an, aber hinter diesem Blick spürte ich wieder dieselbe Traurigkeit wie vorhin.

Aides beugte sich zu ihr hinüber, küsste sie und drückte ihren Arm. Cora seufzte und fuhr fort. »Fergus und Chloe haben mir immer eingeschärft, verantwortungsvoll mit der Macht des Medaillons umzugehen. Sie haben mir auch vermittelt, dass diese Gabe in den falschen Händen missbraucht werden kann und man sie besser nicht an die große Glocke hängen sollte. Und sie haben mir gezeigt, wie ich mich schützen kann, wenn mich die Bilder und Emotionen, die Erlebnisse der Pferde überwältigen.«

»So wie du mich eben bei Kasimir angeleitet hast«, murmelte ich.

»Ganz genau.« Cora nickte. »Das ist sehr wichtig. Sonst zerbrichst du auf Dauer daran.«

Ich wandte mich an Aides. »Was meintest du vorhin damit, dass Nana uns voneinander getrennt hat, um uns zu schützen? Sie hat mich mein Leben lang von Pferden ferngehalten, das hat sie genauso begründet. Ich verstehe das alles nicht.«

»Das hat Nana getan?« Cora runzelte die Stirn. »Sie hätte wissen müssen, dass es zum Scheitern verurteilt ist.«

»Sie hat mir auch eingetrichtert, das Anyta Kuret eine furchtbare Person wäre, mit der wir auf gar keinen Fall etwas zu tun haben wollen.«

Cora starrte mich völlig entsetzt an. Aides dagegen brach in schallendes Gelächter aus. Er brauchte einen Moment, bis er sich gefangen hatte. Dann veränderte sich sein Gesichtsausdruck und wechselte zu totaler Bestürzung.

»Tut mir leid.« Mitfühlend legte er mir seine Hand auf die Schulter. »Godje«, begann er und räusperte sich, wobei er kurz zu Cora sah. Dann atmete er tief durch und ließ die Bombe platzen: »Anyta ist die Mutter von Chloe. Sie ist deine andere Großmutter.«

»Was?« Ich schüttelte den Kopf. »Nein. Das ist nicht wahr. Das kann nicht sein. Wieso sollte Nana …? Warum hat Anyta dann nie …?« Ich sah Aides an. »Und was ist daran so lustig?«

»Gar nichts«, erwiderte er ernst. »Es tut mir wirklich leid. Ich kann nur einfach nicht fassen, wie diese beiden Frauen miteinander umgehen. Ich … *wir* hatten gehofft, dass das alles lange hinter uns liegen würde. Dass alles wieder gut, zumindest erträglich werden würde, wenn wir gehen, aber das war wohl eine Täuschung. Das alles ist einfach völlig absurd.«

»Wem sagst du das?«, murmelte ich. Mein armes Gehirn kam aus dem Karussellfahren gar nicht mehr heraus.

»Nach dem Tod unserer Eltern haben die beiden jede auf ihre Weise versucht, das Geschehene zu verarbeiten«, sagte Cora leise. »Nur so kann ich mir das erklären. Wir alle haben uns damals schreckliche Vorwürfe gemacht. Jeder für sich – und auch gegenseitig«, fügte sie fast unhörbar hinzu.

Es fiel mir schwer, zuzuhören und gleichzeitig nachzudenken. Das ergab doch alles keinen Sinn! Andersherum betrachtet, passten allerdings plötzlich schrecklich viele Teilchen zusammen: Warum Nana nicht wollte, dass ich Kontakt mit Anyta hatte. Dass die beiden sich so furchtbar gestritten hatten, als ich im Krankenhaus lag. Wie kurz angebunden Anyta mir gegenüber immer war und versuchte, mir aus dem Weg zu gehen …

Das hatte sich ja auch wirklich erst vor kurzem geändert, als ich, ohne es zu wissen, Arion für den von ihr geplanten Verkauf trainicrtc …

Meine Kiefermuskeln arbeiteten. Ich war so wütend auf diese Frau! Ich hatte mir immer einzureden versucht, dass sie einfach sehr beschäftigt war oder dass wir eben trotz aller Dankbarkeit nicht auf einer Wellenlänge waren. Aber wahrscheinlich erinnerte ich sie ständig an meine – an *unsere* – Mutter. Nana sagte immer, dass wir einander wie aus dem Gesicht geschnitten waren. Das traf unverkennbar auch auf Cora und mich zu.

»Godje, warum bist du hier?«, wollte Aides plötzlich wissen. »Hat dich jemand geschickt?«

»Was?« Erschrocken drehte ich mich zu ihm. »Nein! Ich … es ist wegen Arion. Da waren Leute von der Bank. Und so ein komischer Typ im Ferrari. Wir mussten einfach ganz schnell weg.«

»Und woher wusstest du, wo du uns findest?«

»Da war dieser Brief«, sagte ich. »Mit einem Flyer des Demeter-Hofs.«

Die beiden sahen sich bestürzt an.

»Was ist damals passiert?«, wollte ich wissen.

Cora rieb sich die Arme und richtete sich auf. Sie sah wieder zu Aides. »Wir haben noch viel Zeit«, antwortete er an ihrer Stelle und visierte mich eindringlich. »Fürs Erste sag bitte niemandem, wo du bist, okay? Das wäre nicht gut für dich – und auch nicht für uns.«

Ich nickte verwirrt. Es war rührend zu beobachten, wie er versuchte, Cora zu schützen. Aber ich brauchte Antworten, verdammt noch mal. »Der Unfall hatte mit Pferden zu tun, oder?«, bohrte ich nach.

»Ja. Vielleicht. Indirekt«, sagte Cora stockend. »Es war glatt. Sie waren mit dem Auto unterwegs.« Sie brach ab und schloss die Augen. Ihr Kinn zitterte. »Es war dein Geburtstag.«

»Ich weiß.«

Aides nahm ihre Hand und knetete sie beruhigend. Ich sah, wie fest sie sich an ihn krallte, und blies in meinen Eistee. Völliger Blödsinn, in ein kaltes Getränk zu pusten, aber niemand bemerkte es.

»Mir ist schlecht«, sagte ich nach einer Weile. »Ich … ich muss nachdenken, okay? Ich glaube, ich möchte jetzt erst einmal allein sein.« Mit wackeligen Knien stand ich auf und sammelte mich einen Moment. »Oder gibt es noch mehr dunkle Familiengeheimnisse, von denen ich wissen müsste? Dann sagt es mir besser jetzt sofort, damit wir es hinter uns haben.« Man musste keine Prinzessin auf der Erbse sein, um zu spüren, dass da noch gewaltig viel im Busch war.

»Ich denke, das ist erst einmal mehr als genug, was verdaut werden muss«, erklärte Aides mit einem Seufzen und erhob sich ebenfalls. »Höchste Zeit für meine Abendrunde. Dann helfe ich dir beim Kochen.« Er strich Cora kurz über den Nacken und klopfte sich dann auf den Oberschenkel. »Kommst du mit, Waldo?« Er öffnete die Tür und trat nach draußen. Das strubbelige Fellmonster schoss sofort bellend an ihm vorbei.

»In einer Stunde sind bitte alle wieder hier zum Essen!«, rief Cora matt und räumte unser Geschirr zusammen. Ich wollte ihr helfen, aber ich konnte einfach nicht. Ich brauchte Luft. Sofort. Also nickte ich nur, hob meine Jacke von der Stuhllehne und zog die offen gebliebene Tür hinter mir zu. Waldo und Aides waren bereits außer Sichtweite.

Draußen wurde es dunkel. Himmel, wie lange hatten wir denn geredet? Na ja, ich hatte auch ewig geschlafen. Ich sog die kühle Abendluft in meine Lungen und ging erschöpft die Küchentreppe hinunter. Anyta war also meine Großmutter. Wow. Zwei Verwandte mehr an einem Tag. Und wo waren meine Großväter? Opa, also Nanas Mann, war schon lange vor meiner Geburt gestorben, das wusste ich. Im Flur hingen Fotos von den beiden. Ob Anyta auch einmal verheiratet gewesen war? Oder lief da was mit Oleg? Komisch, dass ich mir darüber nie Gedanken gemacht hatte … Letzte Woche war doch alles noch so schön normal gewesen! Auf einmal hatte ich einen Kloß im Hals und fühlte mich schrecklich einsam. Meine Augen brannten. Energisch rubbelte ich darüber, mit dem Erfolg, dass ich nun Sterne sah und blinzeln musste.

Das Amulett um meinen Hals pulsierte leicht und strahlte dabei eine behagliche Wärme ab, als ob es mich trösten wollte. Ich fröstelte trotzdem, während ich weiter über den Hof stolperte, zog meine Jacke fester um mich und suchte mit den Augen die Weide nach Arion ab.

Bodennebel hing in dicken Schwaden über der feuchten Wiese. Dicht beieinander zeichneten sich drei Umrisse in der Dämmerung ab. Nanu? Hatte Arion Pferdegesellschaft bekommen? Suchend drehte ich mich nach Aides um, ich hatte seine schweren Schritte gehört, aber er war bereits in der Futterkammer verschwunden. Ein Streifen Licht schien aus dem Türspalt, drinnen klapperte und raschelte es.

Bis zu mir herüber hörte ich das satte Geräusch, das eine Futterschaufel machte, die tief in Getreide getaucht wird. Waldo lag vor dem Stallgebäude und gähnte mich an. Doch dann schossen seine Ohren ruckartig in Richtung der Wiese. Ich folgte ihm mit den Augen und versuchte zu erkennen, was seine Aufmerksamkeit erregt hatte.

Auf der Koppel lösten sich gerade zwei der Schemen und sprangen in Richtung Wald davon. Rehe. Der Lärm aus dem Stalltrakt hatte sie wohl aufgeschreckt. Ich musste lächeln. Arion hatte Freundschaft mit Bambi geschlossen! Wenn doch alles in meinem Leben so idyllisch und einfach wäre.

Ich zog mein Handy aus meiner Hosentasche und machte ein Foto von der Silhouette des Hengstes im Nebel. Die Rehe waren längst im Unterholz verschwunden. Dann turnte ich zum zweiten Mal an diesem Tag ächzend unter dem elektrisch tickenden Zaun hindurch und machte mich auf den Weg zu meinem Schatz auf vier Hufen. Ich brauchte jetzt ganz dringend seine Nähe. Himmel, wenn mir jemand noch vor einem Dreivierteljahr gesagt hätte, dass ich jemals eine so starke Sehnsucht nach dem warmen Fell eines Pferdes haben würde – ich hätte ihn für komplett irre erklärt. Aber dieser Hengst war zu meinem Ein und Alles geworden. Ich hätte alles für ihn getan. Und er für mich. Das hatten wir einander sogar schon bewiesen.

Arion begrüßte mich mit einem leisen Blubbern. Ich flüchtete mich direkt an seinen Hals und vergrub meine Finger in den weichen Haaren unter seiner Mähne. So standen wir eine ganze Weile. Arion drehte seinen Kopf und schnoberte über meinen Rücken. Zärtlich fing er an, mich mit den Lippen zu massieren. Da kamen die Tränen, die ich, ohne mir darüber bewusst zu sein, die ganze Zeit zurückgehalten hatte, und die Anspannung der letzten dramatischen Stunden fiel von mir ab.

»Was machen wir beiden denn jetzt?«, schniefte ich, als ich irgendwann leer geweint war und wieder Luft bekam. »Wir können uns hier doch nicht ewig verstecken? Ich muss doch in die Schule und du …« Eigentlich hatte ich sagen wollen: du auch. Aber Gut Hardenberg, fremde Bereiter, ein ungewisses Schicksal als Deckhengst in irgendeinem Landgestüt – das war für mich nach wie vor unvorstellbar und absolut inakzeptabel. Das würde ich niemals zulassen. Es musste eine andere Lösung geben. Es musste einfach!

Arion löste sich von mir. Er schlenderte gemächlich unter eine Gruppe Birken und Eichen, die etwas höher gelegen war. Dort hatte ich ihn schon heute Nachmittag stehen sehen, und obwohl es jetzt schon ziemlich dunkel war, erkannte ich auch, warum. Aus einer hölzernen Futterraufe duftete es herrlich nach frischem Kräuterheu.

»Gestattest du, dass ich mich kurz in dein Essen setze?«, fragte ich höflich und hievte mich hoch.

Arion schien es nicht zu kümmern. Sein stetiges Malmen machte mich müde. Ich schob mir ein Büschel Heu in den Rücken und lehnte mich so gepolstert an einen der runden Holme. Über uns raschelten die Blätter im leichten Wind, dazwischen sah ich die ersten Sterne blinken.

Ich holte mein Smartphone heraus und rief unsere Telefonnummer zu Hause auf. Mein Finger schwebte über dem Hörer. Nein. Das sollte ich nicht tun. Ich hatte es Oleg versprochen. Seufzend atmete ich aus und scrollte weiter zu Fynn. Ich wollte ihn gar nicht anrufen. Nur sein Profilfoto anschauen. Die nicht vorhandenen Balken zeigten mir außerdem keinen Empfang an. Null! Das war sicher auch besser so. Und doch hatte ich das Bedürfnis, mich bei Fynn zu melden. Wenigstens bei ihm. Und wenn die Textnachricht sowieso nicht rausging …? Also fing ich an zu tippen.

Bin gut angekommen. Wie war Mathe?

In Gedanken schrieb ich noch zwanzig Sätze mehr. Dass ich ihn vermisste. Dass ich den halben Tag an unseren Abschiedskuss gedacht hatte. Ob er Nana gesehen hatte? Wie Anyta reagiert hatte? Wie es Oleg ging? Ich schüttete ihm mein Herz aus. Dass ich mir wünschte, er wäre jetzt hier. Was er an meiner Stelle tun würde? Dass er bitte alle von mir grüßen sollte … Aber all das löschte ich sofort wieder oder tippte es gar nicht erst. Ich wusste ja nicht einmal, ob ich *VG* oder *LG* unter meine beiden Sätze schreiben sollte. In Filmen und Büchern waren solche Jungsgeschichten immer ganz einfach. Pff.

Alles doof. Alles superdoof. Alles, alles, alles.

Ich unterschrieb einfach mit

G

Das musste genügen.

Und dann war ich offenbar eingeschlafen. Ich wurde davon wach, dass jemand mir warmen Heuatem ins Gesicht blies. Im ersten Moment dachte ich, ich wäre mit Nana noch einmal in diesem Kosmetikstudio, in das sie mich kurz nach meinem vierzehnten Geburtstag eingeladen hatte. Da bekam man auch so einen heißen Kräuterdampf ins Gesicht, kurz bevor sie einem ganz professionell die Pickel ausdrückten.

Aber ich lag in Arions Heuraufe. Und offensichtlich versperrte ich ihm den Zugang zu seiner Mitternachtsmahlzeit.

»Tut mir leid, Großer«, raunte ich und strich ihm über die Nase. Hier unter den Bäumen war es so finster, dass ich kaum seine Konturen erahnen konnte. Arion verstand meine Berührung als willkommene Einladung, sich an meinen Fingerspitzen zu kratzen. Also ließ ich ihn eine Weile gewähren und versuchte, dem Druck standzuhalten, mit dem er sich genüsslich daran auf und ab schubberte. Währenddessen streckte ich meine Zehen in den knöchelhohen Boots und wartete, bis meine Augen sich an die komplette Dunkelheit gewöhnt hatten. Eine schwere Decke rutschte mir vom Oberkörper und sofort fröstelte ich.

Oh. Jemand war hier gewesen und hatte mich zugedeckt. Wie fest hatte ich denn geschlafen, um Himmels willen? Und wie lange? Mein Magen knurrte. Das Abendessen! Ich sah hinüber zum Haus. Alle Lichter, bis auf eine Lampe über der Küchentür, waren erloschen. Hektisch wühlte ich nach meinem Handy. Das Display zeigte halb eins. Da hatte ich ja gar nicht so schlecht gelegen mit meiner Schätzung.

»Mist«, murmelte ich und ließ meine Beine über den Rand der Raufe baumeln, um abzuspringen. »Sorry, Großer. Schlaf schön! Ich muss los.« So gut ich es im Dunkeln vermochte, schüttelte ich das platt gelegene Heu auf und klopfte mir die Reste von der Kleidung und aus der Decke. Dann schlug ich sie mir um die Schultern und eilte zum Haus.

Sobald ich aus dem Schatten der Bäume herausgetreten war, leuchteten die Sterne hell genug, sodass ich auch ohne Taschenlampen-App auskam. Zum Glück hatten sie nicht abgeschlossen. Verlegen zog ich die Tür hinter mir zu, streifte die Schuhe ab und tapste durch die Küche, so leise ich konnte. Hier brannte noch die kleine Lampe über dem Herd. Auf dem Tisch stand ein frisches, leeres Gedeck mit einem Zettel auf dem Teller, daneben ein Thermosbecher.

Essen steht im Topf auf dem Herd. Du brauchst es nur kurz aufzuwärmen. Wir wollten dich nicht wecken. Es war so berührend, wie Arion über dir wachte.

C.

Ich legte die Decke ordentlich auf der Holzbank zusammen und spähte schnuppernd unter den Topfdeckel. Mein Magen knurrte tatsächlich, und dieser Reisgemüseeintopf, oder was immer das war, duftete köstlich. Das Gericht war außerdem noch lauwarm, also verzichtete ich aufs Aufwärmen und lud mir meinen Teller voll.

Ich bemühte mich, kein unnötiges Geräusch zu machen, aber natürlich knarzte die Bank, als ich mich setzte. Immerhin war die Decke etwas schonender für meinen armen Hintern als das blanke Holz. Aus dem Dunkel des Flures drang entferntes Hundeschnarchen zu mir. Meine größte Angst war, dass Waldo plötzlich aufwachen und um die Ecke schießen könnte, weil in diesem Haus niemand eine Tür zu schließen schien. Aber außer dem Surren des Kühlschranks war alles ruhig. Als mein Handy plötzlich brummte, erschrak ich daher regelrecht. Mit fliegenden Fingern regelte ich die Lautstärke herunter und schaltete zusätzlich die Vibration aus.

Mathe ging. Wie geht es dir und A.?

Alles gut? Wo steckst du? Können wir reden?

F.

Mein Herz hämmerte so laut gegen meine Rippen, dass ich meinte, spätestens jetzt müsse jeder im Haus wach werden. Aber nicht einmal Waldo regte sich.

Shit. Dann war meine Nachricht inzwischen doch rausgegangen? Mit fliegenden Fingern tippte ich eine Antwort.

Alles gut mit A. und mir. Kann ich nicht sagen. Hier ist kaum Netz. Melde mich, sobald ich kann. Weiß nicht, ob das so schlau ist grade.

Ich schob mir eine weitere Gabel des Eintopfs in den Mund und starrte kauend die Balken meiner Handyanzeige an, als würde ich sie auf diese Weise hypnotisieren können. Ewig lange tat sich gar nichts. Dann endlich sprang die Anzeige auf Gesendet um.

Wie konnte es einen Ort mit so wenig Netzabdeckung geben? Ich blähte die Nasenflügel und holte mir einen Nachschlag vom Herd. Das Zeug war lecker. Und das Universum schien Mitleid mit mir zu haben. Zumindest auf den ersten Blick. Fynn hatte geantwortet.

Krass. Machst du einen Rückzieher?

Hä?

Einer von uns beiden stand hier grade auf der Leitung. Wieso war er überhaupt noch so spät wach? Blinkende Punkte auf dem Display zeigten mir an, dass er schrieb. Lange. Viel zu lange für nur zwei Worte.

Der Kuss.

Was ist damit?

Nichts. Ich dachte nur.

Was dachtest du?

Vergiss es.

Jede Antwort dauerte ewig. Das machte mich wahnsinnig. Fynn war auf dem völlig falschen Dampfer! Wir steigerten uns grade in ein irres Missverständnis hinein, ich saß hier fest und hatte kaum Empfang. Das war jetzt wirklich das Allerletzte, was ich noch brauchen konnte. Ich pirschte zum Flur und horchte in das Dunkel. Vorsichtig räumte ich die davorstehende Kiste mit Altpapier beiseite und schloss in Zeitlupe die Küchentür, die dabei so ächzte, als sei sie seit Jahren nicht bewegt worden. Dann suchte ich mit erhobenem Handy die Ecke des Raumes, in der mir der Empfang zumindest halbwegs akzeptabel schien, und klingelte Fynn mit fliegenden Fingern an. Immerhin bekam ich ein Freizeichen. Es klingelte.

»Geh ran«, murmelte ich. »Mach schon!«

»Was?«, krächzte schließlich eine verschlafene Stimme.

Ich drehte mich mit dem Rücken zum Flur. »Fynn, ich bin's«, wisperte ich.

»Was willst du noch? Es ist mitten in der Nacht.« Seine Stimme klang verzerrt, und die Verbindung hatte Aussetzer. »Hallo?«

Selber hallo, dachte ich. Blödmann. Wir hatten doch eben noch geschrieben. Als ob er von jetzt auf gleich schon im Tiefschlaf gewesen wäre … mühsam schluckte ich meinen Ärger hinunter. »Ich habe keine Ahnung, wie es jetzt weitergeht. Das wollte ich nur sagen. Nichts anderes. Und weil Oleg doch sagte –«

»Hallo? Godje bist du das? Kannst du lauter reden?«

Genervt hibbelte ich mit meinen Füßen herum. »Ich wollte nur … also uns geht's gut«, setzte ich noch einmal an. Was machte ich da eigentlich gerade? Hatte ich das nötig? Musste er jetzt so auf cool tun?

»Aha.« Er schwieg.

»Wann kommst du zurück? Was wird mit Arion? Kann ich dich sehen?«, fragte er dann.

»Ich weiß es nicht«, flüsterte ich. »Aber ich würde dich auch gern sehen.«

»Dazu müsstest du mir schon sagen, wo du bist.«

Ich verdrehte die Augen. Er wusste genau, dass das nicht ging. »Zu gefährlich. Ich melde mich morgen, okay?«

»Du tust ja so, als wären Arion und du in einem Zeugenschutzprogramm oder so was … na gut, okay«, kam es schließlich deutlich schmollend vom anderen Ende. »Dann schlaf gut.«

»Du auch.« Ich zögerte. »Fynn?!«

»Was?«

»Ich mache keinen Rückzieher, okay?«

»Okay.« Er legte auf.

Besser ging es mir damit jetzt nicht. Kein Stück. Was hatte ich denn auch erwartet? Keine Ahnung. Aber mein Herz klopfte doppelt so schnell wie eben.

Wütend steckte ich das Handy weg und machte mich daran, meinen Teller und das Besteck abzuspülen. Ich stellte es zum Abtropfen auf die Spüle, dann löschte ich das Licht und schlich in mein Zimmer.

Die Dielen knackten. Aus dem Wohnzimmer klang gedämpftes Winseln. Waldo schlief tief und fest. Er träumte. Ich konnte selbst in der Dunkelheit ausmachen, wie sich seine Pfoten bewegten. Wahrscheinlich jagte er gerade einer imaginären Maus hinterher. Seine Welt war in Ordnung. Hund müsste man sein.

4. Wie ein Schneemann in der Sonne

Anfang Dezember, knapp elf Jahre zuvor

Coras Weg führte sie direkt in den Stall. Daeira wieherte leise, als sie die junge Frau erkannte, und stapfte durch das frische Stroh auf sie zu. Unter ihrem dicken weißen Schweif tauchte der dunkle Kopf des Rappfohlens auf, das gerade zwischen ihren Hinterbeinen getrunken hatte. Sein Mäulchen war milchverschmiert, und offenbar war der Kleine ganz und gar nicht damit einverstanden, dass seine Milchquelle so plötzlich weitergezogen war.

Cora wischte sich die Tränen aus dem Gesicht und brach die mitgebrachte Karotte in zwei Hälften. Die Schimmelstute biss mit einem krachenden Geräusch hinein. Das Fohlen traute sich nicht, sie zu nehmen. Unentschieden zupfte und nuckelte es an einem Zipfel von Coras Winterjacke herum.

»Das schmeckt doch nicht«, wisperte Cora lächelnd und zog ihm vorsichtig den Stoff aus dem Mäulchen.

Das Fohlen zuckte zurück und schüttelte unwillig den Kopf. Dann machte es sich schweifwedelnd wieder auf die Suche nach dem Euter seiner Mutter.

»Das ist sowieso gesünder. Du bist noch zu klein für Möhren«, entschied Cora und hielt Daeira auch die zweite Hälfte hin.

Die Stute zögerte nicht. Cora lehnte ihre Stirn an den Hals des Pferdes und kuschelte sich an. Sie vermisste Rhianna. Wie hatte es ihr so leichtfallen können, das alles zu verlassen? Da war Arion noch nicht einmal geboren. Und doch würde auch sie an Tagen wie diesen am liebsten alles hinter sich lassen und verschwinden.

Daeira brummelte leise und senkte den Kopf. Cora begann wieder zu weinen. »Keine Angst, niemals ohne dich, meine Schöne!« Die Wärme und der Geruch von Pferden taten ihr immer gut. Es war, als ob alle Last von ihr abfiel, sobald sie eine der großzügigen Paddockboxen auf der Anlage betrat, die ihre Eltern zusammen mit der Großmutter bewirtschafteten. Bei Pferden zu sein war die beste Medizin der Welt. Manchmal fiel es ihr schwer zu verstehen, dass nicht viel mehr Menschen Heilung bei diesen wunderbaren Geschöpfen suchten und dass es umgekehrt so furchtbar viele Pferde gab, die dringend der Heilung von den Menschen bedurften.

Von klein auf hatte sie ihren Schmerz gespürt, konnte direkt zeigen, wo Muskeln verspannt waren oder Wirbel nicht mehr im richtigen Winkel aufeinandersaßen. Und sie konnte diese Schmerzen lindern. Ihre Mutter sagte, sie hätte heilende Hände. Aber die Verbindung zu Daeira war besonders und ging weit über alles andere hinaus. Es war, als ob sie beide fühlten, was die jeweils andere brauchte. Die Schimmelstute war ihr Seelenpferd, ihr Halt, ihr Trost, ihre Kraftquelle. Und ihre Verbindung war nur noch intensiver geworden, seit sie gemeinsam die Geburt ihres Fohlens durchstanden hatten.

Der Kleine hatte falsch gelegen, und während die Stute nicht einmal den Tierarzt in ihre Nähe gelassen hatte, duldete sie es ohne Gegenwehr, dass Cora unter seiner Anleitung dem Kleinen auf die Welt geholfen hatte. Zusammen mit Aides hatten sie die Wehen abgewartet und im richtigen Moment die langen Hinterbeine des Hengstfohlens gedreht und ihn auf die Welt gezogen. Den kleinen Arion. Was für ein hübscher, neugieriger Kerl er war mit seiner pechschwarzen lockigen Mähne und dem krausen Schweif, der ebenfalls viel eher an das fluffige Fell eines Lämmchens erinnerte als an Pferdehaare.

Er hatte sich prächtig entwickelt, der langbeinige Racker, ordentlich an Gewicht zugelegt und es an den richtigen Stellen in Muskelmasse umgesetzt. Nur seine Hüfte machte ihr immer noch ein wenig Kummer. Aber sie hoffte, dass sich dieses Geburtstrauma auch noch zurechtwachsen würde.

»Geht's dir nicht gut?«

Aides' Stimme schreckte sie aus ihren Gedanken. »Wo kommst du denn her?«, fragte sie mit brüchiger Stimme, räusperte sich und rieb sich verstohlen die verräterischen Spuren ihres Zusammenbruchs aus dem Gesicht, bevor sie sich zu ihm umdrehte.

Er zog sie weg von der Stute, damit sie Mutter und Kind nicht störten, nahm sie in die Arme und küsste sie zärtlich. »Du hast geweint«, stellte er leise fest und strich ihr eine Haarsträhne hinters Ohr.

»Hab' ich nicht«, schwindelte sie.

Aides zog belustigt eine Augenbraue hoch. »Oh, dann müssten wir uns Sorgen um Daeira machen. Sie hat anscheinend heftig am Hals geschwitzt. Sieh mal, ihr Fell ist ganz nass. Komisch, oder?« Er gluckste amüsiert, als Cora ihn in die Seite boxte. »Daeira geht's hervorragend.«

»Aua. Ich meine ja nur.« Er legte ihr einen Finger unters Kinn und wurde wieder ernst. »Also? Was ist los mit dir?«

»Chloe und Fergus. Sie … ich kann das nicht. Mir ist das alles zu viel. Diese Verantwortung, die vielen Pferde, die hierherkommen und wieder gehen. Ich komme mir vor wie ein …« Sie suchte nach dem

richtigen Vergleich. »... wie ein Mechaniker! Wir reparieren diese Tiere und überlassen sie danach einem ungewissen Schicksal, wo ihnen wieder Dinge passieren werden – vielleicht schlimmer als vorher?«

»Reparieren? Pferde sind doch keine Maschinen!« Aides sah sie bestürzt an.

»Eben! Aber sie werden da draußen so behandelt. Wie Spielzeugpuppen ... oder wie Sportgeräte. Weil die Menschen keine Ahnung haben! Sie wollen es ja gar nicht begreifen!«

»Du übertreibst, Cora, und du verallgemeinerst. Nicht alle sind so. Deine Eltern suchen die Käufer sorgfältig aus und –«

Cora ließ ihn nicht ausreden. Sie schüttelte wild den Kopf und riss sich von ihm los, wütend über sich selbst, weil sie eine Springflut neuer, heißer Tränen nicht zurückhalten konnte. »Sie wollen, dass Pferde funktionieren! Und wir auch! Doch, Aides, genau wie Maschinen! Sie sehen nicht ihre Seele! Unsere Seele! Ich halte das nicht länger aus. Ich will das nicht mehr! Ich kann nicht! Wir sind doch ihre Kinder, oder nicht?«

Sie ließ es zu, dass er sie wieder ans sich drückte und ihr beruhigend übers Haar strich. »Anyta geht es nur ums Geld. Um ihren Profit. Sie verkauft ihre Seelen! So viele Seelen!«, heulte sie an seiner Brust. »Können wir nicht einfach abhauen? Durchbrennen? Nur du und ich und Daeira und das Fohlen?«

Er gluckste leise. »Machen wir. Gib mir 'ne halbe Stunde. Ich ziehe mir nur schnell andere Schuhe an und schmiere uns ein paar Brote für unterwegs, okay?«

Sie musste mitlachen und genoss es, einfach nur so mit ihm hier zu stehen, im Stall. Umgeben von friedlichen Wesen und Mutterglück. Ein kostbares Stück heile Welt.

»Besser?«, fragte er nach einer Weile.

Cora nickte stumm. Sie dachte an ihre kleine Schwester und schämte sich.

Am nächsten Morgen wachte ich mit Schuldgefühlen auf. Weil ich das Abendessen verschlafen hatte. Weil ich ein Pferd gestohlen hatte. Weil ich Fynn und Oleg da mit hineingezogen hatte. Weil ich Nana enttäuscht hatte. Weil ich Fynn angerufen hatte. Weil ich Anyta und Nana *nicht* angerufen hatte. Weil ich Robby im Stich gelassen hatte. Wer ging denn jetzt mit dem Mischlingshund unserer Nachbarin spazieren? Meine Liste war endlos.

Ich zwang mich, ins Bad zu gehen und mir die Zähne zu putzen. Durch den Flur zog der unwiderstehliche Duft nach heißer Schokolade und frisch geröstetem Toastbrot. Im Schnelldurchgang wusch und kämmte ich mich, dann blieb ich unschlüssig vor meinen benutzten Klamotten stehen. Ich hatte nur noch ein frisches Höschen und das T-Shirt, das ich seit zwei Tagen trug … skeptisch roch ich daran. Da entdeckte ich den kleinen Stapel frischer Wäsche auf dem Sessel. Cora dachte wirklich an alles! Dankbar wählte ich ein langärmeliges, kariertes Oberteil und eine Reitjeans aus. Sie saß etwas zu locker, und die Hemdsärmel musste ich einmal umkrempeln. Aber das war nun wirklich das geringste meiner Probleme. Ich brauchte nicht mal den Gürtel, den sie vorsorglich dazugelegt hatte, denn wir hatten beinahe dieselbe Größe. Und die frischen Socken passten auch. Yay. Vielleicht würde ja doch noch alles gut.

Cora saß am gedeckten Tisch und las Zeitung. Zwei Gedecke waren bereits benutzt, das dritte musste also für mich sein. »Guten Morgen«, begrüßte sie mich mit einem Lächeln im Gesicht, als ich die gemütliche Küche betrat. Ich erwiderte es etwas verkniffen und rutschte auf die kleine Holzbank. »Tut mir leid, dass ich das Essen verschlafen habe gestern Abend.«

»Macht nichts«, behauptete Cora und legte ihre Lektüre beiseite. Sie stellte mir einen Becher mit heißer Schokolade und Zimt vor die Nase und zwinkerte mir zu. »Der Körper nimmt sich, was er braucht. Wenn Schlaf nötiger ist als Essen, dann ist das so. Und wenn *ich* nicht wüsste, dass die Gesellschaft von Pferden manchmal heilsamer ist als die von Menschen – wer dann?«

Meine Verlegenheit wich einem Strahlen, das ganz tief von innen nach außen wollte. »Danke«, hauchte ich und versenkte meinen Kopf schnell in meinem dampfenden Getränk.

Cora wartete, bis ich reichlich getrunken und eine erste Scheibe Brot mit selbst gemachter Brombeermarmelade gegessen hatte. »Darf ich dich was fragen?«

Ich nickte kauend und griff nach der Butter für eine zweite Brotscheibe.

»Wie hast du es geschafft?«

»Was geschafft?«, fragte ich verständnislos.

»Von dort fortzugehen, Nana und Anyta zu verlassen, den Hof, die Pferde …? Ich habe es so oft tun wollen …« Sie drehte ihre

Teetasse zwischen den Fingern. »Und letztlich hat es dann eine Katastrophe dafür gebraucht, dass ich den Mut dazu gefunden habe.«

Ich schluckte. Ganz sicher meinte sie den Unfalltod unserer Eltern. »Anyta wollte Arion fortbringen lassen, ihn verkaufen oder als Pfand einsetzen für einen Kredit. Ganz plötzlich und hinter meinem und Olegs Rücken. Das hätte ihn zerbrochen. Das konnte ich nicht zulassen.« Mit mehr Druck als nötig bestrich ich meine Brotscheibe und biss herzhaft hinein.

Coras blaue Augen wurden noch dunkler. Sie nickte langsam, während sie stumm ihren Tee umrührte.

»Darf ich dich auch was fragen?«

»Klar!« Ihr Blick hob sich und suchte meinen.

»Du hast gesagt, du kannst mir beibringen, was noch fehlt. Wie macht es sich bei dir bemerkbar? Ich meine, unsere Gabe? Siehst du auch Bilder? Genau wie ich? Wie kann ich sie steuern?«

»Bei jeder von uns zeigt die Göttin eine andere Facette ihres Wirkens zuerst. Bei dir sind es die Bilder, bei mir waren es die Gefühle. Ich kann den Schmerz der Pferde wahrnehmen in meinem eigenen Körper. Der Rest ist Training. Es hängt mit deinem Fokus zusammen. Die Energie folgt unserer Aufmerksamkeit, verstehst du? Wir können die Zeit der Ursache ansteuern oder den Auslöser für ein körperliches Problem – den allerersten Dominostein, der die anderen zum Fallen brachte, wenn du so willst.«

Ich runzelte die Stirn. »Wow.«

»Ja. Wow«, sagte sie leise. Aber es klang immer noch traurig, und sie wirkte, als ob sie noch etwas sagen wollte, es sich aber gerade anders überlegte. Das verschaffte mir die Zeit, aufzuessen. »So«, sagte sie, strich sich eine widerspenstige Haarsträhne aus dem Gesicht und lächelte mich an. »Schluss mit den trüben Gedanken. Aides musste in die Stadt, ein paar Besorgungen machen. Was nehmen wir uns vor? Ich schätze, du hast heute ausnahmsweise schulfrei. Also lass uns den Tag genießen, oder? Wollen wir einen Ausritt machen? Du weißt ja noch gar nicht richtig, in welchem Paradies du hier gelandet bist!«

»Klingt mega!« Ich nickte begeistert und schob mein Geschirr zusammen. »Aber erst helfe ich dir abräumen und spülen. Und kann ich eure Waschmaschine benutzen?«

»Das kriegen wir hin! Na, dann komm.«

Eine halbe Stunde später kippte ich meine zweite Fuhre Pferdeäpfel auf den großen Misthaufen hinter dem Stall, stellte die Schubkarre zurück an ihren Platz an der Wand und streckte die Nase in die kühle Herbstluft. Arions Hinterlassenschaften zu entsorgen ging schnell. Als typischer Hengst hatte er sich eine Ecke der Weide zur Toilette erklärt, den Rest hielt er sauber. Sehr pflegeleicht!

Der Himmel war wolkig, aber die Sonne kämpfte sich gerade erfolgreich durch die schweren grauen Massen, und ein frischer Wind trieb sie hoffentlich noch weiter von uns weg.

Cora kam mir mit zwei Stallhalftern, Führstricken und einer Putzkiste entgegen. Sie folgte meinem Blick. »Schade, ein bisschen Regen würde uns guttun. Der Sommer war viel zu trocken.«

Ich nickte. »Aber ohne Regen ist Reiten trotzdem netter.« Ich nahm ihr Arions Sachen ab, und wir machten uns auf den Weg, unsere Pferde zu holen. Ein Silberreiher flog gemächlich davon, als wir ihm zu nahe kamen. »Es ist wirklich wunderschön hier«, sagte ich. »Wie lange wohnt ihr schon hier?«

»Seit knapp zehn Jahren«, erwiderte Cora. »In den ersten Wochen und Monaten … danach … sind wir herumgereist, haben uns mit Gelegenheitsjobs auf Reiterhöfen über Wasser gehalten und viel dabei gelernt. Dann waren wir beide müde. Wir hatten das Gefühl, immer noch auf der Flucht zu sein, aber ich begriff irgendwann, dass wir – dass ich – versuchte, vor mir selbst zu fliehen, und dass das nicht funktionieren kann, weil man sich überallhin mitnimmt. Sich selbst und seine Geschichte. Und dass man sich dem stellen muss.« Sie zuckte beiläufig mit den Achseln. »Oleg hat uns ein wenig Geld vorgestreckt, Aides hatte etwas gespart, und dieser verfallene, vergessene Hof im Nirgendwo stand seit Jahren leer. Niemand wollte ihn außer uns. Es war fast schon zu einfach, wenn man bedenkt, wie jung wir waren.« Sie lachte. »Wenn man mal von den Schwierigkeiten absieht, zweihundert Jahre alte Nägel aus störrischen Eichenbalken zu ziehen und Holzwürmer mit biologischen Mitteln zum Ausziehen zu bewegen.«

»Und seitdem haltet ihr euch hier versteckt? All die Jahre?«

Sie sah mich nachdenklich an. »Die Zeit vergeht hier anders als draußen. Es ist ein geschützter Ort, man kommt zur Ruhe. Die Tiere spüren das – und wir auch. Wir sind … angekommen.« Sie seufzte. »Zumindest dachte ich das. Na, komm, genug geredet. Lass uns die Pferde holen. Ich möchte mir deinen Arion endlich mal aus der Nähe ansehen.«

Cora begleitete mich auf die Hausweide. Arion blieb skeptisch stehen, als er sah, dass ich nicht allein kam. Aber dann überwog anscheinend die Neugier. Coras geerdete und sanfte Ausstrahlung – und ein paar Leckerlis – taten ihr Übriges, und mein scheues, misstrauisches Pferd verwandelte sich in ein bettelndes Hündchen.

Ich verkniff mir ein erneutes »das macht er sonst nie« und staunte im Stillen. Arion blubberte leise und schnupperte zärtlich an Coras Gesicht. Dann wandte er sich mir zu, begrüßte mich, genoss die Streicheleinheiten aber nur kurz. Er drehte sich wieder zu Cora, knispelte in ihren Haaren herum, verharrte wie innerlich lauschend vor ihrem Gesicht und flehmte. Überrascht war ich allerdings am meisten, als ich sah, dass Cora Tränen über die Wangen liefen.

»Alles in Ordnung?«, fragte ich vorsichtig.

Cora drehte sich lächelnd zu mir, wobei sie nicht aufhörte, Arion zu streicheln. »Ja, alles gut. Es ist nur … er sieht seiner Mutter so unglaublich ähnlich. Ich glaube fast, er erkennt mich wieder. Unglaublich, nach der langen Zeit, oder? Er war ja noch so klein!«

»Oh«, machte ich betroffen und runzelte die Stirn. Mir fiel ein, was Aides gesagt hatte. »Ja, sieht irgendwie so aus.« Natürlich kannten sie ihn, aber was …?

»Sie ist gestorben«, kam Cora meiner Frage zuvor. »Bei dem Unfall damals. Daeira war Arions Mutter. Scheint so, als wäre ich immer noch nicht richtig drüber hinweg.«

»Das … das tut mir so leid«, stammelte ich.

Cora schüttelte den Kopf. Energisch wischte sie sich die Tränen weg. »So, jetzt aber endlich Schluss mit der Heulerei. Es ist lange her. Die Sonne scheint. Wollt ihr den Duke kennenlernen? Er wird heute unser Begleiter sein, und hoffentlich wird das der Beginn einer glorreichen Männerfreundschaft.« Sie zwinkerte mir verschwörerisch zu, und ich traute mich nicht, weiter nachzufragen.

Der Duke war das absolute Gegenteil von allen Pferden, die ich als potenzielle Weidepartner für Arion erwartet hätte: ein draller, kleiner Haflinger mit dem dicksten Hintern, den ich je bei einem Pferd gesehen hatte. Mit einem Schweif, der in seiner Üppigkeit der Kruppe in nichts nachstand, schlug er nach den letzten Fliegen.

»Haben wir nicht alle unsere Problemzonen? Schau da nicht so hin«, neckte Cora und brach eine Möhre in zwei gleiche Teile, eine für Arion und eine für den hellbraunen Wallach, der ungeduldig seine dicke cremeweiße Mähne schüttelte, als unsere kleine Karawane sich dem Putzplatz näherte.

»Warum steht er auf dem Sandpaddock und nicht auf der Sommerweide mit den anderen?«, wollte ich wissen.

»Das hat natürlich nichts mit seinem Gewicht zu tun«, erklärte Cora und hielt dem Haflinger spielerisch die Ohren zu, während sie mir zuzwinkerte. »Er wird leider von den anderen ein bisschen gemobbt. Manchmal muss ich ihn rausnehmen, damit es nicht zu doll wird und er sich erholen kann. Ich glaube, er braucht einen starken Freund, der auf ihn aufpasst.« Sie sah Arion an. »Und dafür kann er ihn Ruhe und Gelassenheit lehren. Was meint ihr? Ich glaube, ihr würdet euch wunderbar ergänzen.« Sie sah von einem Pferd zum anderen.

Schmunzelnd beobachtete ich die Wirkung ihrer Worte auf die beiden so gegensätzlichen Pferde. Sie beäugten einander wie zwei kampferprobte Raufbolde im Sandkasten, deren Mütter beschlossen hatten, sie miteinander zu verkuppeln, als ob sie jedes Wort verstanden hätten, aber noch nicht so genau wussten, ob sie sich nicht lieber doch erst einmal gegenseitig die Schaufel über den Kopf braten sollten. Vorsorglich fasste ich meinen Führstrick fester.

Aber außer ein bisschen Showgehampel blieb Arion entspannt und freundlich, sogar, als wir die beiden zum Putzen nebeneinanderstellten, die Stricke nur lose über einen hüfthohen Querholm gelegt.

Vielleicht war wirklich etwas dran, an dem was Cora gesagt hatte. Arion war ein geborener Beschützer, und der Duke konnte ihm diese Aufgabe schenken.

Wir ritten beide ohne Sattel. Zuerst dachte ich, Cora würde das aus Solidarität tun, aber sie erklärte mir, dass sie diese Art von gemütlichen Spazierritten genauso liebte wie ich. »Ohne Helm würde ich niemals auf ein Pferd steigen«, sagte sie und drehte sich lachend zu mir um. Wir ritten im Schritt über einen moosbewachsenen Waldweg, in den die Hufe wie in einen Teppich einsanken. »Aber auf blankem Pferderücken spüre ich viel besser, was in ihm vorgeht, wie er seine Muskeln einsetzt, ob er sich verspannt oder gelassen ist. Ich mache das oft, wenn ich ein Pferd erst kennenlerne oder wenn ich es genießen möchte, mich einfach nur tragen zu lassen – ohne irgendwas zu wollen. Dann habe ich das Gefühl, ganz mit dem Pferdekörper zu verwachsen.« Sie grinste breit. »Und wenn ich doch mal schneller absteigen soll, als mir lieb ist, weil er sich erschreckt oder ich irgendwas anderes übersehen habe, muss ich keine Angst haben, mich in blöden Steigbügeln zu verhaken. Geht dir das auch so?«

Ich überlegte und spürte in mich hinein. »Ja, total«, sagte ich schließlich und schlüpfte aus den Bügeln meines Sattelkissens. »Ich dachte nur immer, es würde ihm mehr Stabilität geben. Und mir auch.«

»Oh, das tut es sicher – auf eine gewisse Weise«, meinte Cora. »Es ist absolut wichtig, immer auf sein Bauchgefühl zu hören. Du kannst ihm nur Sicherheit geben, wenn du selbst dich mit ihm sicher fühlst. Ein Pferd durchschaut sofort, wenn du Angst hast. Das ist seine Lebensversicherung als Fluchttier. Unser Training hat viele Gesichter. Dies ist nur eins davon. Es ist ein Weg, den wir beschreiten. Ich benutze auch Sattel und Trense, aber alles zu seiner Zeit und an seinem Ort. Und heute wollen wir nichts anderes voneinander, als euch unser kleines Paradies zu zeigen. Ist es nicht wunderschön?«

Die Bäume teilten sich, und der Weg wurde breiter. Arion und ich kamen neben Cora und den Duke. Er legte kurz die Ohren an, aber auf ein Schnalzen von Cora hin ließen beide Pferde die Köpfe fallen. Ich spürte, wie Arion kurz die Zähne aufeinanderrieb, dann schnaubte er und senkte den Hals. Ich kraulte sein weiches Fell am Widerrist und ließ den Blick schweifen. Hinter den Birken lagen verblühte Heideflächen, in denen ab und zu ein Wacholderbusch oder eine Ansammlung Felsen der Landschaft Konturen gab. Ich hörte einen Bach plätschern, und als ich mich suchend danach umdrehte, sah ich in einiger Entfernung eine Ricke mit einem halbwüchsigen Kitz, die offenbar gerade daraus getrunken hatten.

»Haben die gar keine Angst vor uns?«, flüsterte ich.

»Der Pferdegeruch überdeckt unseren«, antwortete Cora leise. »In diesen Wäldern werden sie außerdem nicht von Menschen gejagt, und Wölfe sehen anders aus als wir.« Sie zwinkerte mir zu.

Ich verkrampfte meine Beine um Arion und angelte nach den Steigbügeln. Sofort spitzte er die Ohren und hob den Kopf.

»Alles gut«, sagte Cora beruhigend, und wieder einmal hatte ich keine Ahnung, ob ihre Worte eher Arion oder mir galten, sie wirkten jedenfalls auf uns beide. »Wir fallen ganz bestimmt nicht in ihr Beuteschema. Sie haben Rotkäppchen nie gelesen und fürchten sich mehr vor uns als wir uns vor ihnen, glaube mir. Wollen wir ein wenig schneller reiten? Fühlt sich so an, als ob die beiden Lust haben, sich zu bewegen.«

Noch bevor ich antworten konnte, setzte Arion sich ungefragt an die Spitze. Ich wollte ihn über Zügel- und Gewichtshilfen zurücknehmen, aber Cora lachte.

»Lass ihn nur. Parier' ihn einfach leicht durch, wenn der Weg sich gabelt, da müssen wir nach links, du wirst erkennen, wo.«

Wir trabten an. Ich fühlte, wie Arion es genoss, seine Beine zu strecken und über den weichen Boden zu federn. Er warf die Hufe, und ich folgte seinen Bewegungen mit meinem Körper, um ihn möglichst wenig zu stören. Als ich mich leicht nach vorn beugte, galoppierte er los. Im ersten Moment bekam ich Angst, weil er so schnell war und gleich lospreschte, aber nach ein paar Sprüngen gelang es mir, ihn allein durch meine Stimme einzufangen. Er wurde langsamer, und ich atmete aus, vielleicht auch umgekehrt. Wir waren ein Rhythmus. Und Cora hatte recht, es tat ihm gut, sich ein wenig auszupowern. Uns beiden tat es gut. Muskelkater wird komplett überbewertet.

Bäume und Büsche flogen an uns vorbei, Arions silberne Mähne tanzte im Wind. Die Kurve war schärfer, als ich gedacht hatte. Ich wollte ihn zum Traben durchparieren, aber Arion forderte ungeduldig mehr Spiel in meiner Zügelhand ein, so als ob er sagen wollte: *Ich kann das. Hab einfach Vertrauen!*

Ich musste kurz an Oleg denken. Der alte Stallmeister würde vermutlich beide Hände über dem Kopf zusammenschlagen, wenn ich dem Pferd seinen Willen ließ. Aber er hatte nicht immer recht. Also ließ ich Arion am langen Zügel sein Tempo wählen, und nach weiteren hundert Metern fiel er ganz von allein in Trab und schließlich in Schritt. Atemlos beugte ich mich über ihn und fiel ihm um den schweißnassen Hals. »Wow, danke!«

Vielleicht hatte ich mich zu schnell nach unten bewegt, auf einmal wurde mir schwarz vor Augen. Ich schlang meine Finger um Strähnen aus Arions Mähne und schnappte nach Luft. Vor meinen Augen drehte sich alles, und als ich mich vorsichtig aufrichtete, fand ich mich in einer anderen Zeitebene wieder.

Godivas Hände waren in die weiße Mähne ihres Pferdes gekrallt. Seine Wärme unter ihren nackten Beinen gab ihr Halt und Kraft. Sicher fanden seine Hufe den Weg durch knöchelhöhen Matsch und Unrat auf der Dorfgasse. Ihr war schwindelig vor Angst. Sie schämte sich, aber sie hatte ihr Ziel fest im Blick. Es war gleich geschafft. Godiva reckte das Kinn nach oben und sah geradeaus. Sie suchte einen Fixpunkt am Horizont, an dem sie sich festhalten konnte: das Schloss, in dem sie mit Leofric lebte. Mühsam unterdrückte sie das Klappern ihrer Zähne

Die Dorfbewohner, an denen sie langsam vorbeischritt, sahen beschämt weg oder drehten sich um. Mütter hielten ihren Kindern die Augen zu. Ein in Lumpen gekleideter Vater stieß seinem barfüßigen Sohn mit den Fingerknöcheln gegen den Kopf. Der Kleine hatte zwischen den Fingern hervorgeschielt. Beide verbeugten sich tief.

Eine alte Frau nahm ihren löchrigen Schal ab und wollte ihn ihr reichen. Ohne zu ihr aufzusehen, streckte sie das gewebte Tuch über sich in die Höhe, damit die Lady es greifen könne.

Für die Dauer eines Wimpernschlages war Godiva in Versuchung. Obwohl die Zofe ihr das Haar geöffnet hatte, das bis auf den Rücken fiel und die Blöße ihrer Brüste bedeckte - sie fror entsetzlich, nicht nur wegen des eisigen Windes, sondern vor allem wegen der eisigen Blicke ihres Gatten und seiner Berater, die auf dem Balkon standen und ihr entgegensahen.

Godiva lehnte das Tuch mit einem warmen Lächeln ab, bedankte sich mit leiser, sanfter Stimme und ritt weiter. Es war nicht mehr weit, nur noch wenige Pferdelängen trennten sie von dem großen Tor.

Sie sah, dass der Earl beeindruckt war. Er stand an der Brüstung, vor dem großen Fenster, das in den Saal führte, in dem er Recht sprach oder sich mit seinen Gefolgsleuten beriet. Schweigend sah er auf den Marktplatz herab, auf die Menge, die Spalier gestanden hatte und nun ebenso erwartungsvoll zu ihm aufsah wie seine nackte Gemahlin auf ihrem mit Rosenblüten geschmückten Schimmel.

»Ich werde mein Wort halten müssen.« Sie hatte es getan. Dieses Teufelsweib hatte es tatsächlich getan! Er hatte die Wette gewonnen. »Die Steuern werden erlassen«, zischte er und riss dem Mann, der neben ihm stand, einen Lederbeutel aus der Hand. Dann beugte er sich über die Brüstung und rief noch einmal, laut diesmal und plötzlich bester Stimmung: »Die Steuern werden erlassen.«

»Es ist nicht das Ende. Wir sehen uns wieder.« Mit langen Schritten verließ sein Berater das Balkonzimmer.

Leofric schmunzelte. Der Dunkle war immer schon ein schlechter Verlierer gewesen. Mit einem zufriedenen Lächeln schüttete er den Inhalt des Lederbeutels in seine vernarbte Hand. Es waren drei Münzen mit kunstvoll *gestalteten Pferdefiguren. Sie sahen sehr alt aus, aber mit einer hübschen Fassung würden sie Godiva vielleicht milde stimmen. Nachdenklich ließ er eins der Geldstücke über seine Finger tanzen. »Vergiss nie, wem du dienst«, murmelte er und schloss seine Finger um die Münzen, bis der Schmerz übermächtig wurde.*

Ich öffnete die Augen und löste meine verkrampften Finger aus Arions Mähne. Mir war schlecht, eiskalt, und meine Knie zitterten. Hätte ich jetzt absteigen müssen, wäre ich wahrscheinlich in mich zusammengesunken wie ein Schneemann in der Sonne.

Cora und der Duke brauchten eine Weile, bis sie aufgeschlossen hatten und neben uns kamen. Der Haflinger schwitzte ebenfalls. »Hammer, ihr seid schnell!«, rief Cora. Ihre Augen funkelten vor Begeisterung. »Alles in Ordnung?« Prüfend sah sie mich an.

Ich grinste zurück und richtete mich ein wenig ächzend auf. »Ja, hat gutgetan. Du hattest völlig recht.«

5. Reden ist Silber?

Zwanzig Stunden zuvor

Anyta Kuret sah aus dem Fenster. In einem unruhigen, wilden Rhythmus tippten ihre Fingerspitzen auf den verschränkten Oberarmen herum. Sie hätte es ahnen müssen. Der Apfel fiel nicht weit vom Stamm. Das Kind war genau wie seine Mutter: stur, uneinsichtig und impulsiv. Bei Cora war es dasselbe gewesen, wenn auch unter ganz anderen Voraussetzungen. Und damals wie heute führte so ein unvernünftiges, naives Verhalten zu einer Katastrophe. Sie hatten sie davor bewahren wollen. Ihr ganzes Leben hatten sie darum herumgebaut, diesen Mädchen Sicherheit zu geben, ihre Gabe in kontrollierte Bahnen zu lenken, sie zu beschützen. Und nun? Ein einziger Scherbenhaufen, Chaos, Ruin. War das der Dank?

Sie drehte sich um und sah zum Telefon, das schweigend auf dem Tisch lag, direkt neben den Unterlagen von der Bank. Der Kredit. Die Wirtschaftsförderung. Sie musste die Bank hinhalten. Wenn der Scheck platzte, dann …

Godje hatte das Pferd gestohlen. Sie hatte ihm die Zukunft geraubt – und sich selbst. Wo steckte Godje? Sie musste Helfer gehabt haben. Fynn? Möglich, der Junge war verliebt, und sie hatten ständig zusammengehangen. Aber Anyta konnte sich nicht vorstellen, dass er etwas wusste. Godje hatte ja selbst keine Ahnung. Da draußen war sie nicht sicher. Es würde nicht lange dauern, bis er sie fand, Godje und das Pferd. Ein solcher Hengst, ein Mädchen mit solchen Fähigkeiten, die blieben nicht lange unsichtbar. Und das Kind wusste noch lange nicht, wozu es wirklich imstande war, es würde ihm nichts entgegensetzen können, wenn er sie fand. Vielleicht hatte er sie auch schon längst gefunden. Er hatte Mittel und Wege, die ihnen nicht offenstanden. Vielleicht waren sie ihm alle in die Falle getappt. Sie hätte es wissen müssen.

Anyta stöhnte. Sie würde die Polizei einschalten müssen – wenn Margarete das nicht schon längst getan hatte. Und wieder würde Fergus' Mutter ihr die Schuld geben. An allem. Aber zuerst musste sie die Sponsoren informieren. Sie griff zum Hörer.

Die Tür ging auf, als sie gerade auflegte. Oleg warf seine Mütze auf die Ablage, ging grußlos hinüber zur Spüle und setzte Wasser auf, um sich einen Kaffee zu brühen. Er war immer noch wütend auf sie, Anyta wusste das. »Gibt es eine Spur? Was hat Margarete gesagt?«, fragte sie.

Oleg schüttelte den Kopf und brummte etwas Unverständliches, bevor er sich ächzend auf einen Stuhl fallen ließ. Der Briefumschlag in der Innentasche seiner Jacke knisterte leise, doch in seinen Ohren klang es wie das Getöse eines kalbenden Eisbergs. Er musterte sie. »Du siehst blass aus«, stellte er emotionslos fest.

»Ist das ein Wunder?«

Er zog die Augenbrauen in die Höhe und wollte wieder aufstehen.

Anyta ging einen Schritt auf ihn zu. »Es tut mir leid«, behauptete sie und setzte sich zu ihm. Sie knetete ihre Hände im Schoß. »Bitte bleib. Versteh doch, ich hatte keine Wahl.«

»Man hat immer eine Wahl«, widersprach er. »Du hast sie beide verraten. Das wird sie dir nie verzeihen.«

»Ich möchte nicht mit dir streiten«, erwiderte sie scharf. Dann schloss sie für einen Moment die Augen und sprach ruhiger weiter. »Die Bank

hat uns Aufschub gewährt. Sie sagten, es sei kein Problem, wenn Arion erst in ein paar Wochen nach Hardenberg ginge. Das Geld ist schon raus und soll spätestens morgen gutgeschrieben sein. Es klang so, als hätte jemand vor mir angerufen und für uns gebürgt. Weißt du etwas darüber?«

»Gebürgt«, wiederholte Oleg abfällig. »Lass mich da raus. Du hast ihm deine Seele verkauft, und du weißt es genau.« Unwillkürlich rieb er über die alte Verletzung.

Sie betrachtete seine vernarbte Hand. »Haben wir das nicht alle irgendwann?«, fragte sie leise.

Als wir zurückkamen, stand ein Pick-up unter dem mächtigen alten Walnussbaum vor dem Haus.

»Das ist nur Aides«, sagte Cora, als sie meinen alarmierten Blick sah. »Keine Angst. Du bist hier sicher.«

»Bin ich das?« Mit einem Schlag waren alle meine Probleme und Sorgen wieder zurück in meinem Kopf und meinem Herzen.

»Wir finden eine Lösung.« Sie sprang ab und sah mich aufmunternd an. »Komm, bringen wir erst einmal die Pferde auf die Weide. Alles wird gut, versprochen.«

Ich nickte langsam und schluckte den Kloß in meinem Hals hinunter. Schweigend kratzten wir den Pferden die Hufe aus. Da wir den letzten Kilometer im Schritt geritten waren, hatten sie kaum noch feuchte Stellen im Fell, und das obwohl beide schon ordentlich Winterfell entwickelt hatten, der Duke mehr als Arion. Ich vermutete, das lag daran, dass der Hengst bei Anyta nachts meist im Stall gewesen war.

Als wir den beiden die Halfter abnahmen und sie auf die Hausweide entließen, sprengten sie gemeinsam davon, als ob sie immer schon beste Kumpels gewesen wären. Sie drehten eine große Runde, während der sie übermütig buckelten und furzten. Dann ließen sie sich nacheinander nieder und wälzten sich ausgiebig, während der jeweils andere dastand und mit erhobenem Kopf in die Umgebung witterte.

»Unglaublich«, hauchte ich fröstelnd.

»Jungs eben«, lachte Cora und legte nach einem kurzen Moment des Zögerns den Arm um mich. »Schön, dass ihr da seid.«

»Danke!« Schüchtern drückte ich sie zurück. Ihre Körperwärme tat gut.

»Ist dir kalt? Geh ruhig schon rein. Ich hole noch ein wenig Heu für die Raufe. Zu zweit werden sie mehr Raufutter brauchen.«

»Das kann ich doch machen«, bot ich an. »So wird mir am ehesten wieder warm.«

Cora nickte erfreut. »Okay. Weißt du, wo alles ist?«

»Aides hat es mir gezeigt.«

»Super. Dann sehen wir uns drin. Mal sehen, was er uns gekocht hat. Heute Mittag ist er dran. Meist gibt's dann Pasta mit Soße aus dem Glas«, kicherte sie und löste sich vom Zaun. »Vielleicht kann ich das noch etwas aufpeppen – und den Ofen anwerfen.«

Ich sah den beiden Pferden, die bereits einhellig ihre Köpfe ins Gras gesteckt hatten und nach den leckersten Hälmchen angelten, noch einen Moment zu.

Arion war angekommen. Und ich? Mir war so kalt, als sei ich selbst gerade splitterfasernackt durch Coventry geritten. Unwillkürlich berührte ich mein Amulett, das von meinem Hemd verborgen schweigend auf meiner nackten Haut lag. Selbst sein stetes Glimmen reichte diesmal nicht, um mich aufzuwärmen. Noch immer hatte ich keinen blassen Schimmer, wie das alles weitergehen sollte.

Nachdenklich machte ich mich auf in Richtung Scheune, wo Heu und Stroh lagerten. Ich musste immerzu an Lady Godiva denken. Drei Münzen. Es gab drei Münzen. Eine trug ich, die zweite hatte Cora … Gab es etwa noch eine dritte Amulettträgerin?

Es gab so vieles, was ich meine Schwester dringend fragen wollte. Ob sie auch solche Visionen hatte? Sie musste mir dabei helfen, diese Gabe zu kontrollieren. Und ich brauchte eine Idee, wie es für Arion weitergehen sollte. Wir konnten nicht für immer hier untertauchen, Nana war bestimmt schon krank vor Sorge, und ich konnte nicht ewig die Schule schwänzen.

Als ich das Haus betrat, war das Geschirr abgewaschen, und im Herd garte ein Nudelauflauf. Mir lief das Wasser im Mund zusammen, aber die Küche war menschenleer. Nur Waldo hob sofort den Kopf. Er begrüßte mich immerhin mit einem müden Schwanzwedeln, bevor er sich wieder auf seiner Decke vor dem frisch angefeuerten Holzofen zusammenrollte, in dessen Innerem es bollerte und knisterte.

Dankbar streckte ich meine klammen Finger in die aufsteigende heiße Luft und rieb die Handflächen aneinander. Dann drehte ich mich um und wärmte meinen Po in der abstrahlenden Hitze, was Waldo mit einem erneuten Schwanzwedeln kommentierte. Ich kniete mich hin und streichelte ihn.

Aus der offenen Dielentür drang Stimmengewirr zu uns. Ich meinte, meinen Namen zu hören, und löste mich widerstrebend aus der angenehmen Wärme. Hatte Cora mich gerufen, oder hatte ich mich getäuscht?

Als ich in den Flur hinaus horchte, war wieder alles still. Ich lauschte einen Moment. Dann hörte ich Aides' Stimme aus dem Arbeitszimmer. »Die Leute aus dem Dorf werden Fragen stellen. Es wird uns niemand glauben, dass wir urplötzlich eine schulpflichtige Tochter haben.«

Sie machten sich also auch Gedanken. Bedächtig setzte ich einen Fuß vor den anderen, damit der Dielenboden mich nicht durch sein Knarzen verriet, während ich neugierig näher heranpirschte. Natürlich würde ich mich zu erkennen geben, Lauschen war kein feiner Zug. Ich hatte nur so ein Gefühl, dass sie mir nicht alles sagten. Ich wollte lediglich … Die Holzdiele unter meinem rechten Fuß knarzte mahnend, als ich mein Gewicht verlagerte. Sofort blieb ich stehen und hielt die Luft an.

»Wieso darf denn niemand wissen, dass sie meine Schwester ist?«, erwiderte Cora gerade.

»Du weißt, warum. Er sucht sie … dich.« Aides redete ruhig, aber eindringlich auf sie ein. »Durch Godje ist er euch beiden auf der Spur. Und du weißt auch, wie gefährlich er ist.«

»Glaubst du das wirklich? Nach all den Jahren? Aber was sollen wir dann tun?«

»Ich kann den Schutz nicht ewig aufrechterhalten. Nicht für vier von uns.«

Wovon redeten die beiden? Ich öffnete meinen Mund, um mich zu erkennen zu geben. In diesem Moment piepte der Backofen, und ich zuckte zusammen. Waldo bellte pflichtschuldig und schoss an mir vorbei durch die angelehnte Tür, die nun scheppernd aufflog.

»Essen ist fertig«, rief ich geistesgegenwärtig, gerade als Cora, dicht gefolgt von Aides, aus dem Zimmer trat. »Hier steckt ihr! Wo sind denn die Teller? Ich wollte gerade den Tisch decken.«

»Oh, hallo, Godje. Ich habe dich gar nicht gehört.« Sie lächelte mich an.

»Bin auch eben erst rein«, schwindelte ich. »Waldo war schneller.«

Die beiden wurden mir zunehmend unheimlich. Ich konnte das alles nicht einordnen. Meine Nerven lagen blank. Meine Schwester und ihr Mann waren ganz sicher keine Axtmörder, aber mein Bauchgefühl sagte mir, dass es vielleicht besser war, wieder von hier zu verschwinden. Geordneter Rückzug sozusagen. Andererseits war unser Unterschlupf für Arion mehr als perfekt. Er blühte auf. Schon nach diesen nicht mal ganz zwei Tagen hatte ich das Gefühl, ein völlig anderes Pferd vor mir zu haben. Nur mir selbst ging es anders. Mich fraß etwas auf, weswegen ich das alles nicht wirklich genießen konnte. Ich kam nicht zur Ruhe, im Gegenteil. Hier war ein geschützter Ort. Auch wenn ich nicht wirklich wusste, was Aides damit vorhin gemeint hatte, ich spürte die Schatten der Vergangenheit, die überall um uns herum lauerten, bereit, sich auf mich zu stürzen, wenn ich nur einen unbedachten Schritt tat. Ein Teil in mir wollte wissen, kämpfen und sich dem stellen, aber der weitaus größere wollte einfach nur weglaufen. Zurück zu Nana, in mein Kinderzimmer, und mir unterm Bett die Decke über den Kopf ziehen.

Beim Essen sprach ich unauffällig das Schulthema an. »Könnte mich jemand von euch am Montag in die Stadt bringen? Ich habe mir überlegt, wenn ich für einen Tag hingehe, verschafft mir das noch einmal etwas Aufschub, bis uns – also, bis mir etwas eingefallen ist für Arion. Ein Attest vom Arzt brauche ich erst am dritten Tag vorlegen, den ich hintereinander fehle. Und … ich muss Nana sagen, dass es mir gut geht. Sonst ruft sie noch die Polizei. Sie ist sicher schon halb durchgedreht.«

»Ich dachte, Oleg hätte ihr …?« Aides sah mich mit gerunzelter Stirn an.

»Lass«, bat Cora.

Daraufhin stocherte er stumm in seinem Auflauf herum.

»Ja, uns muss wirklich etwas einfallen«, stimmte sie mir zu. »Es ist gut, dass du es ansprichst.«

»Ich habe mir gedacht, ich könnte Arion vielleicht Anyta abkaufen«, platzte ich mit dem Gedanken heraus, den ich schon die ganze Zeit immer wieder in meinem Kopf herumwälzte. »Meine Ersparnisse werden wohl nicht reichen, aber Fynns Eltern haben Geld. Vielleicht leiht er mir was. So ein Pferd ist ja auch eine Investition, und wenn er vielleicht hierbleiben könnte … also seine Unterbringung könnte ich ja abarbeiten, an den Wochenenden und in den Ferien. Ich kann gut mit anpacken, ich bin fleißig und stark. Das habt ihr ja bereits gesehen, und –«

»Godje …«

Ich wollte nicht hören, was sie mir gleich sagen würden. Ich wollte nicht noch mehr wissen. Ich war nicht zu stoppen. »Vielleicht gibt sogar Nana etwas dazu. Ich meine, wenn Arion hier ist, muss sie nicht ständig Sorge haben, dass mir was passiert, und –«

»Godje!«

»Außerdem kann Anyta den Preis auch gar nicht soooo hoch ansetzen. Immerhin ist er nicht reitbar und schon zehn und das mit der Körung –«

»Godje, stopp!«

»Was?« Ich rang nach Atem.

Aides hatte inzwischen beide Hände um meine Schultern gelegt und zwang auf diese Weise meinen Blick in seine Richtung. »Es geht nicht um das Pferd. Es geht um dich! Um uns. Das ist dir doch klar, oder?«

»Aber …« Ich schüttelte hilflos den Kopf. »Nein, Quatsch. Was soll das denn heißen?«

Cora sah Aides warnend an. Wieder so ein Blick, den ich nicht verstand. »Gibt es irgendwas, das ich wissen müsste?«, fragte ich. »Hallo? Würdet ihr mich bitte einweihen? Könnt ihr offen mit mir reden und nicht so tun, als wäre ich fünf? Ich glaube nicht mehr an den Weihnachtsmann, ihr könnt mir ruhig die Wahrheit sagen.«

»Das tun wir auch«, sagte Cora ruhig. »Es ist dein gutes Recht und sogar wirklich wichtig, dass du alles erfährst. Aber eins nach dem anderen und alles zu seiner Zeit. Jetzt kümmern wir uns erst einmal um deine Schule.« Sie sah Aides an, der auf seinen Teller starrte und wieder in seinen Rosenkohlröschen herumstocherte. Ich sah, wie seine Kiefermuskeln unter dem Bart arbeiteten.

»Ich kann dich am Montag hinbringen. Ich muss etwas in Hannover erledigen«, sagte Cora. »Das heißt, wir müssen verdammt früh aufstehen. Es ist eine lange Fahrt.«

Aides nickte. Er blickte auf und zwang sich zu einem Lächeln, als er mich ansah. »Querfeldein über die Reitwege geht selbst mit dem Pick-up schlecht. Ich kann mitkommen, wenn ihr wollt, und Schmiere stehen. Noch jemand Sellerieschnitzel, oder kann ich das letzte haben?«

Am Nachmittag half ich Aides draußen an der Weide. Wir ersetzten ein paar morsch gewordene Pfähle und reparierten die Litze, damit Arion nicht doch noch unverhofft zwischen den Stuten auftauchte. Dem Himmel sei Dank schien er (im Gegensatz zu mir) keinerlei Muskelkater oder sonstige Probleme von unserem Gewaltritt davongetragen zu haben. Er war eindeutig wesentlich besser im Training als ich. Neugierig sah uns der Hengst eine Weile zu, dann verzog er sich in den hinteren Teil der Weide, graste und beobachtete die Pferde auf der anderen Seite.

Aides war kein großer Redner, und so hingen wir beide unseren Gedanken nach, während wir Löcher schaufelten, Pfosten eingruben und neue Drähte spannten.

Irgendwann hielt ich den Widerspruch zwischen der Stille draußen und dem Lärm in meinem Kopf nicht mehr aus. Ich wusste es wirklich zu schätzen, dass die beiden mich nicht mit Fragen löcherten, wie es Erwachsene sonst ständig tun, aber *ich* wollte Antworten. Ich *brauchte* Antworten. Wütend riss ich mit der Zange an einem widerspenstigen, verrosteten Stück Draht herum.

»Au.« Ein Tropfen Blut quoll aus meinem Daumen und plitschte ins Gras.

Aides war mit drei langen Schritten bei mir, zog mir den Finger aus dem Mund und begutachtete den Schnitt. »Ist nicht tief«, stellte er fest. »Aber geh trotzdem lieber ins Haus und lass dir von

Cora Jodsalbe und ein Pflaster geben. Ich bin hier gleich fertig.« Er betrachtete seine Bauteile und ließ seufzend den Hammer sinken. »Was soll's? Ich begleite dich. Das kann ich auch später fertig machen.« Nebeneinander stapften wir durch das feuchte Gras zurück zum Hof.

»Wie habt ihr euch eigentlich kennengelernt?«, fragte ich unvermittelt.

Aides lachte. »Das geht dir im Kopf herum?«

Ich zuckte mit den Achseln. »Was die wirklich wichtigen Antworten angeht, scheint ihr ja so eine Art Schweigegelübde abgelegt zu haben.«

Er sah mich mit schief gelegtem Kopf von der Seite an. »Du brauchst Geduld, Godje.«

»Die habe ich reichlich«, widersprach ich schmollend. »Sonst wäre ich mit Arion wohl nie so weit gekommen.«

»Dann möchte ich nicht wissen, wie hibbelig du warst, bevor du ihm begegnet bist.« Er grinste breit. »Ich habe als Pferdepfleger auf Anytas Hof angefangen. Mein Vater hat mir den Job verschafft, kurz bevor er sich abgesetzt hat.«

»Abgesetzt?«, wiederholte ich.

»Er ist verschwunden, von einem Tag auf den anderen, und hat meine Mom, meinen kleinen Bruder und mich sitzen lassen.«

»Dann hat deine Mutter innerhalb kurzer Zeit ihren Mann und ihren Sohn verloren«, sagte ich leise.

Aides starrte ins Leere. »Ja. In gewisser Weise stimmt das wohl. Aber manchmal hat man keine Wahl. Vielleicht zieht sich dieses Muster nicht nur durch deine Familie.«

Ich biss mir auf die Lippen. Mein Daumen puckerte.

»Aber die Vorstellung, dass Nana und Anyta nie etwas gesagt haben, nie nachgefragt, wo ihr seid oder wie es euch geht … Ich wusste nichts über euch! Warum haben sie euch einfach ausradiert, als hätte es euch nie gegeben?«

Aides blieb stehen und packte mich erneut bei den Schultern. »Wer sagt dir denn, dass sie das tatsächlich getan haben?«

»Aber –?!«

Er unterbrach mich. »Wenn es so aussah, haben sie alles für eure Sicherheit getan, was ihnen möglich war.«

»Da! Du tust es schon wieder«, platzte es aus mir heraus. »Immer diese Andeutungen. Warum sagt ihr mir nicht endlich, was hier los ist?«

»Auch das hat mit deiner und unserer Sicherheit zu tun. Je weniger du weißt, desto besser zum jetzigen Zeitpunkt.«

»Zum jetzigen Zeitpunkt«, äffte ich ihn nach. »Und wann ist der vorbei? Traut ihr mir etwa nicht?«

»Traust du uns?«

Ich biss mir auf die Zunge. Volltreffer. »Wie könnte ich das denn?«, murrte ich schmollend. Vielleicht sollte ich meine Sachen packen und irgendwohin anders reiten. In den Niederlanden gab es eine Insel mit Wildpferden. Wenn ich nur schon ein paar Jahre älter wäre … vielleicht konnte Fynn mir helfen. Fynn …

»Womit wir wieder am Ausgangspunkt wären«, fasste Aides zusammen. »Geduld.«

Wir standen vor dem Hauseingang. Über uns in der alten Walnuss jagten sich zwei Eichhörnchen. Aides wandte sich zum Gehen.

»Ich dachte, du kommst mit rein?«, fragte ich verdutzt.

Stattdessen erntete ich ein Kopfschütteln. »Wenn du magst, treffen wir uns in einer halben Stunde am Roundpen. Ich kann dir vielleicht helfen, ihm die Angst vor Sätteln zu nehmen. Das ist erheblich rückenschonender für Arion, falls ihr mal wieder bei Nacht und Nebel einen Gewaltritt über so lange Distanzen vorhabt.«

Damit ließ er mich stehen und ging zurück.

Aus purer Gewohnheit zog ich mein Handy aus der Hosentasche. Und tatsächlich hatte es nicht nur endlich meine Nachricht an Fynn durchs Funkloch geschafft, sondern auch seine Antwort.

Sehen wir uns Montag in der Schule? ;-) 🤫

Ja. Cool.

Ja? Cool? Mehr nicht? Ich starrte das Display meines nutzlosen Smartphones an. Er war immer noch sauer. Ich wurde noch irre hier! Ich vermisste Fynn, ich vermisste meine Freundinnen und Nana und Oleg. Und sogar … nein, Anyta vermisste ich nicht. Ich biss die Zähne zusammen und steckte das Handy weg.

Dann holte ich es wieder raus.

Kannst du Nana bitte sagen, dass es mir gut geht?

Und dass es mir leidtut?

Alles?!

Ich starrte auf das Feld, in dem Häkchen erscheinen müssten, wenn die Übertragung geklappt hatte. Aber da war nur wieder diese blöde

Uhr. Kein Netz. Kein einziger Balken. Ich saß hier fest im vermutlich einzigen Funkloch Deutschlands. Und ich hatte mir das selbst eingebrockt.

6. Bauchschmerzen

Siebzehn Stunden zuvor

Margarete Philipp schloss das alte Fotoalbum und schob es unter die Blechdose mit ihren Ersparnissen. Einen Moment lang ließ sie ihre Hände darauf liegen. Faltig sahen sie aus, die Haut lag wie dünnes Pergament über den blaugrünen Adern und den helleren Sehnen. Jedes Jahr waren mehr Pigmentflecke dazugekommen, wie überdimensionierte Sommersprossen.

Wo war die Zeit geblieben? Eben noch hatte sie den Jungen in die Schule gebracht, einen gefühlten Tag später hatte er dieses Pferdemädchen geheiratet, und dann hatte sie wieder Windeln gewechselt. Erst die von Cora … und schließlich die von Godje. Jetzt war selbst die Kleine schon so groß. Godje fühlte sich erwachsen, aber sie war immer noch ein Kind. Ihr Enkelkind, das letzte, das ihr geblieben war. Oder eben auch nicht.

Zwei Nächte war das Kind nun bereits fort. Mit diesem vermaledeiten Hengst. Wie viel Unglück sollten die Pferde denn noch über diese Familie bringen? Und wie viel Anteil hatten die Kureten daran!

Sie sah aus dem Fenster. Hinter den Bäumen sah sie Licht herüberschimmern. Es musste aus Anytas Küche kommen. Vielleicht konnte sie auch nicht schlafen. Kein Wunder, wenn auch nur die Hälfte von dem stimmte, was Oleg ihr anvertraut hatte. Er hatte kein Wort darüber verloren, aber sie war nicht blöd.

Margarete nippte an ihrem Kräutertee und träufelte noch ein paar Tropfen Baldrian hinein. Vielleicht half er ihr beim Einschlafen. Das Gespräch mit dem alten Stallmeister hatte ihr Angst gemacht, auch wenn sie das meiste ohnehin schon geahnt hatte. Sie war auch nicht taub oder blind. Sie hatte bereits eine Generation ihrer Familie an diese Gabe verloren. Sie würde nicht zulassen, dass es ein weiteres Mal geschah.

Zwei Kinder hatten die Kureten ihr genommen, damit es der Dunkle nicht tat. Und zwei waren dennoch gestorben. Das Ergebnis war für sie das gleiche: Sie blieb einsam zurück. Und nun sollte es ein drittes Mal so kommen? Margarete Philipp schüttelte bedächtig den Kopf. Sie mussten zusammenhalten, hatte Oleg gesagt. Und vertrauen. Auf Godjes Kraft und ihren Mut. Oh, das tat sie, ganz gewiss. Wer wüsste besser als ihre Nana, was für einen Sturkopf sie da großgezogen hatte? Und zwar ganz allein. Ohne Anyta Kuret und ihre Helfer, die sich erst für das Kind interessierten, seit es dieses furchtbare Amulett gefunden hatte.

Sie hatte einen Verdacht, wohin Godje mit dem Pferd geflohen sein mochte. Es war völlig verrückt und ganz und gar unwahrscheinlich. Woher sollte sie auch wissen, dass … Sie konnte unmöglich ahnen … Margarete stöhnte auf und griff sich ans Herz. Die Stiche waren wieder da, und sie bemühte sich, ruhig und tief weiterzuatmen.

Aber wenn es zutraf, dann hatten sie nicht einmal eine Möglichkeit, mit ihr Kontakt aufzunehmen, geschweige denn, sie von dort zurückzuholen, ohne sie noch mehr in Gefahr zu bringen. Alle beide – oder alle drei –, wie man es nahm.

Sie würde Anyta das verdammte Pferd abkaufen. Damit endlich Ruhe war. Dann würde Godje zu ihrer Nana zurückkehren, und alles würde gut werden. Diesmal musste es das. Was blieb denn sonst noch?

Ächzend stand sie auf und löschte das Licht.

Mein Amulett pulsierte immer stärker auf meiner Brust, je näher ich den Pferden auf der Weide kam. Arion und der Duke standen mit gesenkten Köpfen in ein paar Metern Abstand voneinander und hielten sich mit trägem Schweifwischen die letzten Fliegen vom Leib. Der Wallach graste hingebungsvoll, Arion döste mit halb geschlossenen Augen. Nur an der Bewegung ihrer Ohren konnte ich ablesen, dass die beiden mich sehr wohl kommen hörten. Ein bisschen mehr Aufmerksamkeit hätte ich mir durchaus gewünscht, aber gegen diese aufkeimende Männerfreundschaft kam ich anscheinend auch nicht mit dem Geräusch eines Apfels an, in den ich mit krachendem Geräusch hineinbiss. Endlich hob Arion den Kopf und brummelte leise, bevor er gnädig ein paar Schritte auf mich zumachte. Ich hielt ihm eine Apfelhälfte hin, und er schnoberte erst ausgiebig über meine Handfläche, bevor er die Frucht mit seinen Lippen aufnahm und sabbernd zermalmte. Neugierig geworden kam der Duke näher, aber ein ungnädiges Schweifschlagen Arions genügte, um ihn auf Abstand zu halten. *Das ist mein Mädchen,* signalisierten auch seine angelegten Ohren. Okay, vielleicht meinte er auch: *mein Apfel.*

Allerdings schien ihm der dann doch nicht so richtig zu schmecken. Zumindest ließ er durchgekaute Bröckchen einfach wieder fallen. Ich glitt mit meiner Hand über seine Rippen, eigentlich, weil ich mir den Schaum abwischen wollte, aber dann stutzte ich. Er fühlte sich warm an, zu warm, genau wie mein Medaillon. Seine Bauchdecke war gespannt, und vielleicht schlug er nicht nur nach dem Duke mit seinem Schweif. »Hast du Bauchweh?«, fragte ich alarmiert. Seit wann hatte Arion solche Sorgenfalten um die Augen? Und waren die Maulwinkel nicht auch ein wenig verkniffen? Eponas Amulett um meinen Hals strömte immer mehr Hitze aus. Hier stimmte etwas nicht.

»Warte, ich hole jemanden«, versprach ich und rannte den ganzen Weg zurück.

»Cora? Aides! Wo seid ihr? Hilfe!«

Waldo quittierte meine panischen Rufe mit lautem Bellen und sprang mir fröhlich entgegen. Innerhalb von Sekunden flogen die Tür zu der kleinen Werkstatt neben der Scheune und ein Fenster im Dachboden auf. Beinahe gleichzeitig kamen wir alle vier unter dem großen Walnussbaum zum Stehen.

»Was ist los?«

»Wo brennt's?«

»Ich glaube, Arion hat Bauchschmerzen«, keuchte ich atemlos.

Irritiert bemerkte ich, dass Aides irgendeinen länglichen Gegenstand hinter den Pick-up fallen ließ. Cora hielt einen Schürhaken in der Hand. Als sie meinen Blick bemerkte, sagte sie, ohne mit der Wimper zu zucken: »Gut, dann muss ich dir das Golfspielen ein andermal beibringen.«

Aides zog belustigt eine Augenbraue hoch. Mir war dagegen überhaupt nicht zum Scherzen. »Bitte beeilt euch. Das macht mir Angst.« Ich griff nach Coras Hand und zog sie mit mir.

Aber Cora schüttelte mich ab. Sie blieb kurz stehen, legte eine Hand auf ihr Herz und schloss die Augen. Bis sie sie wieder aufschlug, kämpfte ich mit den längsten zehn Sekunden meines Lebens. Ich hibbelte von einem Bein auf das andere und zerbiss mir die Lippenschleimhaut. »Cora, bitte komm!«, flehte ich und sah hilfesuchend zu Aides, der einfach nur abwartend danebenstand.

»Hol sein Halfter und den Strick und bring mir das Kräuteröl aus der Futterkammer«, befahl Cora plötzlich, und Aides rannte los. »Das auf dem Bord in der grün-weißen Pappschachtel«, rief sie ihm hinterher.

»Was ist los?«, wimmerte ich.

»Das sehen wir uns jetzt an«, antwortete Cora und trabte in Richtung der Weide. Sie legte ein schnelleres Tempo vor, als ich ihr zugetraut hätte, immerhin war sie ja schon fast dreißig.

»Ich bin siebenundzwanzigeinhalb, wenn du es genau wissen willst«, prustete sie, als wir die Pferde beinahe erreicht hatten.

»Wie kommst du jetzt darauf?«, fragte ich im Laufen. »Könnt ihr beiden Gedanken lesen? Das ist echt creepy, weißt du das?«

Sie lachte trocken. »Godje, gewöhn dich daran, dass wir alle in dieser Familie ein wenig sensibler sind als die meisten Leute. Du denkst so laut, wie andere sprechen. Deine Gesichtszüge sind ein offenes Buch. Aber jetzt haben wir dafür keine Zeit.«

Gehorsam klappte ich meinen Mund wieder zu. Arion atmete angestrengt. Mir kam es so vor, als hätte sein Zustand sich innerhalb der höchstens zehn Minuten, die ich weg gewesen war, drastisch verschlechtert. Sein Fell rund um Hals, Brust und in den Flanken glänzte dunkel vor Schweiß. Ich konnte das Weiße in seinen Augen sehen. Der Graue machte Anstalten, sich hinzulegen, aber Cora sprang ihm in den Weg. Ihr Blick flog zu Aides, der uns jetzt auch endlich erreichte. »Das Halfter, schnell«, rief Cora ihm zu und fing es bereits in der Luft auf.

Ich hatte noch nie vorher eine heftige Kolik gesehen, aber das war eine, so viel stand fest.

»Müssen wir nicht einen Tierarzt anrufen?«, schluchzte ich.

»Das habe ich bereits erledigt, aber der kann erst in einer Dreiviertelstunde hier sein«, erklärte Aides. Mit ruhigen Schritten ging er auf den Bauch des Hengstes zu und hielt sein Ohr daran, während Cora das Halfter an seinem Kopf festschnallte. Sie drückte mir den Strick in die Hand. »Hier, du musst ihn gleich führen. Halte ihn in Bewegung, lenk ihn ab. Aber erst messen wir Fieber.« Sie ging mit einem Thermometer in der Hand zu Arions Kruppe und hob den Schweif. Dabei sah sie zu Aides. »Und?«

Aides richtete sich auf und verzog das Gesicht zu einer besorgten Grimasse. »Ich konnte kaum Darmgeräusche hören. Da drin ist es viel zu still. Seine Atemfrequenz ist erhöht, der Puls auch.«

Cora steckte das Thermometer ein und nahm Aides die Pappschachtel ab. »Fieber hat er nicht. Das ist schon mal gut.« Mit geübten Fingern zog sie eine Spritze mit brauner Flüssigkeit auf und warf Aides die Flasche zu, der sie geschickt auffing und wieder in die Schachtel steckte.

Sanft redete sie auf Arion ein, der in ruckeligen, kleinen Kreisbögen um mich herum stakste. »Warte kurz. So.« Rasch flößte sie dem Hengst das Medikament in den Maulwinkel. Arion schluckte vorbildlich und stülpte erst danach angewidert die Lippen um. Dabei roch es gar nicht so schlecht, nach Kräutern und irgendwie nach Weihnachten. »Was ist das für Zeug?«, fragte ich.

»Weitergehen, Godje, immer in Bewegung bleiben«, mahnte mich Cora, während sie die Spritze im Gras abwischte. »Es ist ein pflanzliches Medikament, eine Ölmischung aus Anis, Fenchel, Kümmel und Zimt. Es wirkt manchmal Wunder, aber es schmeckt widerlich.«

Aides schmunzelte. »Oh ja. Ich kann ein Lied davon singen. Deine Schwester scheut nicht davor zurück, es auch Menschen zu verordnen. Also überleg dir gut, ob du bei uns jemals Bauchkrämpfe bekommen möchtest.«

»Bauchweh ist immer Mist«, murmelte ich und streichelte Arion über den Kopf, den er inzwischen kraftlos auf Höhe meines Bauchnabels hängen ließ. »Können wir nicht mehr für ihn tun?« Mein Blick kreuzte den von Aides. »Geduld, ich weiß«, kam ich ihm zuvor. Anscheinend war das mit dem Gedankenlesen wirklich gar nicht so schwer.

Cora kam neben uns. Gemeinsam marschierten wir mit Arion über die Wiese. Sein neuer Freund kam in einigem Abstand hinter uns hergetrottet. Jetzt fing es auch noch an zu regnen. Das genügte dem Duke, um Freundschaft Freundschaft sein zu lassen und sich unter die Bäume zurückzuziehen. Arion registrierte das desinteressiert. »Er gefällt mir nicht«, murmelte ich besorgt.

»Ich hole eine Decke und Regenjacken«, erklärte Aides und rannte uns voraus. Wir folgten in erheblich langsamerem Tempo. Ich bekam wirklich Angst. So kraftlos hatte ich den Hengst noch nie gesehen. Er schlurfte hinter uns her wie ein alter Mann. Zwischendurch blieb er immer mal stehen, drehte sich um und sah zu seinem Bauch, einmal trat er sogar mit dem Hinterhuf danach, dann stampfte er auf. Es kostete uns alle Mühe und Überredungskünste, ihn am Laufen zu halten. »Woher kommt das so plötzlich?«, fragte ich Cora zunehmend schockiert.

Sie hob die Schultern. »Das kann alles Mögliche sein. Futterumstellung, Wetter, die Anstrengung eures langen Rittes hierher …«

»Meinst du, ich bin schuld?« Entsetzt sah ich den Hengst an. Arions Gesicht, seine Augen, seine Maulwinkel, seine ganze Haltung strahlten einfach nur Schmerz aus.

»Das habe ich nicht gesagt, Godje. Ein Pferd braucht normalerweise Monate der Vorbereitung für so einen langen Distanzritt. Aber –«

»Oh lieber Gott, nein!« Tränen der Verzweiflung schossen mir in die Augen. »Das wollte ich nicht! Das darf nicht sein. Es wird wieder gut, oder? Sag mir bitte, dass es wieder gut wird!« Meine Hand suchte das Amulett, das unter meinem Oberteil pulsierte.

Statt einer Antwort brüllte Cora plötzlich: »Pass auf!«

Im gleichen Augenblick spürte ich einen Ruck in meiner Hand. Arion riss mir den Strick durch die Finger und legte sich hin, um sich zu wälzen. Ich hatte keine Chance, ihn davon abzuhalten. Wir beide konnten nur noch zur Seite springen, um nicht von seinen umherfliegenden Hufen getroffen zu werden.

Cora zerrte mich auf die Höhe seines Halses. »Nicht schlimm, alles ist gut. Aber er muss wieder aufstehen. Sofort, hörst du? Wälzen ist in Ordnung, das tut ihm vielleicht sogar gut, aber er muss wieder hoch. Jetzt!«

Arions Stöhnen, als er sich herumrollte, ging mir durch Mark und Bein. Einen Moment lang stand ich wie betäubt daneben, während Cora bereits an seine Seite eilte, um ihn herumzuschieben. »Los doch!« Sie schnalzte mit der Zunge und drückte und schob.

Da endlich kam Leben in mich. Ich eilte an seinen Kopf und zog ihn am Halfter nach vorn. »Du musst aufstehen, Arion. Tu's für mich. Steh auf, hörst du?«

Das Medaillon um meinen Hals glühte. Arion bemühte sich, sein Gewicht auf die Vorderbeine zu legen, und kam schließlich wie ein Hund zum Sitzen, aber ihm fehlte der Schwung für den Rest. Er keuchte.

Aus dem Augenwinkel sah ich Aides auf uns zurennen. Er warf ein Bündel aus Decken und Jacken von sich und eilte auf die andere Seite. »Alle zusammen, bei drei«, rief er. »Eins, zwei ...«

Irgendwie schafften wir es. Es waren die längsten vierzig Minuten meines Lebens, bis der Wagen des Tierarztes mit quietschenden Reifen direkt am Weidezaun zum Stehen kam. In meinen Schuhen stand eiskaltes Wasser, der Regen war mir in den Nacken und den Rücken hinuntergelaufen und vermischte sich mit meinem Angstschweiß. Meine Haare hingen mir in nassen Strähnen ins Gesicht und zwischen meinen Wimpern. Aber das nahm ich nur am Rande wahr. Meine ganze Aufmerksamkeit galt Arion.

Der Tierarzt hörte ihn ab, zog sich einen eingeölten Untersuchungshandschuh an, der ihm bis zur Achsel ging, und dann verschwand er damit bis zur Schulter in Arions Po. Ich verzog das Gesicht. Er förderte ein paar Pferdeäpfel zutage, die er prüfend mit der Hand zerrieb.

»Sand«, urteilte er. »Wer weiß, wie viele Kilo er da drin für schlechte Zeiten eingelagert hat.«

Arion stöhnte wieder. »Was heißt das?«, fragte ich. Im Moment war mir nicht nach Scherzen.

»War die Weide bei Anyta schon ziemlich abgefressen?« Cora blickte mich an.

Ich nickte zögernd. »Stellenweise. Der Sommer war sehr trocken. Aber er hatte auch immer Heu zur Verfügung, genau wie hier. Er hat unterwegs länger am Ufer eines Bachs gegrast, als wir Pause gemacht haben. Da war es auch sandig. Aber das ist zwei Tage her.«

Der Tierarzt schüttelte den Kopf. »So etwas baut sich langsam auf. Manche Pferde kommen besser mit Sand klar als andere. Er lagert sich im Darm an, und irgendwann wird es dann kritisch. Aufregung, Anstrengung, Wetterwechsel, Umstellungen, das kommt höchstens obendrauf und bringt das Fass zum Überlaufen. Aber es könnte schlimmer sein. Kopf hoch. Wir müssen das Zeug rausspülen, das ist jetzt das Wichtigste. Ich spritze ihm etwas Entkrampfendes, Schmerzstillendes und ein Mittel zum Stabilisieren des Kreislaufs. Dann gibt es einen Liter Paraffinöl als Erste-Hilfe-Maßnahme. Und danach ab in die Klinik.«

»Willst du ihn operieren?« Cora sah den Tierarzt erschrocken an.

Er verneinte, während er die erste Spritze aufzog. »Ich hoffe, wir können ihm das ersparen. Wir verabreichen ihm gleich hier per Magenschlundsonde eine Lösung aus Öl, Magnesiumsulfat und Flohsamen. Aber das ergibt nur Sinn, wenn wir es ein paar Tage hintereinander wiederholen. Es gibt Studien darüber, dass das seine Chancen erheblich verbessert. Dazu will ich ihn unter Kontrolle haben.«

»Seine Chancen?« Meine Stimme war nur ein Krächzen. Niemand hörte mich.

»Ich mache den Hänger startklar«, sagte Aides knapp.

Cora legte Arion die Regendecke wieder auf, die wir ihm für die Untersuchung ausgezogen hatten. Mit mechanischen Bewegungen half ich, die Schnallen vor seiner zitternden Brust zu schließen. Meine Zähne klapperten im selben Rhythmus mit, und meine Knie fühlten sich an wie Gummi. War es das jetzt? Das Ende unserer Flucht? Eine bescheuerte Kolik?

Arion ließ willenlos alles über sich ergehen. Um uns herum wurden geschäftig und routiniert Behälter und Medikamente vorbereitet. Jemand schob dem halb weggetretenen Pferd einen Schlauch durch ein Nasenloch. Meine Hand ruhte auf dem kleinen Haarwirbel unter Arions Stirnlocke. Die Haut darunter war glühend heiß, genau wie mein pulsierendes Amulett.

Ich kam mir vor wie in einer Kaugummiblase, durch die man alles nur gedämpft und in Zeitlupe wahrnimmt. Dann begann die Welt, sich um uns zu drehen. Meine Gedanken schweiften zu der Verladesituation von vor zwei Tagen. Ich sah die Männer vor mir, ich sah mich selbst, Oleg, Fynn. Ich fühlte seine Angst. Todesangst. Auf einmal waren da die Bilder eines Autounfalls, den er beobachtet hatte, als Fohlen. Eine regennasse Straße. Eis. Blaue Lichter. Sirenen. Mein Herz klopfte in einem wilden Stakkato. Ich konnte nicht hinsehen. Eponas Medaillon katapultierte mich in der Zeit nach vorn. Ich sah Arion steigen und kämpfen, mit wild aufgerissenen Augen. Ich sah, wie er sich überschlug. Und liegen blieb. Direkt vor dem Pferdeanhänger. Ich sah mich neben ihm zusammenbrechen.

»Er wird nicht einsteigen«, sagte ich leise, und als niemand reagierte, wiederholte ich noch einmal lauter, mit fester Stimme: »Er wird nicht in den Hänger gehen.«

Ich hielt Cora am Arm. »Er kann nicht.« Auf einmal war ich ganz ruhig. Ich nahm ihre Hand und führte sie auf Arions Stirn.

Cora schloss die Augen. Sie hielt die Luft an. Ich sah, wie sie aufhörte zu atmen. Dann schloss auch ich die Augen. Ich zeigte ihr, was ich hinter meinen geschlossenen Lidern gesehen hatte.

Nach einer gefühlten Ewigkeit riss sie die Augen wieder auf und sog stöhnend Luft in ihre Lungen. Schwer atmend starrte sie mich an. Dann drehte sie sich zu den Männern um. »Wir müssen es hier versuchen. Er bleibt.« Sie ging zu seinem Bauch und legte ihm beide Hände auf. So verharrte sie eine ganze Weile. Dann nickte sie mir zu. »Er wird es schaffen. Weiter, Godje. Lauf. Er muss sich bewegen. Das tut ihm gut.«

Hinter den Bäumen ging die Sonne unter. Es hatte schon lange aufgehört zu regnen. Mir war es egal, ich war ohnehin so nass wie ein Waschlappen in der vollen Badewanne. Noch immer drehte ich meine Runden mit Arion. Zwischendurch hatten Cora und Aides mich abgelöst, damit ich heißen Tee trinken und zur Toilette gehen konnte.

Der Tierarzt war längst weg. Mir war absolut nicht nach Essen, aber Cora bestand darauf, mir einen Teller Suppe mit zwei Scheiben Brot einzuflößen, damit ich bei Kräften blieb. Bei all der Sorge war ich nur froh, dass ich offenbar wirklich keine Schuld an Arions Kolik trug – zumindest nicht ursächlich. Es war auch so alles furchtbar genug.

Plötzlich blieb Arion stehen. Ächzend spannte er seinen Bauch an, hob den Schweif – und äpfelte. Noch nie hatte ich mich so über einen riesigen, stinkenden, dampfenden Haufen Pferdeäpfel gefreut wie in diesem Moment. Heulend stürzte ich mich in Coras ausgebreitete Arme. Der Hengst rieb seinen Kopf an uns und wollte die Nase ins Gras stecken. Anscheinend hatte er seinen Appetit wiedergefunden.

»Nichts da!«, schimpfte Cora und wischte sich eine Träne aus dem Augenwinkel. »Du bist für die nächsten Tage auf Diät, mein Großer. Wasser, Heu, Leinsaat und Flohsamen – und Boxenhaft, aber zumindest mit Auslauf.«

»Das wird ihm nicht gefallen«, schniefte ich.

»Gibt Schlimmeres, oder?« Unter Tränen grinsend sahen wir uns an.

»Das kannst du laut sagen.«

7. Mutterliebe

17. Dezember, knapp elf Jahre zuvor

Chloe Philipp stand hinter ihrem Mann im Türrahmen und wartete, bis er den Hörer aufgelegt hatte, bevor sie sich bemerkbar machte. »Wer war das?«

Fergus fuhr herum. Als er sie mit der Kleinen im Arm sah, lächelte er abwesend. Zwischen seinen Fingern spielte er mit der antiken Münze der Pferdegöttin, die sich bei Coras Ausbruch aus der Fassung gelöst hatte. »Der Goldschmied«, antwortete er seiner Frau. »Er sagte, die Reparatur sei so gut wie fertig. Aber wir sollen ihm das Schmuckstück vorbeibringen. Er möchte sichergehen, dass hinterher wirklich alles passt.«

Godje regte sich im Schlaf. Beruhigend strich Chloe dem Kleinkind über den Kopf.

»Du willst ihm die Brosche geben? Hältst du das für eine gute Idee?«

»Das habe ich nicht gesagt«, antwortete ihr Mann. Seine Stirn war von tiefen Falten zerfurcht, er sah durch sie hindurch, mit den Gedanken beim Schmied – und in der Zukunft. Er machte sich Sorgen.

»Wir können nicht immer weglaufen oder uns verstecken«, sagte Chloe leise.

»Wir?«, sagte er mit sarkastischem Unterton. »Wir bleiben. Unsere Kinder schicken wir fort. Wie sollen sie verstehen, dass es zu ihrem Schutz geschieht? Ich kann Coras Reaktion begreifen, du nicht? Wir

verstecken sie und ihre segensreichen Gaben, als wären sie diejenigen, die etwas verbrochen haben. Sie werden uns dafür hassen. Cora hasst uns dafür.«

»Du weißt, dass es nicht so ist«, sagte sie sanft und blieb ganz dicht vor ihm stehen. Die feinen Haare seiner jüngsten Tochter kitzelten seinen Unterarm und verursachten ihm Gänsehaut.

Godje bewegte sich wieder.

Liebevoll betrachtete er das kleine Mädchen. »Hast du nie Sehnsucht danach, ein ganz normales Leben zu führen?«

Chloe begegnete seinem Blick. »Darum geht es hier nicht. Wir haben einen Eid geschworen. Du wusstest, wen du heiratest. Meine Familie ist seit Jahrhunderten –«

»Ich weiß«, unterbrach er sie traurig. »Die Aufgabe der Kureten ist es, die Pferdegöttin in ihren zahlreichen Facetten zu behüten, zu erziehen und zu bewahren. In alle Ewigkeit und um jeden Preis.«

»Um jeden Preis«, wiederholte sie und wiegte das schlafende Mädchen.

»Ich werde ihm die Münze nicht geben«, sagte er leise. »Ich habe kein gutes Gefühl dabei, und –«

»Doch«, unterbrach sie ihn. »Tu es. Vielleicht hast du recht. Wir müssen lernen, Vertrauen zu haben. Das Amulett soll doch wieder wie neu aussehen. Lass uns morgen zusammen hinfahren. Wir nehmen Godje mit und holen auf dem Rückweg ihre Geburtstagstorte ab. Dann hat Nana ein bisschen Luft, um alles hübsch zu dekorieren, bis wir zurück sind. Du weißt, wie sie ist.«

Fergus lachte, warf die Münze in die Luft und fing sie geschickt wieder auf. »Oh ja, das weiß ich. Ein Narr der Mann, der meiner Mutter in die Quere kommt, wenn sie Geburtstagstische decken will.« Übermütig küsste er seine Frau und nahm beide in den Arm.

Godje wimmerte leise.

»Lass mich los, du zerdrückst die Kleine ja«, gluckste Chloe.

»Wenn sie nach mir kommt, hat sie gerade Albträume von Luftschlangen und Partyhüten. Oder Bauchweh vom Teignaschen bei Oma Nummer zwei.« Er zwinkerte ihr zu. »Gib sie mir, ich bringe sie ins Bett.«

In der Nacht hatte ich furchtbare Albträume. Schweißgebadet wachte ich auf, fest davon überzeugt, dass Arion tot, mit aufgeblähtem Bauch, mitten auf dem Hof lag. Ich strampelte die Decke weg und stürzte zum Fenster. Dem war natürlich nicht so. Aber davon musste ich mich ganz körperlich überzeugen. So, wie ich war, im Nachthemd mit plüschigen Schlafsocken, schlüpfte ich in meine Boots, zog mir im Laufen die Jacke über und bemühte mich, kein Geräusch zu machen, als ich mit dem Smartphone in der Hand die Haustür hinter mir zuzog. Das Handy hätte ich allerdings gar nicht gebraucht, es war auch ohne Taschenlampe hell genug.

Draußen war alles ruhig, der Hof lag leer und verlassen da. Trotzdem schauderte ich, als ich die Stelle überquerte, wo der Tierarzt am Nachmittag Arion behandelt hatte und wo ich ihn im Traum hatte liegen sehen.

Starker Wind bewegte die Bäume, das blasse Licht eines wolkenverhangenen Mondes malte bizarre, sich bewegende Linien auf

Kies und Gras, zwischendurch knarzte ein Ast, oder eine Maus raschelte im Gebüsch. Über den Wiesen hing Bodennebel. Mein nass geschwitztes Nachthemd klebte mir am Rücken und an den Rippen, und wo es das nicht tat, kroch die nächtliche Brise ungehemmt dazwischen. Ich zog meine Jacke enger um mich und eilte zum Stall hinüber. Es war vier Uhr morgens und schweinekalt, aber ich musste zu meinem Pferd.

»Arion«, flüsterte ich ins Stallinnere, sobald ich nahe genug an den Paddockboxen war. Im Auslauf nebenan machte ich die Silhouette von Kasimir und der verletzten Stute aus, die sich zum Schlafen hingelegt hatten. Zwischen ihnen und Arions Krankenstation war eine leere Box. Denn auch wenn er krank war, er war immer noch ein Hengst. Aber wo steckte er? Ich tauchte unter den Querstreben seines Privatauslaufs durch und tastete mich durch den Flattervorhang, der Fliegen und Kälte draußen halten sollte, ins Stallinnere.

Meine Augen brauchten einen Moment, um sich an das Dunkel zu gewöhnen. Es roch angenehm nach Pferd und frischen Spänen. Die Box war damit eingestreut, denn der Patient sollte sich den Magen nicht mit Stroh vollschlagen, sondern brav bei seiner Heu- und Wasserdiät bleiben. Es klang so, als würde er sich daran halten. Noch bevor ich ihn sah, hörte ich das gleichmäßige Rascheln und Knurpsen.

Erleichtert atmete ich aus und machte einen Schritt näher auf ihn zu. Dabei trat ich in etwas Weiches, Quatschendes, das bei näherem Hinsehen ölig glänzte.

»Du hast noch mal geäppelt«, quietschte ich glücklich. Ich streichelte Arion den Hals und tastete prüfend und kraulend den ganzen Pferdekörper ab, so weit ich ihn erreichen konnte. Kein Schweiß, ordentliche Darmgeräusche, ruhige Atmung, und Schubsen konnte er auch schon wieder. Lachend folgte ich seiner Aufforderung und kratzte ihm den Kopf. »Himmel, was bin ich froh, dass es dir gut geht.«

»Na ja, das wird noch ein, zwei Tage dauern«, brummte plötzlich eine verschlafene Stimme aus der anderen Ecke.

Ich zuckte zusammen und presste mich an Arions breite Brust. »Wer ist da?«

»Na, was glaubt du wohl?«, kam die Antwort, gefolgt von einem herzhaften Gähnen. »Gegenfrage: Wieso schleichst du hier mitten in der Nacht herum?«

»Aides?«, fragte ich verwundert.

»Nein, der Kaiser von China«, gab er brummelnd zurück. »Kommst du zur Wachablösung?«

»Nein, ich wollte nur … sag mal, schläfst du hier?«, fragte ich verdattert.

Im Dämmerlicht erahnte ich die Gestalt meines Schwagers, der sich aus einem Bündel Decken und einem Schlafsack zum Sitzen aufrichtete und ächzend streckte. »Ja, ich muss wohl eingeschlafen sein«, gab er zu und gähnte noch einmal. »Alles gut, du brauchst dir keine Sorgen machen.«

»So wenig wie du?«

Ich konnte sein Gesicht nicht sehen, aber ich hörte ihn grinsen. »Es war ein langer Tag. Ich wollte sicher sein, dass ich es als Erster mitbekomme, sollte er einen Rückfall haben. Aber er macht sich prächtig. Diese Stärke und Zähigkeit hat er von seiner Mutter.«

»Erzähl mir von ihr«, bat ich leise und streichelte Arion unter dem Mähnenansatz.

»Nur wenn du dich zu mir setzt und unter die Decke kommst«, erwiderte Aides. »Du holst dir den Tod, und ich habe schon genug Patienten.«

Seufzend ließ ich Arion los. Ich fröstelte wirklich. »Okay.«

Dankbar schlüpfte ich zu ihm auf die Isomatte und wickelte mich in eine Ecke seines riesigen, wunderbar körperwarmen Schlafsacks.

»Hier«, sagte er, faltete eine weitere Wolldecke auseinander, die er offenbar als Kissen benutzt hatte, legte sie mir über die Beine und stopfte sie fest. »Besser?«

Ich nickte. Langsam wärmten sich meine Gliedmaßen wieder auf. Dann hörte ich ein gluckerndes Geräusch. Plötzlich duftete es nach Kaffee, und Aides hielt mir einen Thermosbecher hin. »Ich mag gar keinen –«

»Er ist heiß«, widersprach er. »Und koffeinfrei.«

Vorsichtig nippte ich. Der Kaffee schmeckte bitter, obwohl er nach Honig duftete und mit Hafermilch versetzt war. Das nahm ich zumindest an, weil ich gesehen hatte, dass Aides ihn beim Frühstück auch immer so trank. Auf jeden Fall half er. Von meiner Kehle über die Speiseröhre breitete sich eine angenehme Wärme bis in den Magen aus.

Eine Weile lauschten wir schweigend Arions Fressgeräuschen.

»Daeira war Coras Seelenpferd«, begann Aides schließlich. »Eine arabische Schimmelstute, ein wunderschönes Tier. Ich habe nie wieder ein so sanftes Wesen gesehen, das gleichzeitig so stark und so mutig war. Wir haben sie einer Showreiterin abgekauft, die sie zum Schlachter geben wollte. Das Rampenlicht lag ihr nicht. Sie hat sich gewehrt.« Er zerbröselte einen Sägespan zwischen seinen Fingern. »Menschen …«

»Nicht alle«, sagte ich leise und schluckte den Kloß in meinem Hals mit einem weiteren Schluck Kaffee hinunter. Es war okay, dass er bitter schmeckte. »Wie ging es dann weiter?«

Aides sah nachdenklich zu Arion hinüber. »Eure Großmutter, Anyta, wollte die Stute weiterverkaufen, sobald sie wieder fit war. So finanzierte sie den Hof damals. Wir haben Pferde gerettet, aus schlechter Haltung, mit Traumata – körperlich oder seelisch kaputte, austherapierte Tiere. Eure Eltern waren Idealisten. Sie haben die Tiere nur gegen strenge Schutzverträge weitergegeben und nie, ohne sich die Höfe und die Menschen genau anzusehen. Sie wollten helfen, Cora wollte helfen. Anyta wollte das sicher auch, aber sie sah auch die Finanzlage, und plötzlich war da ein ziemlich reicher Kaufinteressent, der anonym bleiben wollte …«

Er stockte. »Cora hat Anyta ihr gesamtes Erspartes geboten. Das war natürlich lächerlich, Daeira hatte Papiere, sie war als Zuchtstute eingetragen. Die beiden haben eine Woche kein Wort miteinander geredet. Rückblickend hat sich Anyta dann allerdings erstaunlich schnell breitschlagen lassen, Cora das Pferd zu überschreiben.« Aides trank einen Schluck Kaffee direkt aus der Kanne.

»Und was steckte dahinter?«, bohrte ich.

Er stellte den Kaffee zur Seite und sah mich nachdenklich an. »Sie hat Rumpelstilzchen hinter unserem Rücken als Ersatz das erste Kind geboten.«

»Das heißt, sie hat Daeira decken lassen?«, fragte ich leise und umfasste das Medaillon um meine Brust. Als Aides nichts sagte, gab ich mir selbst die Antwort. »Arion.«

Der Hengst spitzte die Ohren, als er seinen Namen hörte.

»Ich habe geholfen, ihn auf die Welt zu bringen. Wir hatten einen Draht, von der ersten Minute an. Von Anytas Deal haben wir erst später erfahren … Dann passierte der Unfall, und alles war mit einem Schlag anders.« Aides' Stimme klang bitter. »Arion durfte bleiben. Anyta war aufgewacht. Vielleicht ist der Typ aber auch einfach abgesprungen. Das Fohlen war plötzlich unberechenbar. Und Waisenfohlen sind außerdem immer ein Risiko.« Er räusperte sich. »Na ja. Den Rest kennst du.«

Ich war froh, dass es dunkel war, mir standen schon wieder die Tränen in den Augen. »So viel Leid«, murmelte ich.

»Aber auch jede Menge Hoffnung«, entgegnete mein Schwager. »Jede Münze hat zwei Seiten.« Er wies mit dem Kinn in Richtung meiner Hand, die auf dem Amulett ruhte. »Mach etwas Gutes daraus.«

Ich nickte stumm und wischte mir verstohlen mit dem Finger durch das Gesicht.

Aides reckte sich und drückte stöhnend den Rücken durch. »Im Stroh schläft man jedenfalls besser als auf Spänen«, behauptete er. »Oder ich bin einfach keine zwanzig mehr.«

Ich grinste. »Ich kann bleiben, wenn du rübergehen möchtest.«

Aides sah von Arion zu mir. »Nein, das ist okay. Aber ich werde gehen, damit du mit ihm allein sein kannst. Er gehört jetzt dir.«

Ich verzog die Mundwinkel. »Wenn's nur so wäre.«

Aides drückte meine Hand und stand auf. »Alles wird gut. Jetzt klettere in den Schlafsack, solange er warm ist, und versuch, noch eine Mütze Schlaf zu kriegen.« Er schüttelte die leere Thermoskanne. »In ein paar Stunden bringe ich dir Nachschub.«

Ich lag noch eine ganze Weile wach und beobachtete Arion. Der Graue hatte in der Zwischenzeit aufgehört zu fressen. Er stand mit einem abgeknickten Hinterbein und gesenktem Kopf ganz in meiner Nähe. Er schien zu dösen, aber beim leisesten Geräusch spielten seine Ohren in die Richtung, aus der es kam, und ich fragte mich, wer hier eigentlich wen bewachte.

Ich überlegte kurz, mir den Wecker zu stellen, ließ es dann aber. Morgen war Samstag. Aus purer Gewohnheit checkte ich noch einmal kurz meine Nachrichten. Aber da war nichts. Kein Balken, kein Netz. Funkloch. Und Risse im Paradies.

Ich sehnte mich nach Nana. Ich fragte mich einmal mehr, was sie von all dem gewusst hatte – und wieso sie mir nie etwas gesagt hatte. Was war in ihr vorgegangen? Und in Anyta? Wie viele Gesichter hatten meine Großmütter? Wer waren wir alle? Ich musste so dringend mit jemandem reden. »Oh, Fynn«, murmelte ich leise. Und dann fielen mir vor Erschöpfung die Augen zu.

Ich wurde wach, weil Arion mir warmen Heuatem ins Gesicht blies. Das schien sich zu einem neuen Ritual zu entwickeln. Aber die Falten um seine Augen und das verkniffene Maul sagten mir auch ganz ohne die Fähigkeiten meines Amulettes, dass er noch nicht wieder der Alte war. Es lag noch ein Weg vor uns.

»Hallo, Langschläferin«, begrüßte mich Cora mit einer Ladung Heu auf dem Arm. »Wenn du dem Tierarzt nicht im Schlafsack begegnen willst, solltest du dein Nachtlager räumen. Im Haus gibt's heiße Schokolade und frische Brötchen.«

»Ihr wart beim Bäcker?«, fragte ich erstaunt und rieb mir den Schlaf aus den Augen. Mein Rücken fühlte sich an wie ein Brett.

Anscheinend hatte Aides recht, dass man auf Spänen nicht wirklich weich lag. Auf jeden Fall lag es nicht an seinem Alter.

Cora lachte und schob ihre Schubkarre voller Heu weiter zu Kasimir und der Stute, die bereits warteten. »Nein, wir backen selbst«, rief sie zu mir herüber. »Sie schmecken am besten, solange sie noch ofenwarm sind, das solltest du dir nicht entgehen lassen.«

»Ich bin gleich zurück«, versprach ich Arion, rollte den Schlafsack und alle Decken bis auf eine, die ich mir umhängte, zusammen und lief ins Haus. Waldo begrüßte mich so stürmisch, als wäre ich drei Wochen lang weg gewesen.

Und ich schaufelte das Frühstück schon wieder in mich hinein, als hätte ich drei Wochen nichts bekommen. Nana würde sagen, Landluft macht hungrig. Nana. Ich schluckte. In den letzten Wochen waren wir uns nicht so richtig grün gewesen. Würde ich mich heute anders entscheiden? Nein. Aber ich würde sie ein bisschen besser verstehen und … vielleicht ein bisschen weniger kratzbürstig sein.

Aides kam die Treppe herunter und steuerte die Kaffeemaschine an wie ein Zombie. »Auch einen?«, brummelte er freundlich.

Ich schüttelte den Kopf. »Schaffe ich noch eine Dusche, bevor der Tierarzt kommt?«, fragte ich.

Er schielte zur Küchenuhr. »Kommt darauf an, ob du eher so duschst wie ich oder wie Cora.«

»Ich beeil mich«, entschied ich und flitzte los.

Schlauer wäre es allerdings gewesen, wenn ich meine Dusche auf nach dem Tierarztbesuch gelegt hätte. Da es Arion heute Morgen erheblich besser als gestern ging, sah er es überhaupt nicht ein, sich von seiner kooperativen Seite zu zeigen. Anscheinend fand er es nicht besonders erstrebenswert, ein Frühstück aus zehn Litern Flohsamenbrei mit Magnesiumsulfat per Nasenschlauch eingeflößt zu bekommen. Das Drama ging schon los mit der Spritze für die dazu notwendige Sedierung. Seine Angst vor Nadeln kannte ich ja nun bereits. Aber obwohl Cora, Aides und ich an seiner Seite waren und beruhigend auf ihn einredeten, tänzelte Arion so aufgebracht herum, dass der Tiermediziner nur die Hälfte des Medikaments in seine Vene bekam. Ich hing an seinem Halfter, um ihn vom Steigen abzuhalten, aber als Arion den Kopf hochriss, verlor ich lediglich den Boden unter den Füßen und schaukelte in der Luft. Hätte Aides mich nicht geistesgegenwärtig um die Taille gegriffen und festgehalten, hätte ich Cora vermutlich mit meinen Knien ausgeknockt.

»Das wird so nichts«, keuchte sie und rettete sich aus der Gefahrenzone.

»Wenn er sich weiter so aufregt, haben wir keine Chance, den Schlauch einzuführen«, stellte der Tierarzt sachlich fest. Wir traten alle ein paar Schritte zurück, um durchzuatmen. Arion war völlig durch den Wind. Ich fühlte, dass er Angst hatte, weil er nicht wusste, was wir von ihm wollten. Sobald er sich nicht mehr so bedrängt fühlte, wurde er ruhiger.

Da hatte ich eine Eingebung. »Warten Sie, bitte. Darf ich es anders versuchen? Es kommt doch nur darauf an, dass er das Zeug trinkt, oder?«

Der Tierarzt sah mich an, als hätte ich gefragt, ob es helfen würde, wenn wir Arion ein rosafarbenes Tutu anzögen.

Aber Cora legte ihm die Hand auf den Arm und bat: »Lass es sie versuchen, okay?«

»Das Zeug heißt nicht umsonst Bittersalz, Cora. Hier in dem Eimer sind zehn fürchterlich schmeckende Liter, die komplett ins Pferd müssen, bevor die Flohsamenschalen zu stichfestem Pudding aufgequollen sind«, widersprach er.

»Bitte«, sagte Cora noch einmal und sah ihn beschwörend an.

Der Tierarzt blickte zum Himmel und verdrehte die Augen. »Wer heilt, hat recht«, knurrte er und stellte den schwappenden Spezialeimer ab. »Mach, lassen wir's drauf ankommen. Aber ich hole in der Zwischenzeit das Blasrohr. So aufgeregt, wie er ist, bekomme ich heute keine neue Betäubung gesetzt, ohne dass er mich für alle Zeit für seinen schlimmsten Albtraum hält.«

Kopfschüttelnd ging er zum Auto. Ich atmete tief durch, hob den Eimer hoch und ging langsam auf Arion zu. Misstrauisch beäugte er meinen Annäherungsversuch. »Ich tu dir nichts, Großer«, flüsterte ich. »Es tut mir leid. Ich bin so ein Schaf. Es geht um Vertrauen, richtig? Ich habe dich enttäuscht, aber wir wollen dir nur helfen. Du musst dieses Zeug trinken, damit es den Sand aus deinem Darm spült. Das ist gut gegen Bauchweh. Ich lüge dich nicht an, es schmeckt widerlich. Aber es hilft. Und hinterher bekommst du von mir ein paar deiner Lieblingsleckerlis gegen den üblen Geschmack, versprochen.« Ich tunkte meine Hand in die klebrige Brühe und hielt sie ihm unter die Nase. Arion schnupperte und drehte angewidert den Kopf weg. »Bitte«, wisperte ich. »Wenn du es nicht nimmst, musst du doch noch in die Klinik. Das ist der Deal, hörst du? Wir müssen einander vertrauen. Trink doch, bitte!« Ich versuchte es noch einmal. Arion ließ es zu, dass ich den Eimer so hoch an seinen Kopf hob, dass seine Lippen mit der Flüssigkeit benetzt wurden. Aber dann zuckte er wieder zurück und stieß mir den Eimer beinahe aus der Hand.

Aus dem Augenwinkel sah ich, wie Cora neben mich trat. Sie legte dem nervös schnorchelnden Pferd die Hand auf die Stirn und wiederholte, was ich gesagt hatte. »Es hilft gegen den Sand in deinem Darm, der dir das Bauchweh macht. Wenn du es nimmst, kannst du hierbleiben, bei uns, bei Godje. Du musst es trinken, damit du nicht in die Klinik musst, hör ihr zu!« Sie half mir, den Eimer zu halten, und führte meine frei gewordene Hand an Arions Stirn. Ineinander verschränkt lagen unsere Finger dort. Ich schloss die Augen und spürte, wie das Pulsieren begann, das Amulett auf meiner Brust fing an zu wirken.

Ich sah einen inneren Film, von dem ich nur hoffen konnte, dass es uns gelang, ihn Arion genauso zu übermitteln. Ich stellte mir vor, wie der Sand durch die Flüssigkeit in unserem Eimer aus Arions Körper geschwemmt wurde, hörte sein befreites Grunzen beim Äppeln, spürte, wie der Druck im Bauch nachließ und wie leicht und frei es darin gluckerte. Es war, als ob ich selbst diesen Pferdekörper hätte. Die Bilder und Gefühle sprangen hin und her, von den kolikartigen Krämpfen zum Eimer, zu der Leichtigkeit und wieder zurück. Ich betete, dass ich ihn damit erreichen und überzeugen konnte.

Auf einmal ruckelte es leicht zwischen unseren Händen, Arion senkte seinen Kopf, rührte mit schlackernden Bewegungen im Eimer herum und fing an zu trinken. Ich traute mich nicht, die Augen zu öffnen. Ich hatte Angst, dass die Verbindung abreißen würde, wenn ich es tat. Aber ich spürte, wie der Eimer nach und nach leichter wurde, ich hörte Arion schlürfen. Er trank tatsächlich! Er trank das Zeug! Ich konnte es kaum fassen!

»Gleich geschafft, Großer, nur noch ein paar Schlucke«, lobte Aides leise im Hintergrund. Ich hörte ein leises Zischen und dann das klackende Geräusch, wenn eine Flasche geöffnet wird. »Hier, das hast du dir verdient.«

Neugierig kniepte ich durch meine Wimpern, dann riss ich die Augen ganz auf. »Malzbier?«, fragte ich erstaunt.

»Er hat es als Fohlen geliebt«, erklärte Aides verschmitzt und ließ den Flascheninhalt in den fast leeren Eimer gluckern. »Da sind viele Vitamine drin, und wer so brav sein Bittersalz trinkt, hat sich doch eine kleine Belohnung auf den letzten Zentimetern verdient, oder?«

Cora und ich lösten langsam unsere Hände von Arions Kopf. Mir war schwummerig, und ich war schweißgebadet vor Anstrengung. Aber der Eimer war leer. »Ist das denn gut für ihn?«, fragte ich skeptisch. Arion flehmte beleidigt, dass ich das infrage stellte.

Der Tierarzt stand am Rand. Er schüttelte fassungslos den Kopf, während er den unbenutzten Schlauch wieder zusammenrollte. »Warum nur wundert mich auf diesem Hof eigentlich überhaupt nichts mehr? Ich glaube, Malzbier ist meine kleinste Sorge. Wie auch immer ihr das geschafft habt, kriegt ihr das morgen auch wieder hin?«

Cora wischte sich ein paar Haare von der schweißglänzenden Stirn. »Darüber machen wir uns morgen Gedanken, einverstanden?«

8. Spüllappen in Gelee

17. Dezember, knapp elf Jahre zuvor

Der Dunkle legte zufrieden den Hörer auf. Es war Verlass auf die Seinen. Durch alle Jahrhunderte hinweg hatte er stets willige Helfer gefunden, die für ein bisschen Geld und Ruhm ihre eigene Großmutter verkauft hätten. Jeder Mensch war käuflich, manche musste er nur mit Anerkennung und Schmeicheleien bezahlen. Es war so einfach, in ihnen Loyalität, das Gefühl, ihm verpflichtet und verbunden zu sein, zu erzeugen. Es war wie ein Pflänzchen. Zuerst musste man es vorsichtig gießen und vor starkem Wind schützen. Und nach kürzester Zeit waren sie abhängig von ihm. Sie wuchsen, wenn er sie fütterte. Sie verdorrten, wenn er sie zu großer Hitze aussetzte oder verfaulten, wenn er sie zu lange im Regen stehen ließ. Sie waren ihm Auge und Ohr, abhängige Marionetten. Dumm, eifrig und nützlich.

Und nun war es also so weit. Was für ein seltsames Gefühl. Er war ganz kurz davor, ein paar Stunden nur, und er würde das Mädchen und sein Amulett in Händen halten. Sie würde zerbrechen, ihre Kraft würde auf ihn übergehen, und die Kureten konnten nichts dagegen tun. Gar nichts, sobald er die Münzen endlich alle wieder zurückhatte.

Die Kleine spielte noch keine Rolle, sie brauchte er nicht. Noch nicht. Erst mit vierzehn, wenn die Kraft in ihr erwachte, so wie in all ihren Vertreterinnen vor ihr, wenn das Medaillon aktiviert war und stark, dann würde er wieder zuschlagen. Eine zur Zeit. Was waren schon ein paar kurze Jahre im Vergleich mit den Jahrtausenden, mit den Äonen, die zurücklagen und die bereits vergangen waren. Er konnte warten. Sein Ziel war die Unendlichkeit, der Schlüssel zur Unterwelt, Macht über Leben und Tod – und all das, was sonst noch an Beigaben mit drin war. Man würde sehen. Beim Juwelier also, bevor sie den Geburtstagskuchen holten. Kein Problem. Er mochte Kuchen. Auch auf Beerdigungen. Dort vielleicht sogar am allerliebsten.

Am Nachmittag ging ich mit Arion spazieren. Einfach nur auf dem Hofgelände über die angrenzenden Wege, die ums Feld und zu den Wiesen führten, aber es war ein überwältigendes Gefühl: Niemand schrieb mir vor, wie weit oder wohin ich mit dem gefährlichen Pferd gehen durfte, oder kontrollierte, welche Schuhe ich anhatte und ob ich einen Helm aufhatte – okay, natürlich hatten die beiden mir eingeschärft, nicht zu nah zu den Stuten zu gehen und nichts zu riskieren. Doch das hatte nichts mit Arion zu tun, sondern einfach mit der Tatsache, dass er eben ein Hengst war – und dass uns hier möglichst niemand sehen sollte. Aber es war ja auch niemand da!

Ich fühlte mich frei – und schrecklich allein. Der Tierarzt hatte zwanzig Minuten Grasen erlaubt. Die verbrachte ich auf einem Baumstumpf sitzend mit Arion. Ich stellte uns den Wecker und ließ meine Gedanken zusammen mit meinem Blick durch die Landschaft schweifen. Über uns zog eine Schar Wildenten nach Süden, vielleicht waren es auch Gänse. Ich hatte ehrlicherweise nicht besonders viel Ahnung von Vögeln, aber es sah toll aus, wie sie alle in der Formation flogen, in ihrer Gemeinschaft – jede und jeder an seinem Platz.

Wo war mein Platz?

Auf einmal brach alles aus mir heraus, was sich in den letzten Tagen an Emotionen und Erlebnissen aufgestaut hatte. Arion hob erschrocken den Kopf, als ich mit einem erstickten Schluchzen plötzlich laut losheulte. Hier gab es keine Menschenseele, warum also sollte ich mich zurückhalten?

Arion machte zwei vorsichtige Schritte auf mich zu. Dann blies er mir ganz sanft seinen warmen, nach frisch gerupftem Gras duftenden Atem ins Gesicht und rieb seinen Kopf an meiner Schulter. Ich vergrub mein Gesicht in seiner Mähne und weinte, bis ich keine Tränen mehr hatte, und das riesige, sonst so wilde Pferd blieb ganz still bei mir stehen und ließ es geschehen.

Irgendwann sah ich auf mein Handy, um zu prüfen, ob Arions zwanzig Minuten schon abgelaufen waren und wir es gar nicht mitbekommen hatten. Dabei hatte er sie ja kaum ausgenutzt. »Du hast noch Nachschlag gut«, flüsterte ich und rieb ihm über das seidig schimmernde Fell. Im Nachmittagslicht glänzte es an manchen Stellen schon wie poliertes Silber. Er hellte jetzt zusehends auf. Ich fragte mich, ob er womöglich mit dem Fellwechsel vom nächsten Winter zum Frühjahr bereits weiß sein würde.

Mein Handy vibrierte leicht. Irritiert schaute ich auf das Display. Den Wecker hatte ich doch gerade abgestellt?

»Netz!«, fiepte ich leise, und Arion spitzte die Ohren. Da war ein Balken, nur einer, aber er hatte genügt, um mir drei Nachrichten von Fynn zu übermitteln.

Erledigt. ;-) Sie wollte mir nicht glauben, dass ich keine Ahnung habe, wo ihr steckt. Habe Glück, dass sie mich wieder hat laufen lassen. Jetzt ist sie zu Anyta rüber.

Wo bist du? Melde dich!

Können wir uns sehen? Alles gut bei euch?

Es gibt Neuigkeiten!

Neuigkeiten? Oh, Fynn! Mein Herz klopfte vor Aufregung. Und sie hatten zu Hause keine Ahnung davon, dass Arion krank war. Ich biss mir auf die Lippe und fing an zu tippen. Dann löschte ich alles wieder.

Am Ende fasste ich einfach das vorläufige Ergebnis zusammen.

Alles gut. Ich melde mich.

Es hatte ja keinen Sinn, Fynn oder Oleg (zumindest ging ich davon aus, dass die beiden miteinander über mich redeten) zu beunruhigen, zumal ich nicht wusste, wann ich die nächste Nachricht übermitteln konnte.

Arion hatte meine Abgelenktheit ausgenutzt und wieder zu grasen begonnen. Eilig drückte ich auf Senden und steckte das Handy ein. »Schluss, mein Großer, mehr gibt's nicht.« Ich rubbelte mir noch einmal übers Gesicht, dann nahm ich seinen Strick auf und schnalzte leicht, damit er mir folgte.

Vielleicht konnte ich vom Festnetztelefon aus Fynn anrufen? Ich hatte das Gefühl, dass ich Cora oder Aides vorher fragen sollte, bevor ich es benutzte, auch wenn ich damit nicht Nana oder gar Anyta anrief. Aber irgendwie widerstrebte mir das auch. Zeugenschutzprogramm. Pff.

Als ob jemand Fynn abhören würde, um herauszufinden, wo das Millionen-Dollar-Pferd war. Wir befanden uns ja nicht in Hollywood. Ich presste die Lippen aufeinander. Trotzdem würde ich wohl nicht darum herumkommen.

Nachdem ich Arion in seine Paddockbox zurückgebracht und ihm die Abendration Heu ausgeteilt hatte, vertrieb ich mir die Zeit damit, ihn noch ein wenig zu bürsten und den Schweif zu verlesen. Er genoss die Massage, und ich kam zur Ruhe. Ich überlegte, die Nacht bei ihm zu verbringen. Wenn ich Aides um seinen Schlafsack bat, würde das sicher klar gehen. Und wenn ich mir noch eine weitere Decke drunterlegte, würde ich auch ein wenig weicher liegen als in der Nacht zuvor.

»Bist du sicher?«, fragte Cora besorgt beim Abendessen. »Er wirkt schon wesentlich stabiler und ausgeruht hilfst du uns mehr, wenn er morgen wieder behandelt werden muss. Ich weiß nicht, ob wir noch einmal so zu ihm durchdringen können.«

Ich sah sie fragend an.

»Es wäre nicht gut, wenn der Tierarzt Verdacht schöpft. Er ist viel gewohnt durch uns. Er hat gelernt, mit unseren unkonventionellen … Behandlungsmethoden umzugehen«, grinste Cora und wurde wieder ernst. »Aber er darf auf keinen Fall etwas über die Amulette erfahren, hörst du?«

Ich nickte verdattert und nahm mir noch eine Kelle Suppe. »Staatsgeheimnis, verstehe.«

»Das ist ernst«, sprang Aides ihr bei. »Es gibt zu viele da draußen, die ein Interesse an den Amuletten haben. Aber aus ganz anderen Gründen als wir.«

»Sie würden über Leichen gehen«, pflichtete Cora ihm bei.

»Huh!«, machte ich und imitierte ein Gespenst. »Und ist dann jetzt endlich der Moment gekommen, wo ich mehr erfahren darf? Oder haltet ihr mich immer noch hin? Ich meine, ich trage immerhin auch so eins, hallo?« Provozierend griff ich unter mein Hemd und fischte das Amulett heraus.

»Godje, bitte!« Cora legte ihren Löffel beiseite und sah mich an.

»Es wäre echt cool, wenn ihr euch nicht genauso bescheuert benehmet wie Nana und Anyta. Redet mit mir. Habe ich nicht die Wahrheit verdient? Ich glaube, ich bin echt alt genug, oder?«

Cora seufzte. »Das tun wir doch, Godje.«

»Für uns ist die Situation genauso neu und fremd wie für dich«, ergänzte Aides. »Immerhin bist du hier bei uns reingeschneit.«

Ich schluckte. Wie meinte er das denn?

»Und das war gut so«, fiel ihm Cora ins Wort. »Godje, es ist gut, dass du hier bist. Es ist nur nicht sicher. Das wäre gelogen. Aber es sollte wohl so sein. Und jetzt machen wir das Beste draus.«

»Das Beste?« Ich fuchtelte wild mit den Armen herum. »Ja, es war ein Wagnis, hierherzukommen. Ich war verzweifelt. Ich bin es noch! Ich hatte keine Ahnung, wen oder was ich hier finden würde oder wer mir diesen Prospekt zugespielt hat. Anscheinend sind wir Familie. Damit hätte ich nie gerechnet – na ja, und irgendwie doch. Aber wenn wir ungelegen kommen, ziehen wir eben weiter, Arion und ich.«

»Wo wollt ihr denn hin?«, fragte Cora mit besorgt aufgerissenen Augen. »Hältst du das wirklich für eine gute Idee? Er ist noch lange nicht fit. Was glaubst du, wie weit ihr kommen würdet?« Hilfesuchend sah sie Aides an.

Mein Schwager atmete tief durch. »Okay, setz dich.« Ich hatte gar nicht bemerkt, dass ich aufgesprungen war. Mein Suppenteller war übergeschwappt. Waldo fand es klasse, dass ein kleines Rinnsal Kürbissuppe den Weg über die Tischkante zu ihm fand. Langsam ließ ich mich wieder auf die Holzbank gleiten.

Aides holte einen Lappen.

»Sorry«, murmelte ich.

»Es gibt jemanden, der euch nach dem Leben trachtet, deiner Schwester und dir«, sagte Aides, während er wischte. Dann sah er mich beschwörend an, ganz großes Kino. »Ihr seid in großer Gefahr. Arion ist für diese Person nur das Mittel zum Zweck, um an dich heranzukommen. An euch beide! Niemand darf wissen, dass du hier bist. Hast du mich verstanden?« Er warf den Lappen hinüber in die Spüle und wischte sich die Hände an seiner Jeans ab.

Meine Unterlippe zitterte. Was war nur los mit mir? Natürlich hatte ich ihn verstanden. Ich war ja nicht taub. Aber ich weigerte mich trotzdem, so einen Blödsinn zu glauben. Das sollte die Erklärung sein? Ernsthaft?

»Ihr wollt mich verarschen, oder?« Meine Augen suchten die von Cora. Ich rutschte ein Stück weg. Tickte ihr Mann öfter so aus? Sahen die beiden zu viele billige Filme, nachdem sich Fuchs und Hase hier draußen Gute Nacht gesagt hatten? Aber Cora sah mich ebenso eindringlich an.

Das Amulett lag schwer auf meiner Brust. Es machte durch Pulsieren auf sich aufmerksam.

»Du wolltest die Wahrheit. Jetzt bleib hier und hör sie dir an.« Aides' Stimme hatte jetzt etwas Beschwörendes. »Spür doch hin, Godje.«

Er legte mir eine Hand auf die Schulter und drückte leicht nach unten, damit ich nicht wieder aufstand und wegrannte. Denn ich war kurz davor, mein Körper war komplett angespannt und jederzeit bereit, durchzustarten.

In Coras Wimpern hingen Tränen. Sie nickte, und auch wenn mein Verstand sich heftig dagegen wehrte, etwas in mir begann zu akzeptieren, dass ich mich plötzlich in einem Strudel befand, den ich weder steuern noch begreifen konnte, der aber trotzdem erschreckend real war. Er riss mich immer tiefer mit sich fort, und das Einzige, was ich tun konnte, war atmen.

»Ich pass schon auf«, murmelte ich benommen und gab endlich nach.

Aides ließ sofort los, und ich rieb meine schmerzende Schulter. Das Brennen meiner Muskeln verhalf mir in die Wirklichkeit zurück. Ich brauchte Informationen. »Wer soll das sein, und was will er von uns?«, fragte ich trotzig. »Vielleicht mit unseren Amuletten die Weltherrschaft erringen? Wir müssen uns aber jetzt keine Aluhüte basteln, oder?«

Cora hielt die Luft an.

»Das ist nicht witzig« knurrte Aides.

Ich presste die Lippen aufeinander. »Gut, dann klärt mich auf: In was für einen Verschwörungskrimi bin ich hier reingeschlittert?«

»Godje, ich verstehe, dass das alles für dich schwer zu glauben ist.«

»Allerdings«, schnaubte ich und sah Cora an. Sie griff nach meinen Händen und knetete meine Finger, bevor sie wieder aufsah. In ihren Augen stand das Wasser inzwischen sozusagen kniehoch, und in meinem Magen zog sich etwas schmerzhaft zusammen, noch bevor ich gehört hatte, was sie als Nächstes sagte. »Godje … der Unfall unserer Eltern … wir vermuten – nein, wir *wissen,* dass es kein Unfall war.«

Meine Festplatte stürzte ab. Kapazität überschritten. Tilt. In den darauffolgenden Sekunden sickerte der Inhalt ihrer Worte wie zähes Gelee zu mir hindurch. Alles schien in Zeitlupe abzulaufen. Aides, der mir Suppe auf den Teller füllte, Cora, die immer noch meine Linke umklammert hielt, Waldo, der die zweite Hand leckte, die ich meiner Schwester entrissen und dann kraftlos auf meinen Oberschenkel hatte sinken lassen. Nasse Finger, die offenbar zu meinem Körper gehörten, den ich ebenfalls nur als Fremdkörper wahrnahm.

»Was wollt ihr damit sagen?«, murmelte ich.

»Es könnte sein, dass jemand das alles nur inszeniert hat, um dich zu uns zu führen …«

Ich zog die Augenbrauen in die Höhe.

»Ihr seid anders, Godje. Cora und du … in euch schlummert sehr viel Macht, die sich jemand zunutze machen möchte.«

Cora tauschte wieder einen dieser Blicke mit Aides. »Dieser Jemand, unsere Mutter hat ihn immer als den Dunklen bezeichnet, ist hinter der Kraft unserer Amulette her. Darum wollten sie uns voneinander trennen, als das Medaillon in mir zu wirken begann. Es war unseren Eltern so wichtig, dass sie …« Sie hielt sich eine Hand vor den Mund. Schluchzend brach sie ab.

Ich schluckte. »Der Dunkle.« Ich kannte ihn. In meinen Visionen hatte ich ihn immer nur schemenhaft oder von hinten gesehen. Er hatte Gyde gejagt, er hatte Godiva schaden wollen … hatte er unsere Eltern getötet? Ganz real? In diesem Leben? In unserer Wirklichkeit? Es gab eine reale Bedrohung? Aber warum? Wie war das möglich? Cora und Aides sagten die Wahrheit. Ich fühlte es – ich wusste, dass es stimmte. Dass *alles* stimmte, was sie sagten. Es passte zu meinen Ahnungen, meinen Visionen, zu all den seltsamen Momenten in meinem Leben, solange ich mich zurückerinnern konnte, die Pferde …

Aber mein Verstand hatte keine Ahnung, wie er damit umgehen sollte. In meinem Ohr fing etwas schmerzhaft an zu piepen. Wie sollte ich das Fynn erklären? Was jetzt? Oh Gott, Fynn. Ich brauchte meinen Freund jetzt dringender denn je zum Reden.

»Und wieso ist er dann nicht schon längst hier?«, fragte ich mit bleischwerer Stimme.

»Wir wissen es nicht«, drang Aides' Stimme von weit her zu mir durch. »Vielleicht bist du ihm mit deiner Flucht zuvorgekommen. Wir glauben, das hat Arion und dich gerettet. Für den Moment.

Aber es ist keine gute Idee, wenn du zurückgehst. Oder irgendwohin, wo ich euch nicht schützen kann …«

Er hatte kaum zu Ende gesprochen, da vergaß mein Körper, dass er Knochen und Muskeln besaß. Ich rutschte wie ein nasser Spüllappen zu einem winselnden Waldo unter den Küchentisch, und dann knipste irgendwer in meinem Kopf das Licht aus.

9. Flohsamenschleimsuppe

Drei Tage zuvor

Oleg setzte sich auf einen Ballen Stroh. Er war allein im Stall. Anyta hatte sich hinter einem Stapel Buchhaltung im Haus verschanzt, den Jungen hatte er eben nach Hause geschickt. Er hatte sich nicht konzentrieren können, nach der Hälfte der Reitstunde hatten sie abgebrochen. Fynn war eilig verschwunden, recht dankbar, wie es schien.

Er konnte nur hoffen, dass der Bengel nichts Unüberlegtes anstellte, was Godje schaden könnte. Er hatte es ihm nachdrücklich eingeschärft, aber in Fynns Augen hatte er ein Glitzern wahrgenommen, das er nur allzu gut kannte. Wie bei einem dickköpfigen Pony, das sich dem Anschein nach unterordnet, aber insgeheim nur auf den Moment wartet, in dem man sich umdreht, um den Strick durchzukauen, mit dem man es festgebunden hat.

Schwer atmend griff Oleg in die Innentasche seiner Jacke und holte das Foto hervor, das seit Tagen wie ein Zentnergewicht auf seiner Brust gelegen hatte. Die alte Narbe brannte so sehr, dass seine Hand zitterte.

Er war ja selbst wie dieses dickköpfige Pony. Seine Gedanken schweiften zu dem Tag zurück, als er Godje und Arion ins Ungewisse geschickt hatte.

Nachdem Anyta ihm von den Geldgebern erzählt hatte, die sich für ihre Arbeit und für Arion interessierten, hatte er den Turnierplatz hergerichtet und gewässert – ganz genau so, wie sie es gewünscht hatte.

Vielleicht hatte er es an einigen Stellen ein wenig zu gut gemeint mit dem Wasser. Zu dumm, dass Arion sich vor Pfützen fürchtete, aber es sollte ja auf keinen Fall staubig sein, wenn die Herren und Damen in den teuren Anzügen kamen. Das war alles, was er tun konnte, wenn er das Mädchen und das Pferd nicht gefährden wollte.

Danach war Oleg hinübergegangen zu Margaretes Haus, um Godje alles zu sagen, sie zu warnen, dass sie gleich keine gewöhnliche Reitstunde haben würde. Dass ihre Zukunft auf dem Spiel stand und vor allem die von Arion. Er wollte ihr sagen, dass sie den Grauen nicht vorführen sollte. Oleg wusste, dass das Pferd alles für das Mädchen tat, und wenn sie ihn ritt, dann würden sie gut sein, beeindruckend gut. Der Hengst glich ihre reiterlichen Fehler aus, Godje konnte ihn gar nicht in schlechtem Licht dastehen lassen, selbst wenn sie wollte.

Aber er war zu spät gekommen an jenem verhängnisvollen Tag. Sie hatten sich verpasst. Wahrscheinlich war das Mädchen wieder bei Arion auf der Weide eingedöst. Tausendmal hatte er ihr eingeschärft, dass es gefährlich war, sich einfach neben dieses Pferd zu legen und zu träumen. Er war ein Hengst, Himmel noch mal!

Also war er mit seinem Rad umgekehrt. Ein roter Ferrari schnitt seinen Weg und drängte ihn fast in den Graben, als er in den Stichweg einbog, aus dem Oleg gerade gekommen war. Liebend gern hätte er den rücksichtslosen Idioten zur Rede gestellt, er war genau in der richtigen Stimmung dafür, aber er hatte keine Zeit mehr. Er musste auf den Hof zurück, wo die nichts ahnenden Kinder ihn zu ihrer Reitstunde erwarteten. Mit geballten Fäusten hatte er zugesehen, wie der Fahrer ausgestiegen war, ohne den Motor abzustellen. Ein schmieriger Typ mit Hut und dunklem Anzug, der ihm den Rücken zukehrte, als er einen Umschlag in den Briefkasten steckte.

Und als er ihn dann wenig später auf dem Turnierplatz wiedergesehen hatte, von vorn diesmal, da hatte er gewusst, dass das Kind in viel größerer Gefahr war, als sie alle geahnt hatten. Manche Gesichter vergaß man nicht, und wenn man es dreitausend Jahre lang versuchte.

Darum war er auf sein Fahrrad gestiegen und losgefahren. Ziellos zunächst, voller Zorn, um seine Gedanken zu ordnen, um wegzukommen von diesem Hof mit all seinen Geheimnissen und Verstrickungen, so viel Fluch und Segen an einem Ort. Er wusste, dass Anyta es nur gut meinte. Er hoffte es zumindest. Aber diesmal hatte sie eindeutig die falsche Entscheidung getroffen, stur wie alle in dieser Familie, immer mit dem Kopf durch die Wand. Sie schuf gern Tatsachen, bevor sie redete, aber Angst war noch nie ein guter Ratgeber gewesen.

Und dann hatte er auf einmal vor Margaretes Haus gestanden. Was hatte der Mann im Ferrari dort zu suchen gehabt? Oleg musste wissen, ob sie irgendetwas mit den jüngsten Ereignissen zu tun hatte. Also hatte er wie in Trance seine Hand in den Briefkasten gesteckt und den Umschlag herausgefischt.

Für Godje hatte auf dem verblichenen Kuvert gestanden. Es schien sehr alt, aber die Tinte war frisch und blau gewesen. So blau wie Godjes Augen, wie die von Cora und von … Da hatte er gewusst, was zu tun war, noch bevor er den Brief geöffnet hatte. Mit der freien Hand hatte er sich über die Augen gerieben, dann den Brief auseinandergefaltet. Ein Foto war ihm entgegengefallen, drei Kinder mit einem Pferd – und sein Herzschlag hatte einen Schlag lang ausgesetzt. Mit zitternden Fingern hatte er alles eingesteckt und war umgekehrt, mit einer drängenden Gewissheit: Godje und Arion mussten von hier verschwinden, und zwar so schnell wie möglich.

An einer hohlen Eiche hinter der verfallenen Scheune hielt Oleg kurz an. Niemand wusste von der kleinen Stahlkassette, die er hier versteckt hatte, sicher verborgen vor neugierigen Augen. Er zog sich die Kette mit dem dazu passenden winzigen Schlüssel vom Hals und öffnete das Kästchen. Zuerst musste er ein wenig ruckeln, das Schloss sperrte sich. Es hatte über die vielen Jahre ein wenig Rost angesetzt und gab seinen Inhalt nur widerwillig frei.

Briefe waren darin, verschiedene Pässe, alte Fotos und ein paar Kinderzeichnungen, alle sorgfältig in Klarsichthüllen vor Feuchtigkeit und Jahreszeiten geschützt. Oleg suchte etwas anderes, er nahm sich keine Zeit, in Erinnerungen zu schwelgen, denn es war Eile geboten. Endlich hatte er den alten Prospekt gefunden. Cora und Aides lächelten ihn daraus an. Mit dem Zeigefinger strich der alte Mann zärtlich über die Konturen ihrer Gesichter. Er steckte es in den Umschlag, auf dem Für Godje stand und tauschte dessen ursprünglichen Inhalt zurück in die kleine Stahlkassette. Oleg atmete tief aus. Dann verstaute er alles wieder an seinem Platz und fuhr zurück zu Margaretes Haus, so schnell es sein klappriges altes Rad hergab.

Die Haushälterin musste den Briefkasten bereits geleert haben. Er hörte sie singen, die Tür stand offen. Sie war im Garten und hängte die Wäsche auf. Also schlich er hinein und platzierte den Umschlag auf Margaretes Küchentisch. Godje würde ihn finden. Sie würde tun, was sie tun musste. Und Cora auch.

Als ich wieder zu mir kam, lag ich im Bett. Waldo hatte sich in meinen Kniekehlen zusammengerollt, und sein Kopf drückte schwer und schnarchend auf meine Oberschenkel. In Zeitlupe versuchte ich, mich darunter hervorzuschrauben. Das Ergebnis war, dass Waldo schläfrig ein Auge öffnete, herzhaft gähnte und mir als Nächstes eins seiner langen Vorderbeine räkelnd in die Rippen stieß.

»Au!«, beschwerte ich mich und hatte in der nächsten Sekunde alle Hände voll zu tun, eine nasse Hundezunge von meinem Ohr fernzuhalten. »Lass das, du stinkst!«, kicherte ich.

Über uns tauchte Coras graues Gesicht auf. »Alles in Ordnung?«, fragte sie hölzern. Mein Kichern verzog sich blitzschnell.

Waldo sprang vom Bett und machte meiner Schwester Platz, die sich vorsichtig auf die Kante setzte. Ich nickte und zog mich an den Ellbogen hoch.

»Du hast uns einen ganz schönen Schrecken eingejagt«, flüsterte sie und strich mir über die Stirn. Plötzlich hatte ich ein verschwommenes Déjà-vu von unserer Mutter, Jahre zuvor, wie sie sich mit der gleichen Geste über mein Kinderbett beugte. Doch ehe ich Details ihres Gesichtes ausmachen konnte, war es auch schon vorüber. Ich griff nach dem Amulett um meinen Hals. Zum ersten Mal seit Langem tat ich das nicht, um die pulsierende Wärme von Epona zu spüren, sondern wegen der silbernen Fassung mit den aufklappbaren Fotos meiner Eltern darin.

»Ihr mir auch«, gab ich zurück und räusperte mich. Verlegen lächelten wir uns an. »Und jetzt? Wie soll es weitergehen? Was wird von den Hauptfiguren in so einem schrägen Reality-Fantasy-Krimi-Dings für gewöhnlich erwartet?«

»Ich schätze, dass sie den Weltfrieden retten und dem Schurken das Handwerk legen, oder so?« Sie grinste mich an.

»Und dass sie am Leben bleiben«, ergänzte Aides, der mit verschränkten Armen im Türrahmen lehnte und uns beobachtete.

»Cool«, behauptete ich und zuckte mit den Achseln. »Wenn's weiter nichts ist.« Ich holte tief Luft. »Ich habe eine Bitte. Kann Fynn mich besuchen? Das ist mein bester Freund. Ich – nichts gegen euch –, aber ich brauche jemanden zum Reden … ihn. Könnt ihr … kannst du das verstehen? So wie du … Aides …« Ich sah zu meiner Schwester.

»Du bist verliebt?«, fragte sie ganz direkt und schmunzelte.

Verliebt? Ich? Darüber hatte ich noch nie richtig nachgedacht. Das mit Fynn … das war ja mehr so … also … es war eben … In der Erinnerung spürte ich noch einmal seine Lippen auf meinen. Seinen Blick, als er mir nachsah. Das war eine ganz spontane Sache gewesen, zum Abschied. Weil alles so dramatisch war und so schnell gehen musste und … also … hm. Langsam nickte ich.

»Na großartig.« Aides löste sich von der Wand. »Das ist …«

»… eine gute Idee«, brachte Cora den Satz an seiner Stelle zu Ende. »Wir müssen nur überlegen, wie wir das anstellen können.« Sie zwinkerte mir zu.

»Kann er sich nicht einfach in den Bus setzen, so wie jeder normale Mensch auch?«, platzte es aus mir heraus. »Wer sollte denn ausgerechnet Fynn beschatten? Und wozu?«

Aides zog die Augenbrauen hoch.

»Ja, ich hab's ja kapiert«, bollerte ich und ging im Kopf verschiedene Möglichkeiten durch. »Oleg könnte ihm doch helfen. Er hat mir doch schließlich –«

»Oleg hat dir geholfen?« Jetzt blieb Cora der Mund offen stehen, und ich runzelte die Stirn.

»Hatte ich das nicht schon erzählt? Er hat mir doch die Richtung –«

»Moment mal … Vielleicht hat *er* dir den Prospekt zugespielt?«, überlegte Aides laut. »Aber wie …?«

Coras Gesicht bekam rote Flecken. Auch Aides entging das nicht. »Sag mal, hast du etwa …?«

Sie zog den Kopf ein. »Vor fünf Jahren, zu Weihnachten … ich habe den Flyer zusammen mit einem Gruß von Hamburg aus eingeworfen. Er sollte doch nur wissen, dass es uns gut geht.«

Aides war kalkweiß geworden. »Wir haben die Prospekte durch den Häcksler gejagt, weil wir uns einig waren, dass es zu gefährlich ist, sie in Umlauf zu bringen, und du … Ich fasse es nicht!«

»Bitte nicht streiten«, mischte ich mich zaghaft ein. »Offensichtlich hat Oleg ja dichtgehalten, wenn das schon so lange her ist. Es ist nichts passiert. Und ohne den Flyer wäre ich nicht hier.«

»Das stimmt.« Cora starrte Aides an, bis er den Blick senkte.

Kraftlos schlug er mit einer geballten Faust gegen die Wand. »Gut«, sagte er.

»Oleg«, murmelte Cora und wandte sich wieder zu mir. Sie sah mich aufmerksam an. »Hat er irgendetwas gesagt?«

Ich schüttelte den Kopf. »Also, wie machen wir es denn jetzt mit Fynn?«

»Busfahren«, brummte Aides. »Morgen ist ein großes Fußballspiel in Hannover. Da sind die Züge voll. Wenn er sich geschickt unters Volk mischt und von dort umsteigt, kann er jeden abhängen. Hoffe ich zumindest. Ich schreibe dir auf, ab wo er den Bus nehmen muss und bei welcher Haltestelle er rausmuss. Von da hole ich ihn ab.«

»Du kennst ihn doch gar nicht«, widersprach ich. »Ich komme mit.«

»Du wirst bei Arion gebraucht«, erinnerte mich Cora. »Wenn du mich auf dem Flyer erkannt hast, wird er die Ähnlichkeit auch sehen. Ich fahre. Ende der Diskussion.« Ihre Mundwinkel zuckten. »Sag ihm kurz Bescheid. Das Telefon steht im Wohnzimmer. Vielleicht hat er ja schon etwas anderes vor.«

Hatte Fynn aber nicht. Allerdings verlief unser Wiedersehen trotzdem komplett anders, als ich es mir ausgemalt hatte.

Der Tierarzt kam früher als verabredet für Arions nächsten Bittersalzcocktail, weil er auch zum Fußball wollte. Ich hätte nie gedacht, dass die Mannschaft von Hannover so einen weiten Einzugskreis hatte. Dann sah ich den Schal in seinem Auto, und der gehörte nicht zu 96. Er war also Fan vom Gegner. Wie gut, dass ich nichts gesagt hatte.

Arion sah ihn argwöhnisch an, als er seine Gerätschaften aufbaute. »Trinken oder Sonde?«, fragte er mich und Aides knapp und krempelte sich die Ärmel hoch. »Cora nicht da?«

»Sie muss was Dringendes erledigen«, antwortete Aides.

»Am Sonntag?«

Er zuckte beiläufig mit den Schultern. »Kommt vor auf dem Land. Ist das ein Problem?«

Ließ ich mich jetzt schon anstecken von der allgemeinen Paranoia auf diesem Hof, oder war es verdächtig, dass der Mann so nachbohrte?

Der Tierarzt lachte. »Das werden wir sehen. Ich bin gespannt. Bis gestern hätte ich geschworen, dass niemand so etwas fertigbringt. Also, Fräulein Pferdeflüsterin?« Erwartungsvoll sah er mich an. »Meinst du tatsächlich, du bekommst das ein zweites Mal hin? Pferde sind nicht dumm, weißt du? Jetzt weiß er, wie es schmeckt.«

Das Herz klopfte mir bis zum Hals, aber mein Amulett pulsierte beständig vor sich hin. Ganz ruhig bleiben, ermahnte ich mich selbst und bemühte mich, ruhiger zu atmen. Du siehst schon Gespenster.

Ich stand bei Arion und streichelte ihm dem Hals. »Wir versuchen es erst mal so«, entschied ich und ließ mir den Eimer geben.

Aides trat auf mich zu und verdeckte mit seinem breiten Rücken die Sicht des Tierarztes. »Kann ich etwas tun?«, fragte er leise. Ich zuckte mit den Achseln. »Keine Ahnung, ehrlich gesagt.« Ich hatte wirklich keinen Schimmer, wie ich die besondere Atmosphäre wiederherstellen sollte, die Cora und mir gestern zusammen geglückt war. Es war, als hätten wir gemeinsam eine Art Feld erzeugt, in dem wir Arion in Bildern und Gefühlen die Botschaft übermitteln konnten, die ihn überzeugten, das bittere Zeug freiwillig zu trinken. Aber ob mir das heute wieder gelang? Allein? Mit einem äußerst skeptischen Beobachter?

»Du musst an dich glauben«, raunte Aides mir zu. »Und an Eponas Kraft, die in dir wirkt.«

Der Tierarzt räusperte sich. »Ich ziehe dann schon mal die Spritze auf, okay? Nur zur Sicherheit. Das Zeug wird schnell dickflüssig, und dann läuft es nicht mehr gut durch den Schlauch.«

»Ich weiß«, antwortete ich laut und sah dabei Aides an. Ich tastete mit meinen Fingern noch einmal zu meinem Amulett, um mich zu versichern, dass es da war. Dass *sie* da war und mich unterstützte. Dann schob ich meine Finger entschlossen unter Arions silbergrauen Schopf. Ich atmete tief durch und dachte an das, was Cora mir über das Thema Schutz erklärt hatte. »Ganz ruhig, Großer«, murmelte ich und streichelte ihn. Dann blendete ich alles um mich herum aus, vor allen Dingen diesen besserwisserischen Tierarzt. Ich fokussierte mich auf Arion und auf die Botschaft, die ich ihm übermitteln wollte: *Trink bitte diese Plörre, mach es genau wie gestern. Ich weiß, dass es widerlich und bitter schmeckt und allem widerspricht, was dir deine Instinkte sagen. Aber es hilft dir dabei, gesund zu werden, und wenn du es nicht tust, kommen sie mit der Spritze und dem Schlauch, und du bekommst es doch eingeflößt, und dann wird dir obendrein schwindelig. Bitte nimm es. Dann können wir nachher wieder grasen gehen. Und Leckerlis habe ich auch dabei.*

Arion zuckte und begann, unter meiner Hand herumzutänzeln. Hinter uns klapperte etwas, und ich hörte Aides leise auf den Tierarzt einreden. Ich hielt die Augen geschlossen und bemühte mich, mit meiner Aufmerksamkeit zu Arion zurückzukehren. *Bitte bleib ruhig! Trink die blöde Mischung, Arion. Es macht dich gesund. Es nimmt das Bauchweh und macht, dass es nicht wiederkommt.* Ich stellte mir vor, wie es wohl in seinem Magen und seinem Darm aussah und wie der Schleimbrei die Wände da drinnen auskleidete und glättete. Blind streckte ich die Hand nach hinten aus.

»Ich bin da«, hörte ich Aides' leise Stimme. Er reichte mir den Eimer und half mir, ihn Arion unter die Nase zu halten. Der Hengst zögerte. Lange. Es war ein Geduldsspiel. Wir beide wagten kaum zu atmen, als der Hengst seine Nüstern darin versenkte und mit den Lippen immerhin in der Pampe herumspielte. *Bitte, Arion, tu es für mich!,* flehte ich noch einmal und wiederholte meine hauseigene interne Videobotschaft. Und nach einer schier endlosen Weile begann er tatsächlich, die Medizin zu schlürfen.

»Gut machst du das, mein Großer«, lobte ich erleichtert und strich ihm sanft über den Haarwirbel. Da explodierte etwas vor meinen Augen.

»Komm zurück, Gyde!«

Das Mädchen sah den Onkel durch die Nebelschwaden. Er fluchte und brüllte ihren Namen. Wie so viele Male zuvor reckte er dabei seine geballte Faust in die Höhe. Und doch war heute etwas anders. Er war auf die Knie gesunken und wimmerte leise. Seine Schultern bebten.

Sie wusste, dass er sie nicht sehen konnte. Im Land hinter dem Nebel blieb sie seinen Blicken verborgen. Auch der Dolch, den er hinter seinem Rücken hielt, konnte ihr nichts antun. Und dennoch schluckte sie. Er war immer noch willens, sie zu töten. Würde sein Zorn denn nie verrauchen? Was hatte sie ihm je getan? Seine Pferde waren gestorben. Er hatte sie nicht retten können, weil er nicht auf sie gehört hatte. Die Felder waren verdorrt, das Weideland abgebrannt.

Er hatte dem Dunklen vertraut. Doch der hatte ihn betrogen, wie er alle betrog. Er hatte ihn an sich gebunden durch einen Eid und durch Krieg, und nun musste er selbst den Pflug ziehen, über Felder, die kein Korn mehr hervorzubringen vermochten. Man hatte ihn aus dem Dorf verstoßen. Und noch immer projizierte er seinen Zorn auf sie. Aber er machte ihr nicht länger Angst.

Gyde trat aus dem Nebel.

Ich sah den Dolch des Mannes aufblitzen, als Gyde ihm die Hand reichen wollte, und schrie auf. Arion stampfte mit dem Huf auf und machte einen Satz zur Seite. Das Scheppern des Eimers riss mich zurück in die Wirklichkeit. Die Vision brach ab. Ich war von oben bis unten mit zähem Flohsamenschleim bekleckert.

Aides wischte sich gerade Reste der Bittersalzlösung aus dem Gesicht. »Godje, was ist passiert? Du bist ja ganz bleich. Alles okay?«

»Tut mir so leid«, gab ich erschrocken zurück. »War noch viel drin?«

Aides zog die Augenbrauen hoch und sah an uns hinunter. »Jetzt jedenfalls nicht mehr. Du bist plötzlich zurückgezuckt und hast den Eimer fallen lassen. Alles in Ordnung?«

»Ja, ich glaube schon«, nickte ich abwesend und sah mich um. Die Paddockbox, der Tierarzt, keine Gestalten im Nebel, keine Messer. Ich brauchte einen Augenblick, mich wieder zurechtzufinden.

»Na? Doch besser mit Schlauch?« Der Tierarzt machte einen Schritt auf uns zu, und Arion legte sofort die Ohren an. Beruhigend strich ich ihm über die Brust.

»Nicht nötig, glaube ich«, erwiderte Aides und drehte sich zum Tierarzt um. »Er hat drei Viertel der Lösung getrunken. Das sollte doch genügen für heute, oder?«

Der Mann zuckte mit den Achseln und zog seinen Kittel aus. »Soll mir nur recht sein. Er sieht so weit ja fit aus, und ich lege nicht zwingend Wert darauf, mich vor dem Spiel noch einmal komplett einzusauen. Ich hatte heute schon eine Steißgeburt und ein Kalb mit Durchfall. Dann sehen wir uns morgen auf ein Neues.« Damit klappte er seine Tasche zu und packte den Rest seiner Gerätschaften zusammen.

Verunsichert sah ich Aides an. Genügte das wirklich, oder war der Typ nur an seinem blöden Fußballspiel interessiert? »Wollen wir es nicht noch einmal versuchen? Bitte! Ohne Sonde klappt es doch prima. Das war meine Schuld, nicht Arions!«

Aides widersprach. »Es geht ihm gut, du hast gehört, was der Doc gesagt hat. Mach dir keinen Kopf.« Sein Blick war trotzdem besorgt. »Ist mit *dir* wirklich alles in Ordnung?«

Ich war mir nicht sicher. Gydes Onkel hatte von vorn ausgesehen wie Oleg.

10. Kling, Glöckchen

18. Dezember, knapp elf Jahre zuvor

»Wunderbar, dann jetzt weiter zum Konditor?«, fragte Chloe Philipp.

»Auf direktem Weg«, gab ihr Mann lachend zurück. »Vielen Dank, Herr Schwarz.« Arm in Arm verließen sie das Juweliergeschäft. Das Glöckchen über dem Eingang klingelte leise, als die Tür ins Schloss fiel.

Eine ältere Frau kam hinter dem Vorhang seiner Werkstatt hervor und breitete eine Handvoll großer Geldscheine auf dem Tresen aus. »Wie vereinbart«, sagte sie kühl. »Zählen Sie nach.«

Der Juwelier schwitzte. Er nickte fahrig und wollte die Scheine an sich nehmen, aber sie schlug ihre Hand darüber. »Erst das Amulett.«

»Ja natürlich«, krächzte er, griff in seine Westentasche und legte ein Schmuckkästchen neben das Geld.

Die Frau öffnete es und blickte hinein. Eine antike Münze lag darin, gebettet auf ein Polster aus weißen Tierhaaren. Das Relief auf der Münze stellte eine Reiterin auf einem mit Blumen geschmückten Pferd dar. »Und woher weiß ich, dass dies wirklich das Original ist und nicht umgekehrt?«

Der Goldschmied räusperte sich. »Sie könnten mit einem Ultraschallmeißel eine sehr kleine Fläche bis auf das blanke Metall freilegen und unter dem Mikroskop nach Cupriteinschlüssen suchen. Bei antiken Münzen ist fast die gesamte Bronze durchmineralisiert, das kann man nicht künstlich erreichen.« Er tupfte sich kalten Schweiß von der Stirn. »Ich bin Fachmann. Oder Sie glauben mir einfach.«

Sie sah ihn spöttisch an und nahm das Schächtelchen. »Dr. Peter Heinrich Schwarz – tja, was bleibt mir anderes übrig … Worin haben Sie eigentlich Ihren Doktorgrad?«

»Ich habe Archäologie studiert und einen Doktor in Chemie. Nicht sehr einträglich, wenn man nicht in die Pharmaindustrie will«, erklärte er widerwillig.

»Und so wird man Goldschmied«, fasste sie zusammen.

»Ich mag alten Schmuck. Und ich arbeite gern mit den Händen«, antwortete er schwach.

Endlich wandte sie sich zum Gehen.

»Warum wollten Sie, dass ich sie fälsche und austausche?«, rief er ihr hinterher. »Das ist doch Ihre eigene Familie, oder nicht?«

Sie blieb kurz stehen. »Genau deswegen.« Ohne sich umzudrehen, fügte sie hinzu: »Um ihre Leben zu retten. Wir wollen hoffen, dass es dafür noch nicht zu spät ist.«

Die Tür fiel hinter ihr ins Schloss. Das Glöckchen klingelte wieder, und seine Knie gaben nach.

Der Juwelier sank erschöpft auf einen Hocker. Es war noch nicht vorüber, er durfte jetzt nicht schwach werden. Im Sitzen angelte er nach seinem altmodischen Ladentelefon. Er holte eine Visitenkarte aus seiner Westentasche, las stockend die Nummer ab und wählte. Während er darauf wartete, dass sein Auftraggeber abhob, tippte er nervös mit den Fingerspitzen auf dem Tresen herum.

»Hallo?«

»Sie sind gerade gegangen … Alle. … Ja, natürlich mit dem Original. Sie haben es dabei. Nein, alles wie geplant. Sie hat nichts gemerkt.«

Es klickte. Der andere hatte aufgelegt. Mit zitternden Fingern stellte er das Telefon zurück in die Ladeschale. Schwankend stand er auf und ging zur Tür. Er drehte das Geschlossen-Schild um und ließ das Gitter herab. Dann lehnte er sich mit dem Rücken an die Wand, rutschte langsam daran hinunter, bis er auf dem Boden zum Sitzen kam. Sein Kinn zitterte. Er schlug sich die Hände vors Gesicht. Er machte keinen Laut, aber seine Schultern bebten. Oben schliefen die Kinder, sie waren noch so klein.

Ich stürmte aus dem Stall, um mich zu waschen und umzuziehen, bevor Fynn kam. Das schob ich zumindest Aides gegenüber vor. Eigentlich wollte ich einen Moment allein sein, um wieder klar denken zu können. Was war das denn gewesen? Würde Cora es mir erklären können? Hatte Epona mir eine Warnung schicken wollen? Wie zum Kuckuck sollte ich das alles einordnen? Warum kam immer noch mehr dazu?

Aber ich kam nicht zur Ruhe. Draußen kam mir bereits Cora mit Fynn entgegen. Verwundert sah sie dem Tierarzt nach, der eilig in seinen Wagen gesprungen war und durchstartete.

»Fynn!«, kreischte ich glücklich und rannte auf ihn zu. Fynn breitete übermütig die Arme aus, aber zwei Meter bevor ich ihn erreicht hatte, hielt er sie plötzlich abwehrend vor sich.

Ich bremste abrupt und erwiderte sein breites Grinsen. »Ich nehm dich besser nicht in den Arm, oder?« Alles an mir klebte, das hatte ich völlig vergessen.

»Ist das ’ne neue Schönheitskur?«, fragte er spöttisch.

»Nee, mein Frühstück«, schwindelte ich und zupfte mit den Fingern etwas von dem zäh gewordenen Schleim ab. »Auch was? Ist nur ein bisschen bitter.«

Cora lachte. »Wir haben Brötchen mitgebracht, das ist besser, oder?« In geziemendem Abstand gingen wir Richtung Haus. Der arme Waldo kratzte winselnd von innen an die Küchentür. Damit er uns bei der Aktion mit Arion nicht in die Quere kam, hatten wir ihn drinnen eingesperrt.

Fynn sah sich anerkennend um. »Coole Anlage«, raunte er. Dann riss er die Augen auf. »Was machst du denn hier?«

Erstaunt drehte ich mich um und folgte seinem Blick. Aides war hinter mir aus dem Stall gekommen und ebenso erstarrt stehen geblieben. Jetzt kam er langsam auf uns zu. Dann lief er schneller. Und eh Fynn sich’s versah, wurde er doch noch mit klebriger Flohsamenpampe eingeschmaddert.

Aides und er ließen sich gar nicht mehr los. Cora legte mir einen Arm um die Schulter und biss in ihre Faust. Anscheinend scherte sich gerade niemand mehr um unsere Klamotten.

Verständnislos betrachtete ich das Treiben.

Meine Schwester berappelte sich als Erste. »Jetzt weiß ich, warum du mir so bekannt vorkamst«, sagte sie tonlos.

Aides wischte sich eine Träne aus dem Augenwinkel und löste sich von Fynn. »Ist euch wirklich niemand gefolgt?«, fragte er Cora mit rauer Stimme.

Sie schüttelte verunsichert den Kopf. »Ich habe niemanden gesehen. Wir haben alles so gemacht, wie wir es besprochen hatten.« Fröhlich strubbelte sich Fynn durchs Haar.

Ich glotzte Fynn an. »Könnte mich mal jemand aufklären?«

Er grinste dämlich und ein wenig außer Atem. An der Wange hatte er einen großen Klecks Flohsamenbrei kleben. Ich hätte ihm den zu gern weggewischt, aber das war irgendwie … uncool, oder?

»Aides ist mein unsteter großer Bruder, Godje. Der sich in der Weltgeschichte herumtreibt und uns immer nur zu Ostern besuchen kommt.«

»Ostern?«, fragte ich blöd, weil mir dazu absolut nichts einfiel und ich immer auf seine Wange schielen musste.

»Da rechnet keiner damit«, erklärte Aides verlegen, wischte den Fleck kurzerhand mit dem Finger weg, schnippte den Brei ins Gras und rieb den Rest an seiner Hose ab. »Anfangs fand ich's witzig. Auferstehung, verlorener Sohn und so.«

»Klar«, sagte ich baff. »Wow. Was für 'ne Familie.« Ich sah Fynn an. »Sind wir jetzt etwa verwandt?«

Alle lachten. »Nicht richtig«, erklärte Cora, die immer noch ganz gerührt war. »Ihr seid Schwippschwäger, würde ich meinen.« Sie schüttelte den Kopf. »Unglaublich, oder?«

Ich nickte. Aber ob ich jetzt erleichtert sein sollte, wusste ich auch nicht. Ich wusste überhaupt nichts mehr.

»Wie geht's Arion?«, wollte Fynn wissen.

Ich nickte noch einmal. »Gut«, sagte ich abwesend und verbesserte mich. »Also, einigermaßen. Er hatte eine Kolik. Aber jetzt geht es ihm wieder … gut.« Ich kam mir so dämlich vor, wie ich auf einmal vor mich hin stammelte. Mein Herz klopfte, meine Knie waren butterig, und irgendwie war auf einmal alles ganz schön komisch.

»Kolik? Kann ich ihn sehen?«, fragte Fynn. »Ich habe dir auch echt viel zu erzählen.«

»Klar«, antwortete ich. »Ich dir auch. Komm mit.«

Aber Cora bremste uns aus und schwenkte die Brötchentüte. »He, wartet, ihr zwei. Zuerst essen wir, und dann könnt ihr losziehen, okay? Ich glaube, wir können alle ein gewaltiges Update gebrauchen.«

»Und frische Klamotten«, ergänzte ich halblaut.

Cora und Aides gingen Arm in Arm in Richtung Haus, und wir stiefelten hinterher.

Wieder passten ein paar mehr Puzzleteile zusammen, und wieder erschien plötzlich alles ganz anders, als ich es mir ausgemalt hatte. Er war also Aides' kleiner Bruder: mein Freund Fynn, der mit seiner Mum zusammenlebte. Der seinen Vater nie kennengelernt hatte, weil der abgehauen war, kurz nachdem seine Eltern aus Großbritannien hergezogen waren. Fynn, der weit besser reiten konnte als ich und den Anyta sich lange vor mir als großes Talent unter den Nagel gerissen hatte. Fynn, dessen großer Bruder mal bei Anyta gearbeitet hatte. Dem dieser Bruder, der schon lange ausgezogen war, von Arions Unfall erzählt hatte. Fynn, der anfangs mit meiner besten Freundin Tessa zusammen war (die jetzt Emil datete und mit der ich kaum noch was zu tun hatte). Mein Fynn, der mir immer aufmerksam zugehört hatte, wenn mich das Gefühl überrollte, dass bei einem Pferd irgendwo etwas klemmte. Der mir dabei half, damit klarzukommen, meine Angst wegzuatmen, wenn ich spürte, was die Pferde spürten – lange bevor ich Cora getroffen hatte. Und der nie blöde Fragen gestellt hatte, die ich ihm erst jetzt in Ansätzen beantworten konnte.

Fynn, der mich schweigend einfach nur festgehalten hatte, wenn es zu schlimm war, was ein Pferd erlebt hatte. Wenn mich die Bilder verfolgten und ich Tränen weinte, die nicht meine waren. Oder wenn ich eine Brust brauchte, gegen die ich mit meinen Fäusten schlagen konnte, bis mir die Luft wegblieb. Der mich gewähren ließ, mich nie auslachte – okay – fast nie. Mein Freund Fynn, mit dem ich manchmal einfach nur stundenlang auf der Wiese gelegen und den Pferden beim Grasen zugehört hatte.

Fynn mit den blauen Augen und den langen Wimpern, aus denen er mich jetzt ansah ... Das Einzige, was unausgesprochen zwischen uns stand, war mein Geheimnis. Das keltische Amulett, der geheimnisvolle Schlüssel zu all dem, was ich sah und spürte. Darüber konnte ich einfach nicht mit ihm reden. Meine Angst, ihn darüber zu verlieren, war zu groß. Aber jetzt musste ich es tun. Er verdiente eine Erklärung für all das – und zwar, bevor wir hineingingen.

Und ich hoffte so sehr, dass es mir ebenso ging wie Cora mit seinem Bruder: dass er mir glaubte und vertraute. Und mich nicht im Stich ließ, weil ich ... noch viel merkwürdiger war, als er bisher angenommen hatte.

Ich wusste nicht, was ich an seiner Stelle getan hätte. »Fynn«, sagte ich bittend und hielt ihn am Ärmel zurück. »Warte mal.«

Wir blieben stehen.

»Fynn, ich ... ich muss dir etwas sagen, aber ich weiß nicht, wie und wo ich anfangen soll.« Nervös strich ich mir eine Haarsträhne aus dem Gesicht. Fynn sagte nichts. Er schaute mich einfach nur an, und ich spürte, wie mir die Hitze in die Ohrläppchen kroch und von dort unaufhörlich immer höher stieg. »Ich zeig's dir einfach.«

Mit zitternden Fingern öffnete ich einen Knopf meiner Bluse, griff in den Ausschnitt und holte mein Medaillon hervor.

Fynn riss die Augen auf. Er sagte immer noch nichts. Hinter uns mümmelten Kasimir und die alte Stute ihr Heu. Ihr Rupfen, das Zwitschern der Vögel und mein eigener, irre lauter Herzschlag waren die einzigen Geräusche in diesem Augenblick.

Endlich gab er sich einen Ruck und atmete hörbar aus. »Wow«, sagte er und rieb sich mit einer Hand übers Gesicht. »Einen Moment lang dachte ich schon, du würdest …«

»Was?«, fragte ich.

Er schüttelte den Kopf und wurde rot. »Nein, nichts. Alles gut, ich … darf ich es anfassen? Was ist das?« Zögernd streckte er die Hand aus und näherte sich meinem Dekolleté.

»Das ist eine Darstellung der Pferdegöttin Ep–« Weiter kam ich nicht.

»Halt!«, brüllte Cora aus dem offenen Küchenfenster quer über den Hof. »Nicht berühren! Auf keinen Fall! Wartet, ich komme!«

Sie schloss das Fenster so heftig, dass es klirrte, und keine zwanzig Sekunden später war sie bei uns.

»Wir … das … es ist nicht, wonach es aussah«, verteidigte sich Fynn stammelnd.

»Von mir aus könnt ihr knutschen, solange ihr wollt und wo ihr wollt«, japste Cora und wandte sich mit eindringlicher Miene mir zu. »Aber das Medaillon solltest du ihn nicht anfassen lassen! Auf gar keinen Fall.«

»Was ist so schlimm daran?«, begehrte ich auf. »Hast du Angst, dass es ein Ungläubiger besudeln könnte oder so einen bescheuerten Esoterik-Müll? Wo ist dein Problem? Fynn ist mein Freund! Ich habe das alles im Wortsinn lange genug allein mit mir herumgetragen. Er soll sehen, was mit mir los ist! Wie soll er denn sonst all das verstehen?«

Cora ging überhaupt nicht auf meine Vorwürfe ein. »Ich habe kein Problem damit, wenn du es ihm zeigst. Das ist dein Recht, jede von uns wählt sich ihren Begleiter.« Sie sah Fynn und mich abwechselnd ernst an.

Die ganze Situation war so absurd und so albern, aber keiner von uns beiden traute sich zu lachen. Dann drängte sich in mein Bewusstsein, was sie noch gesagt hatte. Knutschen? Fynn und ich würden doch nicht einfach so …?! Plötzlich bekam Fynns Blick, als ich in meinen Ausschnitt gegriffen hatte, eine ganz andere Bedeutung. Wonach hatte es denn ausgesehen? Ich sah ihn an und schnell wieder weg. Mir wurde heiß und kalt. Jetzt war es mir fast schon lieb, dass Cora weitersprach.

»Wenn er es ohne Eponas Segen anfasst, wird es ihn verbrennen. Hast du nicht die Narbe an Olegs Hand gesehen?«

Ich schüttelte den Kopf.

»Das Amulett ist sehr kraftvoll und wehrhaft. Stell niemals leichtsinnig seine Macht infrage. Wenn jemand es ohne ihr Einverständnis und ihren Schutz berührt …« Sie pausierte, um zu Atem zu kommen, und sah dabei zu Fynn. »… nicht gut. Gar nicht gut!«

Der war blass geworden und schluckte trocken. »Was ist das denn für ’ne abgefahrene … Wollt ihr mich verarschen?«

Cora und ich schüttelten gleichzeitig die Köpfe. Ich griff nach Fynns Hand, aber er zog seine weg, als hätte er sich an mir verbrannt und nicht an Epona. Und dabei hatte ich ihm das mit Oleg noch gar nicht erzählt – und Cora auch nicht.

»Bitte. Fynn. Hör mir zu. Ich möchte es dir so gern erklären. Meine Gabe mit den Pferden … Arion und ich … meine Flucht hierher … seit meinem Geburtstag letztes Jahr ist so viel passiert. Ich hatte doch immer Angst vor Pferden. Weißt du noch? Und jetzt ist … es ist alles anders. Einfach alles.«

»Ich weiß«, sagte Fynn leise. »Ich war dabei. Erinnerst du dich nicht mehr?« Er sah mich an, und für einen kurzen Augenblick standen wir wieder gemeinsam vor Anytas Weide. Er führte meine Hand hin zu dieser großen Stute, und mir wollte vor lauter Angst das Herz aus der Brust springen und allein weglaufen. Denn ich konnte nicht, ich war wie festgefroren gewesen. Aber Fynn hielt mich. Dieser Moment war wunderschön und total beängstigend zugleich gewesen.

»Doch natürlich«, widersprach ich leise. »Wie könnte ich das vergessen?«

»Jetzt kommt bitte rein, ich habe Eier aufgesetzt fürs Frühstück. Und ihr wollt euch bestimmt auch umziehen. « Cora zupfte grinsend an meiner Hose herum.

»Ja, Moment noch«, murmelte ich.

Sie nickte uns zu und zog sich zurück.

Fynn presste die Lippen aufeinander und stierte ins Leere. »Warum hast du nie etwas gesagt?«

»Das habe ich doch! Wir haben geredet, du warst immer da für mich.«

»Oh, du hast es doch bemerkt?«, fragte er sarkastisch.

Auf einmal fiel mir noch etwas ein. »Oleg hat auch so eine alte Narbe …« Ich starrte Fynn an.

Vor meinen Augen tanzte ein kurzes Déjà-vu vorbei. Des Stallmeisters schwielige, vernarbte Hand auf meiner, bei unserem turbulenten Abschied im Wald, als er Arion und mich allein weitergeschickt hatte. Und seine Worte dazu: »Wir wissen alle drei, dass du nicht nach Hardenberg reiten wirst, und ich werde dich bestimmt nicht aufhalten. Das habe ich einmal versucht, vor sehr langer Zeit, und ich habe meine Lektion gelernt.«

Das hatte ich nie in einen Zusammenhang gebracht mit … Epona. Gab es da einen? Wieso kam es mir in letzter Zeit ständig so vor, als ob alle und jeder mehr wüssten als ich?

»Was denkst du?«, fragte ich ihn.

Fynn zuckte mit den Achseln. »Keine Ahnung. Dass ich Hunger habe … und mich gern umziehen möchte?« Er legte den Kopf schief. »Und dass du ein Freak bist, aber nicht verrückt? Und dass es das erheblich einfacher machen würde?«

Nebeneinander gingen wir die Stufen hinauf.

Ich nickte.

Ich war ein Freak.

Ein ziemlich hungriger Freak noch dazu. Und ich musste mit Cora reden. Unter vier Augen. Ganz schlechtes Timing.

Aber das war es nicht allein, was mir Magengrummeln und Kribbeln gleichzeitig verursachte. Fynns und mein Knie berührten sich nämlich unterm Küchentisch, und ich wusste nicht, ob das Zufall oder Absicht war.

»Also? Wie hängt das alles zusammen?«, platzte er ohne Umschweife heraus, nachdem wir Platz genommen hatten – er in viel zu großen frischen Sachen seines Bruders, ich, ebenso geschrumpft wirkend, in denen meiner Schwester. Ich biss erst einmal in mein Körnerbrötchen.

Aides räusperte sich. Und dann folgte ein kleiner Vortrag über all das, was ich schon wusste. Minus den Teilen mit dem Dunklen und der Tatsache, dass uns offenbar jemand seit ein paar Tausend Jahren nach dem Leben trachtete.

Bis hierhin hatte er alles ganz tapfer geschluckt, und ich fand, dass die wenigen noch fehlenden Details jetzt auch keinen Unterschied mehr machten. Ich öffnete den Mund, um etwas zu sagen, aber ich kassierte einen warnenden Fußtritt von Cora. »Ey!«, beschwerte ich mich. »Aua!«

Aber Fynn war ja nicht blöd. »Weswegen habt ihr die ganze Zeit keinen Kontakt gehabt?«, fragte er Cora. »Wieso ist das so ein Staatsgeheimnis, wo ihr lebt? Warum schaffst du es nur einmal im Jahr zu uns nach Hause? Ich dachte, du wohnst viel weiter weg!«, wandte er sich an seinen großen Bruder. »Und was hat das alles mit Godjes Amulett zu tun?«

Gespannt schnappte ich mir noch ein Brötchen, trank meine heiße Schokolade mit Zimtsahne und wartete auf die Antwort der beiden.

An der hätte ich mich dann allerdings beinahe verschluckt, denn auf einmal spielte Cora mir den Ball zu. »Erzähl ihm von Epona«, bat sie mich.

»Das … das ist die Pferdegöttin, die auf meinem Amulett abgebildet ist«, fing ich an. »Ich bin wohl so ’ne Art …«

»Hüterin«, beendete Aides meinen Satz.

»Echt jetzt?« Fynn starrte seinen Bruder an.

»Genau wie Cora«, antwortete Aides, und Cora fischte zur Bestätigung nach ihrem Amulett und zeigte es Fynn.

Das war mein Stichwort. »Cora, können wir beide vielleicht kurz …?« Aber sie hörte mich nicht.

Denn Aides räusperte sich gerade zerknirscht. »Und so, wie es aussieht, ist unser Vater der abgrundtief Böse in der Geschichte.«

Fassungslos sah ich von einem zum anderen. Jetzt war ich ebenso erschüttert wie Fynn. »Was soll das denn jetzt heißen?«

11. Familienbande

18. Dezember, knapp elf Jahre zuvor

»Meinst du, es ist eine gute Idee, ihn zu Godjes Geburtstagskaffee und -kuchen einzuladen?«, fragte Fergus skeptisch.

Chloe hörte auf zu singen und stellte das Radio leiser. »Wie kommst du jetzt darauf?«, fragte sie. »Aides ist der Freund unserer Tochter. Was hast du auf einmal gegen ihn?«

»Nichts«, behauptete er und sah stur geradeaus, wobei er vorgab, sich auf den Straßenverkehr zu konzentrieren. »Es ist nur … hast du den Ring an seinem Finger gesehen? Sieht der nicht aus wie …?«

Sie lachte dieses gluckernde, leicht spöttische Lachen, das er so an ihr liebte, aber jetzt, in diesem Augenblick, fühlte er sich von ihr nicht ernst genommen.

»Bitte, Chloe.«

»Ach, Fergus!« Sie sah ihn von der Seite an. »Du warst derjenige, der gesagt hat, ich würde übertreiben. Aber wenn du meinst, dann müssen wir sie eben doch –«

»Wir werden sie nicht wegschicken. Das würde ihr das Herz brechen! So weit waren wir doch schon.«

Der Wagen schlingerte leicht. »Pass auf die Straße auf, Liebling, es ist glatt«, mahnte Chloe.

»Ich weiß«, sagte er ruhiger. »Wenn sie zusammen sind, können wir sie außerdem besser beschützen.«

»Und wenn sie einen Freund hat, wird sie unvorsichtig. So wie wir beide früher!« Sie kicherte und streichelte ihm sanft übers Bein. »Sollte er uns allerdings doch bis hierher gefolgt sein und nur auf eine Gelegenheit warten, dann hat er im Zweifel gleich zwei Amulette auf einmal.«

»Das wird nicht geschehen.«

Ruckartig setzte sie sich auf. »Und wenn doch? Vielleicht ist es doch besser, sie zu trennen?«

»Du hast selbst gesagt, dass ihm Godje nichts nutzt, solange das Amulett nicht aktiviert ist. Suchst du einen neuen Grund dafür, Cora doch ins Internat nach Wales zu geben? Genügt es nicht, wenn die Kleine geht? Müssen wir noch ein Kind hergeben? Cora ist glücklich hier. Ja, sie wird flügge. Ja, sie ist verliebt, und das ist schön. Bald wird sie sich sowieso ein eigenes Leben aufbauen. Aber ich mache mir trotzdem Sorgen.«

Chloe verdrehe die Augen. »Du weißt nicht, was du willst. Aides kann nichts für seine Wurzeln. Er hat seinen Vater seit Jahren nicht gesehen. Anyta und Oleg sind ja auch noch da. Glaub mir, sie sind sicher.«

Er sah in den Rückspiegel und setzte den Blinker. »Das sind sie nicht, Cloe, und zwar ganz egal, was wir tun. Das weißt du genau. Ich habe kein gutes Gefühl.«

»Unsere Familie ist seit Jahrhunderten –«

Er unterbrach sie. »Die Kureten, ich weiß, ihr müsst die Hüterinnen beschützen und erziehen, und ich hänge da jetzt auch mit drin, bla, bla.«

»Ja, tust du. Aber zu deiner Beruhigung: Ich bin gut ausgebildet, und ich passe schon auf uns auf.« Chloe seufzte. »Also entspann dich und gib du auf den Verkehr acht. Ich möchte nicht im Graben landen und Matschtorte zu Hause abliefern, weil Daddy die Kurven zu sehr schneidet.«

Er lachte. »Ich bin tiefenentspannt. Und zu deiner Beruhigung: Sollte uns jemals etwas zustoßen, habe ich beim Notar einen Brief hinterlegt. Wenn uns etwas passieren sollte, weiß meine Mutter auch, was zu tun ist, ganz ohne Kuretenausbildung. Dann kriegst du deinen Willen. Sie wird Cora wegschicken und Godje komplett von Pferden aller Art fernhalten.«

»Du hast was?!« Chloe starrte einen Moment lang kopfschüttelnd vor sich hin. »Na, wie gut, dass uns nichts passiert. Das wäre nämlich eine Herausforderung. Die Pferde werden sie finden. Arme Nana!«

Fergus sah erneut in den Rückspiegel. Er runzelte die Stirn. »Dieser Goldschmied eben war auch komisch, fandst du nicht auch?«

Sie kicherte wieder und ließ sich gegen die Rückenlehne plumpsen. »Ach, jetzt ist es der Juwelier?«

»Chloe?«

»Hmm?« Belustigt sah sie ihn an.

»Chloe, kein Scherz. Da folgt uns jemand.«

Alarmiert setzte sie sich auf.

Als Margarete nach Hause kam, blinkte das Lämpchen des Anrufbeantworters.

»Nana? Hier ist Fergus. Ich kann nicht lange reden. Bitte, hör mir jetzt genau zu: Gib Godje das Medaillon, wenn sie alt genug ist. Beim Notar liegt ein Schreiben, da steht alles drin. Ich weiß, was du von all dem hältst. Aber bitte, versprich mir einfach, dass du es tun wirst, okay? Ich hab dich lieb, Na…«

Reifenquietschen übertönte seine letzten Worte, dann hörte sie Chloes Stimme in den Lärm hinein, voller Panik: »Fergus, pass auf, die Pferde!«

In der nächsten Sekunde folgten ein Krachen und das kreischende Geräusch von berstendem Metall, dann ein Poltern, dumpfes Rumpeln, Dinge, die durcheinanderflogen, ein Aufprall.

Aber das, was nach all den Jahren immer noch am grauenvollsten in ihr nachhallte, war die darauffolgende Stille, dieses »Nichts mehr«, bevor die Aufzeichnung knisternd erstarb.

»Willst du damit sagen, dass dein …?« Ich sah von Aides zu Fynn und wieder zurück. »Dass *euer* Vater …?« Meine Hände waren schweißnass. Ich rang nach Atem. Das Amulett lag brennend schwer auf meiner heftig pochenden Brust. »… dass er der Dunkle ist?«

Aides senkte den Kopf. Er zog seinen Ring ab und legte ihn auf den Tisch. »So was wie seine Inkarnation in diesem Leben, würde ich sagen.« Er sah zu Cora, die die ganze Zeit über schweigend und bleich danebengesessen hatte. »Wir haben es auch erst vor Kurzem herausgefunden.«

»Du hast das gewusst?« Erschüttert sah ich sie an.

»Bitte wer ist der Dun–?«, fragte Fynn.

»Gleich, Fynn«, unterbrach ich ihn angespannt.

»Er hat mir vor elf Jahren den Job bei Anyta besorgt, kurz bevor er verschwand.« Aides stockte, aber Cora drückte seine Hand, und er sprach weiter. »Chloe und Fergus waren anfangs sehr zurückhaltend, aber eure Mutter hat sich wohl durchgesetzt. Sie hat mir vertraut, nachdem …« Er guckte verschämt. »Fergus ist eines Tages bei der Stallarbeit das Medaillon aus der Hosentasche gefallen. Ich habe es aufgehoben.« Er zeigte seine unversehrten Hände. »Erst viel später habe ich dann erfahren, dass das wohl ein Test war.«

»Wieso hatte Vater mein Amulett?« Sie schlug sich die Hand vor den Mund. »Das war nach dem Streit, richtig? Nachdem ich es gegen die Wand geworfen hatte?« Sie brach ab, stand so hastig auf, dass das Geschirr auf dem Tisch klirrte, und ging zum Fenster. »Entschuldigt mich kurz«, bat sie heiser. Stocksteif stand sie mit dem Rücken zu uns und starrte in die Weite hinaus.

Waldo winselte leise. Abwesend griff ich unter den Tisch und streichelte ihn.

»Kann mir mal bitte jemand –?«

»Ich bin ja dabei«, würgte Aides seinen Bruder ab. »Unser Vater hat mich bei Anyta eingeschleust. Ich nehme an, ich sollte für ihn spionieren, keine Ahnung, was er sich davon erhofft hat. Jedenfalls hat er wohl nicht damit gerechnet, wie sich die Dinge dann weiterentwickelt haben.« Er sah zu Cora hinüber, die immer noch aus dem Fenster starrte und sich abwesend Gänsehaut von den Armen strich.

»Aber das ergibt doch alles keinen Sinn«, brach es aus mir heraus. Dann setzte mein Herz einen Schlag lang aus. »Fynn, wie kam es, dass du damals vom Reitverein zu Anyta gewechselt bist?«, fragte ich tonlos.

»Das weißt du doch«, antwortete er überrascht. »Oleg hat mich angespr–«

»Schon wieder Oleg!«, stöhnte ich. Mein Puls raste. Ich mochte das nicht glauben! Aber das würde bedeuten, dass … »Wir sind in Gefahr«, raunte ich heiser.

»Nein.« Cora drehte sich zu uns um und sah mich an. Ihre Augen schimmerten verdächtig. »Du ziehst die falschen Schlüsse, Godje. Oleg hat uns nicht verraten. Der Dunkle ist vor Jahren verschwunden. Ziemlich direkt nach dem Unfall unserer Eltern, um genau zu sein.« Sie schüttelte den Kopf, als ob sie dadurch ihre Gedanken daran abschütteln wollte.

»Was ist damals genau passiert?«, ergriff ich meine Chance, aber Cora blockte ab. Wieder einmal. Fynn sah völlig verwirrt von einer zur anderen.

»Ich habe rasende Kopfschmerzen. Können wir bitte eine Pause machen? Ich muss mich kurz hinlegen. Würdet ihr inzwischen Arion auf die Weide lassen?«

»Darf er denn schon wieder?«, fragte Fynn erstaunt.

Cora nickte erschöpft. Sie sah wirklich blass aus. »Ein bis zwei Stunden sind erlaubt, sagt der Tierarzt. Und nehmt Waldo mit raus, ja?«

»Aber ich wollte eigentlich dringend mit dir …« Ich brach ab, es hatte keinen Sinn. Cora war bereits im Flur verschwunden.

Fynn ging mit gerunzelter Stirn neben mir her, Waldo sprang begeistert um uns herum. Mir lag auf der Zunge, ihn schon wieder zu fragen, was er wohl dachte, aber ich kam mir blöd dabei vor und konnte mich gerade noch bremsen.

»Ich kenne meinen Vater gar nicht«, sagte er nachdenklich. »Er ist abgehauen, als ich noch ein Baby war.«

»Ich weiß« sagte ich.

»Erinnerst du dich noch an den Typen mit dem Ferrari?«, sagte er zögernd.

»Allerdings«, schnaubte ich. »Wegen dem Idioten wäre ich fast gestürzt!«

»Sein Ring …«, sagte Fynn langsam. »Aides und ich haben den gleichen. Ich trage meinen nur nie. Ich finde den irgendwie … gruselig.«

Ich schluckte. In meinem Kopf arbeitete es. »Du meinst, das könnte dein … Oh Gott …«

»Hey, keine Ahnung, ob er es war, aber es wäre immerhin möglich, oder? Ne gute Aura hatte der Typ jedenfalls nicht.«

Ich nickte nervös. Wir mussten es Cora sagen. Aides und sie gingen davon aus, dass der Dunkle verschwunden war, aber wenn das nicht stimmte? Wenn er wieder da war? Mir lief ein eiskalter Schauer den Rücken hinunter. Cora und Aides denken offenbar, dass er etwas mit dem Tod von Chloe und Fergus zu tun hatte. »Niemand kann was für seine Eltern«, sagte ich, und es klang ein bisschen hohl.

Wir schwiegen wieder. Ich musste so dringend herausfinden, was damals wirklich passiert war!

»Krasser Mist«, sagte Fynn schließlich.

»Das heißt, du glaubst uns?«

Verdutzt sah er mich an. »Na, hör mal. So was Abgefahrenes kann man sich ja wohl kaum ausdenken. Ich hab doch gesagt, ihr seid anscheinend alle Freaks, aber nicht verrückt.«

»Du bist nicht sauer auf mich? Ich kann voll verstehen, wenn du jetzt –«

»Was soll *ich* denn da sagen?« Er blieb kurz stehen und sah mich an. »Niemand kann was für seine Eltern, richtig?« Er setzte sich wieder in Bewegung und grinste leicht. »Außerdem mag ich Freaks.«

Ich lief rot an und starrte unsicher auf meine Stiefelspitzen.

»Und wie gehts jetzt weiter?«, fragte er dann.

Ich hob die Schultern. Zum Glück hatten wir den Stall erreicht. Arion wieherte uns entgegen und bollerte ungeduldig mit einem Vorderbein gegen die Querholme. »Morgen gehe ich mit dir in die Schule. Und dann will ich versuchen, mit Anyta und Nana zu reden und Arion freizukaufen. Ich glaube, meine Eltern haben was für mich auf einem Sperrkonto angelegt.«

»Willst du dann hier mit ihm wohnen?« Seine Stimme klang unsicher.

Ich zuckte noch einmal mit den Achseln und rieb Arion zur Begrüßung über die Stirn. »Vielleicht?« Ich nahm Halfter und Strick vom Haken an der Wand und streifte es Arion über, dann öffnete ich die Tür zu seinem Auslauf.

Fynn trat einen Schritt beiseite. »Er sieht gut aus«, sagte er. »Darf er schon wieder naschen? Ich habe Bananen dabei, die mag er doch so gern.«

Ich lächelte. »Eine kann sicher nicht schaden.«

Arion zögerte nur kurz, dann nahm er die Frucht von Fynn an und zermalmte sie genüsslich.

»Er hat uns einen ganz schönen Schrecken eingejagt«, sagte ich und kraulte Arions Mähne, während wir zur Weide hinübergingen. Ich war abgelenkt, weil mir zu vieles gleichzeitig im Kopf herumging, und Arion nutzte das aus, schubberte sich an mir und drängelte.

»Hmm.« Fynn nickte. »Du mir auch.«

Ich wich seinem Blick aus. Arion hatte es sehr eilig, und so fiel das nicht weiter auf, wie ich hoffte. Er wieherte laut und schrill nach seinem Kumpel, und unter den Bäumen erschallte ein freudiges Echo. Der Duke streckte seinen Kopf zwischen den Bäumen hervor, spitzte die Ohren und preschte mit erhobenem Schweif quer über die Koppel auf uns zu. Wie ein Auto mit voller Geschwindigkeit in Richtung eines Hindernisses, schoss mir in den Kopf, und mir wurde schwindelig.

Jetzt hatte Arion es richtig eilig, und ich hatte Mühe, ihn zurückzuhalten, als wir das Gatter erreichten, aber das holte mich einigermaßen in die Wirklichkeit zurück.

»Machst du bitte auf?«, bat ich Fynn und streifte Arion das Halfter ab.

»Na, dann, Feuer frei!«, grinste er. Ich nickte tapfer und versuchte, mich zu sammeln.

Wir sahen den beiden hinterher, wie sie miteinander buckelnd und furzend über die Wiese tobten, und für diesen einen Moment war wieder alles im Lot.

Fynn ließ seinen Blick über die schier endlosen Wiesen und Wälder schweifen. »Ist das ein See dahinten?«

Ich nickte. »Es ist wirklich ein Pferdeparadies hier.«

»Schön, dass er einen neuen Freund gefunden hat«, sagte Fynn leise. »Ich glaube, er war einsam.« Er sah mich ganz komisch von der Seite an. »Was ist los mit dir? Du bist komisch, ich dachte du willst, dass ich komme?«

Meine Ohren wurden warm, und in meinem Magen kribbelte es wieder. Er klang wehmütig, und er sprach definitiv nicht nur von

Arion. »Fynn, ich … das ist alles so viel. Ich habe so gehofft, dass wir endlich reden können«, sprudelte ich los. »Ich weiß gar nicht, wo ich anfangen soll. Ich habe dich schrecklich vermisst, und ich … aber ich … es ist …«

Auf einmal war Fynn direkt vor mir, und ich spürte seine Lippen auf meinen. Er zog mich an sich und küsste mich, und dann war es auch schon wieder vorbei. Atemlos sah ich ihn an.

Fynn grinste. »Das war die Revanche. Jetzt weißt du mal, wie das ist!« Und dann küsste er mich noch einmal und hielt mich dabei ganz fest.

Eine Weile sagten wir gar nichts. Wir standen einfach Arm in Arm am Zaun und sahen den Pferden beim Grasen zu, und alles an und in mir kribbelte wie Lieblingslimonade.

»Was wolltest du mir eigentlich so Dringendes sagen?«, fragte ich endlich.

Verständnislos glotzte er mich an.

»Na, die Neuigkeiten?«, half ich ihm auf die Sprünge.

Fynn schlug sich gegen die Stirn. »Ach ja. Das ist ja beinahe das Wichtigste überhaupt, oh Mann! Also, deine Nana und Anyta haben offenbar geredet. Der Kredit ist nicht geplatzt. Deine Nana hat mir aufgetragen, dir auszurichten, dass sie alles regeln würde.«

Ich atmete aus. Einen Moment lang klopfte mein Herz wie verrückt. Hieß das, ich konnte nach Hause kommen? Dann wurde mir bewusst, dass das viele Geld ironischerweise zu unserem kleinsten Problem geworden war. »Glaubst du, Anyta will ihn nicht mehr verkaufen?«

Er zuckte mit den Achseln.

»Du hast ihr doch nicht etwa gesagt, dass wir uns sehen?«

»Nein, natürlich nicht«, antwortete Fynn beleidigt. »Ich war nur einmal kurz drüben seitdem. Das war 'ne echt miese Nummer, dich so zu hintergehen und Arion zu verhökern. Er packt das nicht ... von dir getrennt zu werden.« Er schlug die Augen nieder und konzentrierte sich auf einen Kieselstein neben seiner Schuhspitze.

»Und was meinte Nana damit, dass sie ›das regeln‹ würde?«

»Das weiß ich nicht, ist das wichtig?«

»Fynn ... wir müssen Cora und Aides sagen, was du mir erzählt hast. Und vor allem auch, dass wir glauben, der Irre mit dem Ferrari war euer Vater oder zumindest jemand, der mit ihm in Verbindung steht! Das wirft ein ganz neues Licht auf diese ganzen Ereignisse. Meinst du, Anyta hat das gewusst? Wenn er damals schon Aides eingeschleust hat auf dem Hof, dann ...«

Er sah mich erschrocken an. »Ja, aber was hat mein Vater ganz konkret mit all dem zu tun? Mit eurer Familie? Hat er irgendwas ... ist er ein Verbrecher?«

Ich zögerte und atmete tief durch. »Fynn. Ich habe keine Ahnung. Aber noch mal: Niemand kann was für seine Eltern«, sagte ich entschieden. »Bitte, geh du schon vor. Geh zu deinem Bruder. Ihr müsst ganz dringend reden. Sie müssen Bescheid wissen.«

»Und du?«

Ich sah ihm fest in die Augen. »Ich muss zuerst noch etwas anderes herausfinden. Aber das muss ich allein tun. Bitte, vertrau mir. Es dauert auch nicht lang.«

»Was hast du vor?«, fragte er.

»Ich muss wissen, was damals passiert ist, an dem Tag, als meine Eltern starben. Und ich weiß, wen ich dazu befragen kann. Es gibt einen Zeugen.« Ich sah zu Arion hinüber. »Und der ist immer ehrlich zu mir.«

12. Badetag

Drei Stunden zuvor

Margarete Philipp klappte das Schmuckkästchen auf und betrachtete die Darstellung der Pferdegöttin. So viel Leid hatte diese hübsche, unscheinbare Figur über ihre Familie gebracht. So viele Fehler waren gemacht worden. Sie konnten die Uhren nicht zurückdrehen, niemand von ihnen konnte das. Nicht einmal Epona vermochte es offenbar, die Toten zurückzubringen, auch wenn sie die Schlüssel zur Unterwelt besaß, wie die alten Legenden behaupteten.

Ja, sie hatte viel gelesen und dazugelernt in den vergangenen elf Jahren. Über manches hatte sie die Nase gerümpft und die Augen verdreht, über manches hatte sie einfach gestaunt. Lange hatte sie versucht, das alles aufzuhalten. Sie hatte es weiß Gott versucht, diesen alten Aberglauben zu ignorieren, diesen Bann durch Nichtbeachtung und Verleugnung zu durchbrechen. Später durch Wut. Viel zu lange.

Aber es hatte nichts gebracht. Vermutlich hatte es alles nur noch schlimmer gemacht. Jetzt war es höchste Zeit. Zeit, Godje die ganze Wahrheit zu offenbaren. Zeit, dem allem ein Ende zu setzen.

Jeder musste für das geradestehen, was er getan oder was er gelassen hatte, und die Konsequenzen für sein Handeln tragen, war die Absicht dahinter auch noch so gut gewesen. Das Ergebnis zählte. Am Ende war das alles, worauf es ankam. Und solange es nicht gut war, war es noch nicht das Ende. Das war ihre neue Philosophie.

Es klingelte.

»Ich gehe schon«, rief sie, griff nach ihrem Mantel und dem Schal und steckte das Schächtelchen in ihre Handtasche.

Oleg stand draußen am Wagen. »Danke, dass du das für mich tust«, sagte sie.

Der alte Stallmeister nickte. »Ich hoffe, dass es das Richtige ist, Margarete. Ich hoffe es bei meinem Leben.«

Ich atmete tief durch. Meine Finger zitterten dennoch, als ich sie bedächtig unter Arions silbrige Stirnlocke schob. Was ich vorhatte, machte mir nicht einfach nur ein mulmiges Gefühl, sondern richtig Angst. Ich hatte keine Ahnung, was mich erwarten würde. Was für Bilder ich sehen würde, welche Gefühle mich womöglich übermannen würden, wenn ich nicht aufpasste. Aber ich musste es tun, ich hatte keine Wahl.

Ein wenig zittrig atmete ich durch und versuchte, mich an alles zu erinnern, was Cora mir beigebracht hatte. Ich stellte mir vor, dass ich gut geerdet war, wie ein Baum mit vielen gesunden Wurzeln, und von einer Schutzwolke umhüllt, die wie ein faradayscher Käfig bei Gewitter wirkte. Das fühlte sich schon etwas besser an. Noch einmal holte ich tief Luft. Dann tauchte ich unter dem Weidezaun durch und ging zu Arion. Neugierig hob er den Kopf aus dem Gras und sah mir entgegen. Ich lehnte mich einen Augenblick lang an ihn, spürte sein weiches silbriges Fell, seinen Atem an meiner Brust, seinen Herzschlag. Dann umfasste ich mein Amulett, bis mein Puls sich halbwegs beruhigt hatte und den gleichen Rhythmus fand.

Ich ging zu seinem Kopf. »Bitte hilf mir, die Wahrheit herauszufinden, mein Großer. Ich muss wissen, was damals geschehen ist. Du warst doch dabei. Bitte. Bring mich dahin zurück. Wirst du das für mich tun?«

Arion blähte die Nüstern auf. Unsere Augen trafen sich. Ich sah das Weiße in seinen. Er hatte Angst. Einen Augenblick lang wurde meine eigene Furcht fast übermächtig, ich fragte mich, ob wir beide stark genug dafür waren.

Aber jetzt war es zu spät, um einen Rückzieher zu machen. Ich spürte bereits das vertraute Kreisen, Weben und Pulsieren. Dann riss der Strudel mich mit sich, elf Jahre in der Zeit, zurück zum Tag meines vierten Geburtstags.

Wir standen an einer Straße. Jemand öffnete ein Gatter und trieb die Pferde hinaus. Ein Wagen fuhr direkt auf uns zu. Aus dem Beifahrerfenster sah mich eine Frau an. Aus tiefblauen Augen, mit einem helleren, mehrfarbig schimmernden Kranz. Meinen Augen. Es war das dritte Mal, dass ich jemanden sah, der diese Augen hatte. »Mama?«, wisperte ich tonlos.

Chloe Philipp griff ihrem Mann ins Lenkrad. Sie schrie etwas, das wir beide nicht hören konnten, das schwarze Fohlen und ich. Der Wagen kam aus der Spur. Er schlingerte unkontrolliert über die Straße und schlitterte dabei immer näher auf uns zu. Der Mann brüllte etwas, und die Frau löste ihren Sicherheitsgurt. Es sah aus, als wollte sie zu uns herausspringen, um uns beiseitezuschieben. Aber dazu kam es nicht. Der Wagen touchierte einen Baum und verfehlte knapp eins der Pferde, die sich schützend vor das Fohlen und mich gestellt hatten und nicht zur Seite wichen.

Das im Auto waren meine Mutter und mein Vater. Sie würden gleich sterben. Wir alle würden gleich sterben, und ich konnte nichts dagegen tun. Meine Beine waren wie einbetoniert, und das Fahrzeug raste direkt auf mich und Arion zu.

Ich schrie und schrie, in welcher Zeitebene auch immer. Eine bildschöne Schimmelstute drängte an uns vorbei und versperrte uns die Sicht auf das Unausweichliche.

Es war Arions Mutter. Daeira biss ihren Sohn mit voller Kraft in den Rücken. Arion quietschte vor Schmerz, und wir beide verloren das Gleichgewicht, fielen ins Bodenlose. Das Letzte, was ich sah, kurz bevor der Aufprall erfolgte, war die Stute, die ihren Kopf hochriss und wieherte. In ihrer Stimme lag etwas Triumphierendes. Komplett unbegreiflich!

Dann folgte ein hässliches, dumpfes Geräusch. Im Spiegelbild einer zugefrorenen Pfütze wirkten kleine rote Tropfen wie Rosenblüten auf schneeweißem Fell. Der Wagen rutschte in den Graben, überschlug sich und blieb kopfüber liegen. Die Frau, meine Mutter, Chloe – wurde herausgeschleudert. Ich sah zu den Pferden. Der Anblick war unerträglich. Ich wurde von Weinkrämpfen geschüttelt. Dann wurde alles gleißend hell.

»Godje, was ist mit dir? Godje?«

Ich saß im Gras. Tränen strömten über mein Gesicht, den Hals hinunter und in meinen Kragen. Meine Hände lagen zitternd in meinem Schoß. Arion tobte mit wilden Bocksprüngen völlig außer sich über die Weide.

Verständnislos sah ich meine Schwester an, die auf Knien neben mir hockte und mich an den Oberarmen rüttelte. »Fynn hat mich geschickt. Er wusste nicht, was du vorhast, aber er machte sich Sorgen. Was ist passiert? Was hast du getan?«

»Ich habe sie umgebracht«, stieß ich zwischen meinen klappernden Zähnen hervor. »Oh Gott, ich war es, ich habe meine eigenen Eltern getötet, unsere Eltern, Cora. Ich war das!«

Cora sank neben mir ins Gras und hielt meine Hände. »Das hast du nicht. Ganz sicher nicht. Das war der Dunkle. Niemand sonst!«

Kopfschüttelnd wimmerte ich vor mich hin. »Ich habe es gesehen, Cora, ich stand dort, an Arions Seite.«

»Nein, Godje, hör mir zu. Ich habe dir nicht alles erzählt. Es tut mir so leid.«

Sie drückte mich an sich und wiegte mich wie ein kleines Kind. Mit erstickter Stimme sagte sie: »›Cora, lauf weg!‹, hatte sie mir auf die Mailbox gesprochen. ›Komm nicht mehr nach Hause. Stell keine Fragen, wenn Nana dich dazu auffordert. Bei Aides bist du sicher. Godje wird dich finden, wenn sie alt genug ist.‹«

»Das waren … ihre letzten Worte?«, fragte ich schluchzend. »Mamas?«

Coras Stimme brach. Sie nickte. »Oh Godje, ich vermisse sie so schrecklich.« Weinend lagen wir uns in den Armen.

»Die Wahrheit ist: In Wirklichkeit bin ich schuld!«, kam es plötzlich dumpf aus meiner Jacke. »Wenn ich das dämliche Medaillon nicht an die Wand geworfen hätte damals …«

»Aber das ist doch Quatsch!«, widersprach ich schniefend. »Du weißt hoffentlich, dass das ausgemachter Blödsinn ist, oder?«

Cora tauchte wieder auf, angelte nach einem Taschentuch und putzte sich geräuschvoll die Nase. Dann erzählte sie weiter. »Nana hat damals Anyta vorgeworfen, sie und die verdammten Pferde wären an allem Schuld. Anyta hat daraufhin Aides beschuldigt, er hätte das Gatter nicht richtig verschlossen. Aber das stimmte nicht, er war bei mir, wir haben alles zusammen gemacht. Es war zu, Godje, das Tor war zu, du musst mir das glauben! Ich habe keine Ahnung, wieso die Pferde plötzlich auf der Straße waren.«

Ich nickte verdattert und krallte mich in ihre Ärmel. »Cora! … Die Pferde … ich habe es gesehen. Sie haben sich dem Auto in den Weg gestellt. Sie wollten verhindern, dass Arion … dass ich … dass wir … ich habe es gesehen.« Meine Augen füllten sich wieder mit Tränen. Cora nickte mit zitterndem Kinn und zog mich erneut an sich.

»Alle waren furchtbar hysterisch«, sagte sie nach einer Weile. »Aides und ich durften nicht einmal zur Beerdigung. Anyta und Oleg haben uns quasi rausgeschmissen, Nana hat kaum mit uns geredet, wir sollten packen und fliehen. Erst viel später haben wir die Zusammenhänge begriffen, dass *er* womöglich … Dass wir deswegen so schnell von dort wegsollten, nicht nur, um selbst in Sicherheit zu sein, sondern auch, um dich zu schützen, bis du alt genug sein würdest …«

Ich dachte an den Dunklen und wozu er alles fähig war. Auch wenn ich ihn nicht direkt gesehen hatte in diesem Szenario … die Straße war spiegelglatt gewesen. Mir wurde plötzlich eiskalt.

»Könntest du dir vorstellen, dass Oleg vielleicht …?« Ich wagte kaum, es auszusprechen. Doch Cora schüttelte nur ganz sachlich den Kopf. »Er hat uns nicht verraten, da bin ich mir sicher.« Sie griff in ihre Hosentasche. »Oleg hat mir einen Brief geschrieben. Damals, vor fünf Jahren … Aides weiß nichts davon. Hier, lies selbst.«

Ich faltete das schon etwas mitgenommene, zerknitterte Schreiben auseinander. Es war handgeschrieben, in einer etwas ungelenken Schrift, die ich sofort wiedererkannte.

Meine liebe Cora,

du hast einem alten Mann eine große Freude gemacht. Es geht euch gut. Das ist alles, was zählt. Halte dein Erbe in Ehren, mach etwas Gutes daraus. Ich habe Fehler wiedergutzumachen, die Jahrhunderte zurückliegen und vielleicht noch Jahrhunderte brauchen werden, um vergolten zu sein. Haltet euch weiter versteckt, wirkt im Verborgenen, nehmt weiter keinen Kontakt auf. Es ist nicht sicher. Wir wissen nicht, wo er steckt und was er als Nächstes vorhat. Bleibt bei euch! Und lasst euch nur von einer finden und niemand anderen durch den Nebel hindurch! Er hat seine Mittel, euch sonst zu orten. Der Ring ist ein Leuchtturm. Aides weiß das.

In Liebe
O.

Entsetzt sah ich Cora an. »Der Ring ist ein Leuchtturm? Was meinte er damit? Fynn hat auch so einen. Er sagte, er trägt ihn nur nie, weil er ihn gruselig findet.«

Cora wischte sich die Tränenspuren aus dem Gesicht und erwiderte meinen Blick. »Leuchttürme helfen Schiffen, den sicheren Hafen zu finden. Bei Nebel oder bei Nacht«, sagte sie bedächtig. »Und sie wählen keine Seiten. Ihr Licht scheint für Piraten ebenso wie für Fischer.«

Ich erinnerte mich an das, was Aides neulich gesagt hatte. »Er hält hier einen Schutz aufrecht«, murmelte ich. »Was genau hat Aides damit gemeint?«

Sie richtete sich auf. »Um den Hof herum ist es immer neblig. Aber das hat nicht nur mit dem Wetter oder den Jahreszeiten zu tun.«

Ich fröstelte kurz und rieb mir Gänsehaut von den Armen. »Eponas Land hinter den Nebeln? Ich habe es in meinen Visionen gesehen. Aber das sah ganz anders aus.«

Cora lächelte traurig. »Es hat damit zu tun, aber das ist es nicht. Es ist nur ein starker Schutz. Solange dieses Feld aufgebaut ist, kann zu uns nur jemand kommen, der den Pferden dient oder den wir selbst hierher eingeladen haben.«

»Ein Leuchtturm weist den Weg«, murmelte ich. »Wenn das mit Aides' Ring zusammenhängt … und er ihn von seinem Vater hat … oh Gott, Cora, hat Fynn euch das erzählt? Als ich Arion den Sponsoren vorgeritten habe … da kam ein Mann im Ferrari auf den Hof. Er hat Arion erschreckt, und Oleg hat ihn verjagt. Fynn kann sich an seinen Vater nicht erinnern, aber – wir glauben, dass das der Dunkle war!«

Cora nickte. »Ja, Aides hat mich deswegen geweckt. Und …« Sie wurde blass. »Du sagtest eben, Fynn trägt seinen Ring nicht. Aber er hat ihn dabei, oder?«

»Keine Ahnung!« Wieso interessierte sie das so brennend?

Arion schnaubte und riss den Kopf hoch. Im Haus wurde eine Tür aufgerissen. Aides und Fynn rannten heraus und auf uns zu. »Es kommt jemand«, brüllte Aides. »Ihr müsst hier weg!«

»Hä?«, machte ich verständnislos. »Du hast doch eben gesagt, es kann keiner –?«

Er hielt seinen Ring hoch, der in einem dunklen Blauton warnend pulsierte. »Ich habe es gesehen.«

»Aber es kann doch einfach jemand ganz Harmloses sein. Der Postbote zum Beispiel? Oder hat der Tierarzt was verge…?« Ich brach ab. Aides sah nicht so aus, als hielte er das für wahrscheinlich.

»Versteckt euch auf der Insel«, sagte Cora alarmiert. »Du und Fynn, nehmt Arion mit, schnell!«

»Du gehst auch«, befahl Aides an seine Frau gewandt.

»Aber …!«

»Welche Insel den überhaupt?«, keuchte Fynn, als er uns erreicht hatte. Atemlos vom Rennen, stützte er seine Arme auf die Oberschenkel.

»Im Naturschutzgebiet, die im See, richtig?« Ich war schon mit dem Halfter bei den Pferden.

Aides nickte. »Los jetzt, sie können jeden Moment hier sein.«

Arion fand es ziemlich blöd, dass ich ihn vom Grasen abhielt. Er drehte seinen Kopf zur Seite, als ich die Schnalle an seinem Halfter schließen wollte, aber ich war schneller, und dann war auch Aides an meiner Seite. Er hielt mir seine verschränkten Hände als Aufsteigehilfe hin und schubste mich aufs Pferd. Arion schnaubte ungehalten.

Fynn protestierte auch. »Aber sie hat keine Kappe und –«

»Wer denn überhaupt?«, wagte ich jetzt doch zu fragen, aber niemand ging auf uns ein.

»Keine Zeit. Fynn. Gib mir deine Hand!« Cora war ohne alles auf den Rücken des Haflingers gesprungen und hielt ihm ihren Arm hin. »Wir sagen es auch weder der FN noch deiner Mutter. Das ist ein Notfall, okay? Halte dich einfach an mir fest und mach die Augen zu.«

Ich griff nach dem Führstrick, den Aides wie Zügel um Arions Halfter geknotet hatte, und ließ mich von ihm auf Arions Rücken schubsen. Der Hengst wartete auf meine Signale und folgte Cora erst einmal zögernd im Schritt. Der Duke war bereits angaloppiert und entfernte sich zusehends von uns. Fynn saß hinter Cora und klammerte sich um ihre Taille. Das hätte ich jetzt auch am liebsten getan. Dicht gefolgt von: aus dem Bett fallen und feststellen, dass ich nur geträumt habe. Aber dem war leider nicht so. Wie durch Watte hörte ich das Motorengeräusch eines Autos näher kommen.

»Los!«, brüllte Aides noch einmal. Endlich löste ich mich aus meiner schaumgebremsten Schockstarre und trieb Arion an. Dann konnte ich mich nur noch in seiner Mähne festhalten und auf Epona vertrauen.

Im gestreckten Galopp flogen wir über die Wiese, vorbei an der Baumgruppe mit der Heuraufe, in der ich an meinem ersten Abend eingeschlafen war. Arion setzte offenbar alles daran, den Duke einzuholen. Der hatte schon beinahe das Ufer des Sees erreicht, welcher die Hausweide von den übrigen Koppeln und dem Naturschutzgebiet trennte.

Ich spürte Arions Muskeln unter meinen Beinen, seine Körperwärme und Kraft – und das heftig pulsierende Medaillon um meinen Hals. Sehen konnte ich kaum etwas. Haare wehten mir in die Augen. Sie peitschten in mein Gesicht, und ich wusste nicht einmal, ob es meine waren oder ob sie zu Arions Mähne gehörten. Immerhin weckte mich das auf. Ich duckte mich über seinen Rücken und klammerte wie ein Anfänger. Wenn wir stürzten, dann war es das, fürchtete ich. Noch nie in meinem Leben waren wir so schnell geritten.

Dann hörte ich plötzlich vor uns ein enormes Platschen und einen unterdrückten Schrei. »Fynn«, flüsterte ich unwillkürlich. Was war da vorn passiert?

Arion fiel in einen schnellen, harten Trab, den ich kaum sitzen konnte. Dann bremste er noch unerwarteter. Es ging abwärts, wir hatten das Ufer erreicht, und die Böschung war steiler, als sie auf die Entfernung ausgesehen hatte. Ich umklammerte seinen Hals und konnte gerade noch verhindern, dass ich doch noch unfreiwillig abstieg. Arions Hufe sanken in den nassen Sand. Das Blut pochte rauschend durch meine Schläfen. Ich rutschte mich zurecht, um mein Gleichgewicht zu finden, und wischte mir die Haare aus dem Gesicht. »Das ist nicht euer Ernst, oder?« Ich fluchte leise. Arion schien die Idee für genauso blöd zu halten. Er stampfte unwillig mit dem Vorderhuf auf, es spritzte bis zu mir herauf. Das Wasser war eisig. Der Kältereiz löste ein weiteres Déjà-vu in mir aus: die Erinnerung an den Tag vor etwas über einem Jahr, an dem wir zusammen ins Eis eingebrochen waren.

Der Duke stapfte unterdessen unverdrossen mit Cora und Fynn auf seinem Rücken in das tiefer werdende Wasser.

»Wieso nehmen wir nicht das Boot?«, schimpfte Fynn. »Ach, vergiss es, rhetorische Frage. Coole Sache im Oktober und ohhhh …«, quiekte er plötzlich. »Kalt!«

Der Duke hatte offensichtlich keinen Grund mehr unter den Füßen. Nur noch sein Kopf, ein Stück seines Halses und seine breite Spaltkruppe ragten aus dem Wasser. Er schwamm.

»Godje!«, rief Cora heiser. »Kommt!«

»Bitte«, flehte ich Arion zum zweiten Mal an diesem Tag an, etwas für mich zu tun, was ganz sicher weit außerhalb seiner – und meiner – Komfortzone lag. »Ich find's auch richtig, richtig übel, aber wir müssen da rein – und durch. Aber behalte bitte wenigstens du die Augen offen, ja?«

Arion tänzelte auf der Stelle herum. Er war sichtlich zwiegespalten. Vor uns im Wasser entfernte sich prustend und schnaufend sein bester Freund, weiter und immer weiter. Aber: Es war aufgewirbeltes, trübes Wasser. Wir hatten beide keine Ahnung, wie tief es war, und was für Seemonster in seinen Tiefen auf uns lauerten.

»Bitte vertrau mir, Arion«, flüsterte ich, dabei hätte ich mir selbst vor Angst beinahe in die Hose gemacht. Vorsichtig drückte ich ein wenig mit meinen Waden und versuchte, ihn mit meiner

Körperspannung vorwärtszuschieben. »Wir müssen hier weg«, beschwor ich ihn. Und endlich gab er nach.

Schnorchelnd und zutiefst empört trat er mit den Hufen ein paarmal gegen die Wasseroberfläche. Dann machte er einen vorsichtigen Schritt und einen zweiten. Und gerade als ich mich etwas zurücklehnen wollte, platschte er mit allen vier Hufen gleichzeitig hinein und galoppierte aus dem Stand dem Duke hinterher. Wir verschwanden in einer Welle aus Spritzwasser, die über uns zusammenschlug. Es war so kalt, dass es mir den Atem nahm: Ein anderer See, aber dieselbe Kälte, dieselbe Panik stiegen in mir hoch. Ich schloss die Augen und riss sie wieder auf. Nein, das durfte ich nicht zulassen.

Ich musste klar im Kopf bleiben. Ich musste denken oder mich zumindest gut festhalten und auf die Richtung achten. Darüber hätte ich mir allerdings keine Sorgen machen brauchen. Arions Hufe unter mir strampelten kräftig und in direkter Linie hinter dem Duke her.

Aber warum gingen die anderen nicht an Land? Statt auf direktem Weg das sandige Ufer vor uns anzusteuern, lenkte Cora den Haflinger noch ein gutes Stück weiter nach rechts. Erst hinter einer Biegung, geschützt von Büschen, Strauchwerk und den niedrig hängenden Zweigen einer Trauerweide, erlaubte sie dem Haflinger, die kleine Insel zu erklimmen.

Für mich war das die nächste Herausforderung, denn Männerliebe hin oder her: Arion fror, und auch mir klapperten die Zähne. Ich wollte gar nicht darüber nachdenken, wie wir auf diesem unbewohnten waldigen Felsen trocken werden sollten – und Arion wollte einfach nur so schnell wie möglich raus aus dem Wasser.

Aber Cora stand triefend nass in den Büschen. Sie wartete auf uns und bedeutete mir mit wedelnden Handbewegungen, dass wir auf keinen Fall weiter vorn ans Ufer klettern durften.

Dann begriff ich auch, wieso. Wer immer in diesem Moment auf den Hof fuhr und im falschen Moment in unsere Richtung sah, würde zumindest erkennen, dass da irgendwer aus dem See kam, und das war hier draußen und um diese Jahreszeit ganz sicher ungewöhnlich genug, um Verdacht zu erregen.

Mit all meiner Kraft, vor Kälte bereits tauben Fingern und wild aufeinanderschlagenden Kiefern hängte ich mich in die provisorischen Zügel und bog Arions Kopf so weit nach rechts, dass wir in dieser Richtung weiterschwammen. Ich durfte nur nicht von seinem Rücken rutschen. »Es ist nicht so kkkkalt wie letzten Wwwinter«, brabbelte ich uns Mut zu. »Nur noch ein pppaar Mmmeter. Aber wir mmmmachen uns das jetzt bbbbitte nicht zur Gewwwwwohnheit, jedes Jjjjahr im Wwwwinter schwimmen zu gehen, kkkklar?«

Über meine Schulter blickte ich zurück. Über der Wasseroberfläche waberten Dunstschwaden. Ich konnte die Gebäude nicht mehr sehen, anscheinend waren wir endlich weit genug davon entfernt. Außer Sicht der Hofanlage kämpfte Arion sich die Böschung hinauf. Ich purzelte beinahe in Coras Arme. Sie schob mich weiter zu Fynn und übernahm die Pferde. Wir torkelten hinter ihr her ins dicht bewachsene Innere der Insel.

Zu meiner Überraschung stand dort eine kleine, halb verfallene Holzhütte. Zitternd quetschten wir uns durch die quietschende Tür. Ich brauchte einen Moment, bis meine Augen sich an das Halbdunkel gewöhnt hatten. Dann erspähte ich ein gemütlich wirkendes, einfaches Doppelbett, ein Sofa, einen Tisch mit zwei Stühlen, sogar eine kleine Küchennische mit einem Holzofen, auf dem man kochen und backen, mit dem man aber auch heizen konnte. Und alles war in weitaus besserem Zustand, als man es von draußen erahnen konnte.

Cora öffnete einen roh gezimmerten Holzschrank und fischte mehrere Decken, Handtücher, Bademäntel und dicke Wollsocken heraus. »Hier sind trockene Sachen. Zieht euch um.« Sie wedelte mit einem halbrunden Abzieher, der mich irgendwie an einen verbeulten Scheibenwischer erinnerte. »Ich trockne in der Zwischenzeit erst mal die Pferde.«

»Und du?«, fragte ich.

Cora grinste und hob ein Kleiderbündel auf ihren Arm. »Ich nehme mir alles mit, also: nicht gucken! Ihr bleibt auf jeden Fall hier drin, bis ich zurück bin, klar?!« An der Tür machte sie noch einmal kehrt. »Ah, damit ich's nicht vergesse, falls ihr auf Ideen kommt: Der Ofen muss leider fürs Erste kalt bleiben. Das Feuer würde man drüben sehen, solange Aides … ich muss checken, ob er es geschafft hat, okay?«

»Geschafft hat? Was geschafft?«, fragte Fynn bibbernd. Er sah mich an, denn Cora war schon verschwunden.

»Keine Ahnung«, sagte ich wahrheitsgemäß, »irgendwas mit dem Schutzfeld, nehme ich an.« Das Medaillon um meinen Hals regte sich leise. Ich wünschte, seine Wärme würde bis zu meinen Füßen reichen, denn die waren zu Eisklumpen mutiert. Frierend stand ich mit meinem Wäschehaufen in der Hand vor ihm.

»Was geht da drüben ab? Bist du hier sicher? Wer ist da gekommen?«, wollte er wissen, während er sich das Shirt über den Kopf zog.

»Ich weiß es doch auch nicht«, sagte ich und starrte ihn bewegungslos an, als wäre ich bereits komplett zu einem Eisblock festgefroren. Ich fühlte mich mindestens so ausgeliefert und hilflos wie er. »Können wir uns erst einmal umziehen?«

Fynn hatte bereits seine Hose fallen lassen und rubbelte sich mit einem der Handtücher den Rücken trocken. »Bin grade dabei«, grinste er.

»Das sehe ich«, grunzte ich und suchte vergeblich nach einer Nische, wo ich es ihm nachtun konnte.

»Komm her«, bot Fynn an. Er breitete seinen Bademantel aus und hielt ihn wie einen Vorhang auf Augenhöhe zwischen uns. »Ich schiele nicht. Versprochen.«

Meine Nase tropfte, und mir war so kalt, dass mir selbst das inzwischen beinahe egal gewesen wäre. Eilig schälte ich mich aus meinen triefnassen Klamotten.

»Ich glaube, ich habe mein Handy geschrottet«, sagte Fynn und durchbrach die verlegene Stille zwischen uns. »Es war in der Jacke.«

»Ich habe meines gar nicht hier. Hier draußen ist eh so gut wie nie Empfang.« Ich musste mich voll darauf konzentrieren, nicht das Gleichgewicht zu verlieren. Die nasse Reithose klebte an mir wie festgefroren.

»Shit«, murmelte Fynn und ließ den Mantel etwas sinken.

»He!«, beschwerte ich mich, und ruckartig glich Fynn die Höhe aus. »Vielleicht gibt es Reis in einem der Regale, der zieht die Feuchtigkeit raus, habe ich mal gelesen«, sagte ich versöhnlich. So schnell ich konnte, trocknete ich mich ab und schlüpfte in ein kariertes Wollhemd. Es duftete nach Cora und nach Baumharz und ein bisschen nach Hund.

»Was meinst du, wie lange wir uns hier verstecken müssen?«, fragte Fynn leise.

»Keine Ahnung. Ich weiß nicht mehr als du.« Meine Nase lief. Ich schniefte.

Wieso brauchte Cora so lange? Was war da draußen los? Ging es den Pferden gut? Und Aides?

»Brauchst du ein Taschentuch? Warte kurz. Ich habe welche in der Jacke.« Der Bademantelvorhang ruckelte. Dann lachte Fynn, und der Vorhang wackelte noch mehr. »Die sind natürlich auch nass.«

Ich musste mitlachen. Und so fand uns Cora schließlich, gackernd und kichernd wie hysterische Hühner, im Bademantel auf dem Bett sitzend, die Füße in viel zu großen, kratzigen, grauen Wollsocken.

»Alles okay?«

Fynn und ich japsten. Ich wischte mir Lachtränen aus dem Gesicht. »Entschuldige. Es ist einfach nur alles so absurd. Ist drüben alles in Ordnung?«

Cora hob die Schultern. »Ich weiß es nicht. Es scheint ruhig. Ich wollte gerade das Fernglas holen.« Sie zeigte auf den kleinen Nachttisch.

»Was ist das hier alles?«, wollte Fynn wissen.

Cora lächelte kurz, während sie das Schubfach aufzog. »Unser verborgenes Nest. Nebenan gibt es eine kleine Sauna. Wir sind im Sommer öfter auf der Insel.«

»Verborgen?«, wiederholte ich.

»Kommt mit, ich zeig's euch. Für die Außenwelt sind wir hier im Notfall komplett unsichtbar.«

Neugierig schlüpften wir in die Holzschuhe, von denen ein paar am Eingang in einer Abtropfwanne standen, und tapsten Cora hinterher ins Freie. Dichter Nebel empfing uns.

»Wo kommt der denn auf einmal her?«, wunderte sich Fynn.

»Das hat vermutlich auch mit der Pferdegöttin und dem ganzen Freak-Kram zu tun«, murmelte ich.

Vor uns raschelte etwas, und der Umriss eines Pferdes nahm Form an, aber es war kein rosengeschmückter Schimmel, der da aus dem Dunst erschien, sondern der Duke mit ein paar Birkenblättern im Maul, und gleich hinter ihm tauchte Arions hellgraues Gesicht auf.

»Wir müssen uns beeilen«, erklärte Cora sanft. »Und dann öffnen wir gemeinsam die Hintertür.«

13. Stochern im Nebel

Einen halben Tag zuvor

Cora nahm einen Schluck von ihrem Tee. Lange sah sie Aides an. Schweigend.

»Dann machen wir es so?«, fragte sie leise, um Godje nicht zu beunruhigen, die sich nebenan im Bad fertig machte. Sie war so süß und liebenswert, wie sie sich auf ihren Freund Fynn freute. Cora fühlte sich durch ihre jüngere Schwester sehr an ihre eigene Jugend erinnert, an ihre gemeinsame Mutter, an unbeschwerte Kindheitstage im Stall und auf dem Rücken wunderbarer Pferde. Das war die Zeit gewesen, bevor das Dunkle ihr Leben überrollt hatte und alles anders wurde. Cora starrte den Ring an, der zwischen ihnen auf dem Küchentisch lag, und presste die Lippen aufeinander. Sie würde alles dafür geben, Godje das zu ersparen, was kommen würde, was unweigerlich kommen musste – alles. Wenn sie ihr schon nicht abnehmen konnte, was bereits geschehen war, dann war das das Mindeste, was sie für sie beide tun konnte. Für alle, die zu dieser Familie gehörten. So viel Leid, so viel Kummer hatten sie ertragen müssen. Zu viel. Viel zu viel. Nachdenklich spielte sie mit dem Amulett unter ihrer Bluse herum. Diese Gabe war ein Fluch, und sie mussten ihn brechen.

Aides nickte. Er starrte in seinen Kaffeebecher. »Wenn du meinst, dass es wirklich die einzige Möglichkeit ist?!«

Sie sah ihn fest an, nahm den Ring und stand auf. »Ja.« Dann rief sie in Richtung Badezimmer. »Ich fahre jetzt los und hole Fynn ab. Style dich nicht zu sehr auf. Der Tierarzt kommt gleich. Arion braucht noch seinen Bittersalzbrei.«

Godje steckte ihren Kopf aus der Badezimmertür. »Ach ja. Mist.« Lachend verschwand sie in ihrem Zimmer. »Aber Fynn kennt das. Er liebt Stallgeruch. Und zur Not muss ich mich halt gleich noch einmal waschen. Das ist echt superlieb von euch. Tausend Dank, dass ihr das für mich tut! Ich freu mich so!«

Geduckt schlichen wir an den Pferden vorbei und in den Nebel hinein. Ich sah nicht einmal meine eigenen Füße in den Schwaden, den schmalen Trampelpfad konnte ich nur erahnen, aber Cora hatte sich das Fernglas umgehängt und lief mit sicheren Schritten vorneweg. Wahrscheinlich kannte sie die Wege auf dieser kleinen Insel in- und auswendig.

»Was passiert da drüben, Cora? Wer ist da gekommen? Sind wir hier sicher? Was ist mit Aides? Er ist ganz allein. Und wir können nicht ewig auf der Insel bleiben! Was ist mit Essen und Trinken und –?«

»Meine Mutter dreht durch, wenn ich heute Abend nicht irgendwann zu Hause auftauche«, unterbrach mich Fynn. »Morgen ist Schule.«

»Du denkst jetzt an Schule?« Ich blieb so abrupt stehen, dass Fynn beinahe in mich hineinknallte.

»Hört auf zu streiten«, schimpfte Cora. Sie zog uns zu sich in die Hocke hinunter und bedeutete uns, unten zu bleiben. Leise redete sie auf Fynn ein. »Dein Bruder hat Kräfte, und ich vermute, dass du sie auch besitzt. Sie treffen keine Wahl, das ist nicht ihre Natur, sie dienen dem Guten wie dem Bösen. Es liegt einzig im freien Willen des Ringträgers, sich zu entscheiden, für wen er sein Licht leuchten und erstrahlen lässt.«

Fynn schnaubte. »Du weißt schon, dass du grade ziemlich abgedreht klingst, oder? Raucht ihr öfter mal irgendwas zwischendurch oder –?«

»Fynn! Halt die Klappe!«, platzte ich dazwischen.

»Schon gut, ich meine ja nur«, sagte er zerknirscht. »Ich glaube euch, auch wenn ich ganz sicher keine lebende Leuchtrakete bin. Aber da draußen solltet ihr so was nicht rumerzählen. Auf keinen Fall.«

Cora ließ sich nicht aus der Ruhe bringen. »Das haben wir auch nicht vor.« Sie seufzte. »Ich weiß, das alles ist ungeheuer viel auf einmal.«

Den Satz hatte ich allerdings auch schon einmal zu hören bekommen. Heimlich verdrehte ich die Augen, während sie weiter auf Fynn einredete. »Dein Vater … dieser Mann hat die dunkle Seite gewählt. Ihn können wir mit so ein bisschen Budenzauber nicht lange aufhalten, aber mit etwas Glück können wir ihn lange genug täuschen.«

»Hausarrest, ich kriege Hausarrest, bis ich achtzehn bin«, murmelte Fynn düster und strubbelte sich durch die Haare. »Der Nebel macht uns also wirklich unsichtbar?«

Cora nickte. »In den alten Zeiten konnte die Pferdegöttin die Schleier rufen und mit ihrer Hilfe ein Portal zwischen den Welten erschaffen. Darum will der Dunkle unsere Amulette haben. Er glaubt, sie bilden den sagenumwobenen Schlüssel zur Anderswelt.«

»Das Land hinter den Nebeln«, murmelte ich. »Das ist die Unterwelt? Das Jenseits? Der Himmel?«

Fynn überlegte so konzentriert, dass ich es beinahe in seinem Hirn rumpeln hören konnte. »Moment mal, meint ihr etwa, dass mein – dass unser Vater hierher unterwegs ist, um sich diese Schlüssel zu holen, weil er an diesen Mist glaubt?«

»Dieser Mist hat unsere Eltern das Leben gekostet«, unterbrach Cora, aber Fynn sprach unbeirrt weiter. »Eben! Wenn er also wirklich dieser Irre ist, der euch bedroht, dann ist er vielleicht gleich da drüben, allein mit Aides?« Er zeigte in Richtung des Hofes.

Die verschiedenen Emotionen, die in Fynn arbeiteten, spiegelten sich in seinem Gesicht wider: Angst, Neugier, Unglauben, Hoffnung, Sorge. Moment mal. Hoffnung? Ich schluckte. Natürlich, er hatte seinen Vater nie kennengelernt und nur einmal unbewusst wahrgenommen, bei diesem blöden Vorreiten auf Anytas Hof. Und obwohl der Typ ein echt übler Bursche war, ich würde ihn an seiner Stelle wahrscheinlich auch gern mal treffen und ihm so einiges an den Kopf werfen wollen, und zwar ganz wörtlich. Aber musste das im Bademantel und mit Holzschuhen sein? Und heute?

»Was hast du vor?« fragte ich Cora nervös. »Wir sind hier auf einer Insel. Wir sitzen in der Falle. Wie will Aides ihn daran hindern, uns zu holen? Wie lange wird das Schutzfeld halten?«

»So lange wie nötig, wenn die Frequenz nicht gestört wird«, sagte Cora.

»Aides«, sagte ich und rang nach Luft. »Wenn Aides etwas geschieht, dann wird es zusammenbrechen, oder? Fynn hat recht. Er ist ganz allein dort drüben, das können wir nicht zulassen! Wir müssen etwas tun, um ihm zu helfen!«

»Ich gehe nicht mehr schwimmen«, protestierte Fynn. »Einmal reicht. Das könnt ihr knicken. Ich fahre Boot, oder ich bleibe hier. Dann können wir von mir aus die Welt retten, aber ich werde nicht noch einmal nass.«

»Nein. Das werden wir nicht. Es wird nicht nötig sein.« Cora sah Fynn an und streckte auffordernd die Hand aus. »Wo ist dein Ring? Ich muss wissen, wo du stehst.«

»Wie meinst du das, Cora?«, fragte ich erschrocken.

Sie ließ die Augen nicht von Fynn, während sie mir antwortete. »Der Ring sendet unbeirrt sein Signal, so, wie ich es euch erklärt habe, Godje. Damit der Träger und wir einander finden. Das war das Ziel des Dunklen, von Anfang an. Ich dachte immer, dass er einfach nicht damit gerechnet hat, dass Aides die lichte Seite wählt, dass er sich für mich entscheiden würde – aber darum ging es gar nicht. Er hat uns ganz bewusst zusammengebracht, und er wollte auch euch beide zusammenbringen. Nur warum?«

»Ja, warum?«, fragte auch Fynn.

»Weil er den Ring und damit uns orten kann. Ist es so?«, fragte ich mit rauer Stimme.

»Zumindest vermute ich das«, nickte Cora.

»Und jetzt denkst du, ich hätte ihn hierhergelockt?« Fynn zog grimmig die Augenbrauen zusammen und verschränkte die Arme vor seiner Brust. Er sah verletzt aus. »Na, dann würde ich euch dringend empfehlen, nach anderen Lücken in eurer Theorie zu suchen. Ich habe Godje schon gesagt, dass ich den Ring gruselig finde. Ich habe ihn nicht mehr.«

Ich riss die Augen auf. »Und das sagst du jetzt erst?«

»Hast du mich gefragt?«

»Zickt euch nicht an. Wem hast du deinen Ring gegeben?«, fragte Cora bleich, während sie angespannt wieder das Seeufer gegenüber beobachtete.

»Oleg«, erwiderte Fynn. »Er hat mich drum gebeten. Man kann nämlich einfach mit mir reden, in ganzen Sätzen.«

»Runter mit euch, sofort. Da drüben ist jemand.«

»Ach was!«, rutschte es mir heraus, während ich mich noch tiefer in die Büsche duckte und darüber nachdachte, was es hier für Krabbelviecher geben mochte. Feuchte Kälte kroch mir zusammen mit nackter Angst unter den Bademantel. Es fühlte sich eklig an. Wenn dieser Nebel uns doch verbergen sollte, was sagte das dann über den gegenwärtigen Status unserer Sicherheit aus? Und über unseren Gegner? Und womit wollte Aides dem Dunklen ganz allein gegenübertreten, wenn es ihm gelang, den Schutz des Ringes zu durchbrechen? Oder hatte er Aides womöglich bereits bezwungen?

Fynn kauerte neben mir und schien immer noch über etwas zu brüten. Ich sah seine Kiefermuskeln arbeiten. Cora stand im Schutz eines Holunderstrauches mit dem Rücken zu uns und spähte durchs Fernglas. Der Nebel schluckte alle Geräusche. Nur gedämpft drangen leises Blätterrascheln und gelegentliches Schnauben der Pferde zu uns, die irgendwo hinter uns eine Lichtung gefunden hatten und Gras rupften. Es waren Laute, die mich normalerweise tiefenentspannten. Aber jetzt machten sie mich nervös. Warum sagte Cora nichts? »Kannst du was sehen?«, wisperte ich in die unerträgliche Stille.

»Es ist unlogisch«, sagte Fynn etwa zeitgleich. »Wieso ist der Ring von Aides keine Gefahr gewesen? Wenn der Dunkle an euren Amuletten interessiert ist – warum hat er euch nicht bereits viel früher besucht und sich schon mal deins genommen, Cora? Lange bevor Godje und Arion hierherkamen?«

»Zwei auf einen Streich, ein Abwasch?«, versuchte ich eine logische Erklärung. Was wusste ich denn, wie quasi unsterbliche Verbrecher dachten?

Coras Gesicht war blass, aber ohne Regung. Das beunruhigte mich.

»Nein. Ihr habt uns nicht die Wahrheit erzählt! Aides und Cora haben irgendwas ganz anderes vor, Godje. Sie haben uns die ganze Zeit angelogen, um uns hierherzulocken!« Fynns Stimme grollte wie ein Unwetter, das sich direkt über uns zusammenbraute. »Das ist eine Falle. Oder etwa nicht?«

Cora schüttelte den Kopf. »Godje, bitte vertrau mir, nur noch dieses eine Mal. Wir sind hier sicher. Aides hält uns verborgen, uns kann nichts geschehen. Macht jetzt bitte keinen Quatsch.«

»Quatsch? Wieso? Was …?«

Ich sah zu Fynn. Der richtete sich auf und zeigte mit dem Finger auf Cora. Seine Augen sprühten Funken. »Ihr habt sie verraten, richtig? Ihr habt den Dunklen *erwartet,* vielleicht sogar selbst hergelockt. Er hat nicht durch mich hierhergefunden, denn meinen Ring hat Oleg. Du dachtest, wir würden darauf reinfallen in all der Angst und dem Chaos, richtig?« Er hatte die Fäuste geballt. »Was ist das für ein Deal, den ihr da vorhabt?«

In meinem Magen zog sich alles zusammen, so sehr erschrak ich. Aber ich wollte es nicht glauben. »Das ist sicher nur ein

Missverständnis«, wandte ich mich an meine Schwester und hob beschwichtigend einen Arm in Fynns Richtung. »Seine Nerven gehen mit ihm durch, oder? Beruhige dich, Fynn.«

Cora hob die Hände. »Es ist nicht, wie ihr denkt.« Sie sah erschöpft aus. »Godje …«

Ich verstand immer noch nichts. Der Nebel um uns herum schien auch meine Denkfähigkeit auszubremsen. Was wurde hier gespielt?

Langsam kam sie auf mich zu. »Wir müssen ihm nur die Amulette geben, dann lässt der Dunkle uns für immer in Ruhe. Er hat es versprochen.«

»Du hast tatsächlich mit ihm geredet?« Ich schnappte nach Luft.

Cora sprach ruhig weiter. »Du bekommst Arion. Anyta wird das Pferd niemals aufgeben. Aber so kann er hierbleiben! Willst du das denn nicht auch? Bitte gib mir deine Kette!«

Ihr Geständnis traf mich wie ein heftiger Schlag in die Magengrube.

Fynn schob sich schützend zwischen uns, als Cora sich ihr Medaillon über den Kopf zog und die Hand bedächtig nach meinem ausstreckte.

»Ich will einfach nur Frieden. Er wird uns immer weiter jagen, wenn wir sie ihm nicht geben.« Sie hatte Tränen in den Augen. »Es muss endlich ein Ende haben, Godje.«

»Du willst also wirklich …? Ich hätte nicht herkommen dürfen«, murmelte ich. In meinem Kopf schoben sich die Puzzleteile zu einem ganz neuen Bild zusammen. Ich sah von meiner Schwester zu Fynn und wieder zurück. Dann schüttelte ich langsam den Kopf. »Nein«, sagte ich. »Nein, niemals. Willst du ihn tatsächlich gewinnen lassen? Er ist schuld am Tod unserer Eltern. Und du vertraust ihm plötzlich? Obwohl er uns und unseren Vorfahrinnen seit Jahrtausenden nach dem Leben trachtet? Wie kannst du das tun? Er wird uns niemals gehen lassen! Du weißt das!«

»Es ist eine Chance, oder nicht? Bitte, Godje. Wir legen die Amulette in dieses Holzkästchen und geben es dem Dunklen. Dann kann endlich Frieden sein!«

Über Coras Gesicht strömten Tränen, sie sank auf den Waldboden und schlang die Arme um ihre Knie. »Ich bin einfach nur müde. So müde, Godje. Ich will dich nicht auch noch verlieren. Warum können wir nicht einfach ganz normal sein? Ich will doch einfach nur eine ganz normale Familie haben.«

»Die wirst du auch sicher eines Tages bekommen. Aber nicht so«, widersprach Fynn grimmig. »Das funktioniert nicht. Himmel, guckst du keine Krimis? Die Bösen spielen niemals ehrlich.«

Noch immer fassungslos sah ich meine Schwester an, die sich wimmernd hin und her wiegte. Das leere Holzkästchen lag neben ihr im Moos.

»Das ganze Leid, Godje. Ich wollte es wiedergutmachen. Ich wollte doch nur, dass er uns endlich in Ruhe lässt. Du sollst nicht dasselbe erleben müssen wie ich.«

»Das habe ich aber bereits, okay?« Ich beugte mich zu ihr hinab. »Wir *sind* eine Familie! Es ist einfach nicht der richtige Weg.« Mein Medaillon baumelte vor meiner Brust. Es pulsierte und leuchtete warnend durch den dicken Stoff des Bademantels hindurch. Cora starrte auf den rötlichen Schimmer, und einen Moment lang fürchtete ich, sie würde es in einem Anfall von Wahnsinn an sich reißen und damit durch den See zurückschwimmen wollen.

Ich richtete mich auf. Das Pferdeamulett lag schwer und heiß auf meiner Brust. Noch nie zuvor hatte ich sein Gewicht als Last empfunden. Aber in diesem Moment hätte ich es mir am liebsten vom Hals gerissen und im See versenkt. Sollte der Dunkle doch danach tauchen, wenn er es unbedingt wollte. Mir ganz egal. Allerdings war die Pferdegöttin umrahmt von den Porträts meiner Eltern. Sie herzugeben kam nicht infrage. Ich schluckte. Die beiden waren gestorben, weil sie uns beschützen wollten. Und jetzt waren wir in Gefahr, weil Cora das alles wegwerfen wollte?

Mir wurde es zu viel. »Ich brauche eine Minute, okay?«

Mein Blick blieb an Coras Medaillon hängen. Sie hockte immer noch mit angezogenen Knien auf dem Waldboden, spielte mit irgendetwas in ihren Fingern und stierte ins Leere. Das Amulett lag schutzlos vor ihr im Moos, die einzige Verbindung zu Cora war die locker um ihre Hand geschlungene, feingliedrige Silberkette.

»Wo willst du hin?«, fragte Fynn alarmiert.

»Nirgendwohin«, antwortete ich schwach. Unsere Augen trafen sich. »Nachdenken.« Doch dazu kam ich nicht, denn da riss mich ein Strudel mit sich fort, weit zurück in der Zeit.

Münzen fielen ins Wasser. Ich erkannte die Pferdegöttin darauf. Demeter, Epona, eine andere Darstellung, die ich nicht kannte. Die Figuren taumelten, trudelten blinkend abwärts in die Tiefe, als würden sie magisch angezogen von dem dunklen Nichts. Eine Hand tauchte ein und fischte nach ihnen. Zischend. Sie war entstellt von einer frischen Brandnarbe, und mir war, als röche ich verbranntes Fleisch. Ich konnte nicht erkennen, ob es ihr gelang, alle zu bergen.

Ich sah Gyde und Lady Godiva sich im wellenden Wasser spiegeln. Aber ich sah auch Demeter und Cora in verschiedenen Epochen. Die Zeitebenen überlappten sich. Der See wurde zu einem Spiegel. Menschen blickten hinein, trugen unterschiedliche Gewänder, verschiedene Gesichter. Oleg und der Dunkle waren immer da. Einmal warf Oleg sich in den Staub, zu Füßen des Dunklen, hungrig nach den Münzen, die der ihm als Lohn versprach. Ein anderes Mal waren es seine Hände, die in einem Bach nach ihnen angelten, nachdem sie ihm zuvor die Haut versengt hatten. Mein Blick wurde weit. Ich sah den Bach, die grünen Hügel und das Tal, das er durchschnitt, ein Dorf am Fuße einer kleinen Burg. Täler und Seen. Und dann kippte etwas. Als Lord Leofric gelang es Oleg, den Dunklen aufs Glatteis zu führen, die Göttin siegte. Doch der Dunkle sann auf Rache, exakt wie Gydes Onkel viele Jahrhunderte zuvor. Die Dinge wiederholten sich so lange, bis sie ausgeglichen waren.

Die Göttin verließ die Menschenwelt, sie zog sich hinter die Nebel zurück, und der Dunkle konnte sie nicht mehr erreichen. Nicht mehr auf diese Art. Darum jagte er uns.

Plötzlich war ich es, die im Wasser nach den unaufhaltsam in die Tiefe gleitenden Münzen fischte. Ich kniete an der Böschung. Ein Schatten fiel auf mich und hob den Arm, als ob er zu einem Schlag ausholte. Ich hielt die Luft an.

Es raschelte zwischen den Zweigen. Arion drängte mich flegelhaft zur Seite und schubste mich beinahe ins Gebüsch. »He!«, beschwerte ich mich. In den Holzschuhen hatte ich keinen richtigen Halt und knickte um. Aber ich hatte allen Grund, ihm dankbar zu sein. Der Hengst hatte mich wieder in die Wirklichkeit zurückgeholt. Ich atmete so tief durch, als hätte ich eine ganze Minute die Luft angehalten. Was sollten mir diese Bilder sagen? Und warum kamen sie jetzt?

»Alles okay?« Fynn sprang an meine Seite und fing mich wortwörtlich auf. »Ja, danke«, murmelte ich und musterte Cora.

Fynns Blick folgte meinem. »Wie sollte das eigentlich weitergehen, wenn Godje dir das Amulett gegeben hätte? Hättest du die Dinger dem Duke in die Mähne gebunden und ihn zurückschwimmen lassen? Oder eine Brieftaube geordert?«

Cora sah ihn mit glasigem Blick an. »Wir haben ein Seil mit einer Zugvorrichtung auf dieser Seite der Insel. Und es gibt auch ein F…«

In diesem Moment knallten drüben Autotüren – so laut, dass wir alle drei zusammenzuckten, als ob jemand geschossen hätte. Ich hörte aufgeregte Stimmen durch den Nebel schallen und schnellte hoch. »Was ist denn jetzt los?«

Fynn nahm das Fernglas an sich und spähte auf die andere Seite. Langsam drehte er sich zu uns um. »Es sind Nana und Oleg. Aides spricht gerade mit ihnen. Sieht nicht so aus, als ob er glücklich wäre mit ihrem Erscheinen.« Fynn sah genauso verwirrt aus, wie ich mich fühlte. »Und der Dunkle?«, fragte ich.

»Keine Spur.«

Allmählich verstand ich überhaupt nichts mehr. Mein erster Gedanke war: Warum zur Hölle sind wir durch eisiges Novemberwasser geschwommen, wenn da drüben jetzt nur meine Großmutter und ein alter Stallmeister standen? Dann überschlugen sich meine Gedanken: Wie hatten sie uns gefunden? Okay, mit Fynns Ring. Und den Prospekt hatte Oleg auch.

Mein Herz schlug höher, denn ich hatte natürlich Sehnsucht nach Nana. Nur, was wollten die beiden hier? Mich nach Hause holen? Fynn hatte ja schon ausgerichtet, dass alles gut war. Aber was machten wir jetzt mit dem Dunklen? Und warum sagte Cora nichts?

Wieder hatte ich Olegs Gesicht aus meiner Vision vor Augen. Meine Gedanken sprangen zurück zu Olegs Brief. Wie sicher konnten wir uns sein, dass *er* uns nicht auch verraten hatte? Ich sah hinüber zu Fynn, der ihm sogar seinen Ring gegeben hatte.

»Keine Panik. Ganz ruhig bleiben. Oleg ist ja schließlich nicht der Dunkle, oder?« Ich versuchte verzweifelt, Ordnung und Logik in meine Gedanken zu bringen, und kicherte hysterisch über meinen eigenen blöden Witz – wenn es denn einer war.

Endlich löste sich meine Schwester aus ihrer Erstarrung und stand auf. »Sie sollten nicht hier sein.« Wie in Trance nahm Cora Fynn das Fernglas ab, um selbst hinüberzusehen.

Ich sah ihr stirnrunzelnd hinterher. »Es sieht doch alles ganz harmlos aus, kein Dunkler weit und breit. Wir können wieder rüber. Gibt's hier ein Boot?«, sprach ich meine Wunschschlussfolgerung laut aus. »Oleg und Nana kommen ganz sicher in friedlicher Absicht, sonst hätte der Schutz die beiden nicht durchgelassen, oder? Das hast du selbst gesagt. Falscher Alarm also!« Ich atmete aus und lächelte Fynn zaghaft an. »Alles wieder gut«, plapperte ich weiter. »Grade noch. Cora lädt den Dunklen wieder aus, dann kommt er nicht durch das Schutzfeld rein, und Feierabend. Wie gut, dass wir geredet haben. Reden ist immer gut, stimmt's?«

Cora drehte sich zu uns um. Sie war aschfahl geworden. Bleiern schüttelte sie den Kopf. »So einfach ist das nicht.«

Fynn schnellte vor, um ihr das Fernglas abzunehmen, das ihr um ein Haar aus der zitternden Hand gefallen wäre.

»Der Dunkle ist schon da …«, sagte sie mit rauer Stimme. »Es ist zu spät. Er wird Oleg und Aides jeden Moment entdecken.«

»Und Nana? Was ist mit Nana?«, rief ich voller Angst.

Cora hob die Schultern. Dann lächelte sie mir aufmunternd zu. »Keine Sorge. Ich mache es wieder gut. Ich habe uns das alles eingebrockt. Ich werde gehen. Das wird ihn ablenken.«

Ich war völlig baff. »Willst du schwimmen? Und was soll das bringen? Außer, dass du keine zehn Meter weit kommst ohne Pferd, weil das Wasser eiskalt ist!«

»Hinter der Biegung liegt unser Floß«, erklärte meine Schwester. »Ich werde behaupten, dass ihr fort seid, weil ihr unseren Plan durchschaut und mir mein Medaillon gestohlen habt. Er wird wieder verschwinden und euch woanders suchen. In der Zwischenzeit kann Aides Oleg und Nana auf die Insel bringen, und wir überlegen uns etwas.«

Ich schüttelte den Kopf. »Das wirst du nicht tun! Es ist viel zu gefährlich. Gib mir dein Medaillon, ich weiß etwas Besseres.«

»Was hast du vor?«, fragte Fynn.

»Ich werfe sie beide in den See. Soll er sich die Dinger doch selbst holen.«

»Und das ist schlauer als das, was Cora vorhat?« Fynn sah mich an, als hätte ich Heucobs gefrühstückt.

»Das könnte funktionieren«, sagte Cora nachdenklich. Sie ließ ihr Medaillon in meine Hände gleiten – und Aides' Ring dazu. Wo kam der denn jetzt auf einmal her?

»Der Ring schützt euch«, erklärte sie und schloss meine Finger um die Gegenstände. Wie winzige, lebendige Wesen lagen sie in der Höhle meiner Hand.

»Mit seiner Hilfe könnt ihr das Feld aufrechterhalten, das uns hier verborgen hält. Ohne ihn kann es der Dunkle nicht durchbrechen, und er kann uns auch nichts tun. Aides wollte nicht riskieren, dass der Ring ihm in die Hände fällt, sollte doch etwas schiefgehen.« Traurig lächelte sie Fynn an. »Wir sind immerhin nicht ganz so naiv, wie du dachtest.«

»Aber wozu wolltest du dann auch noch meinen Ring haben?«, fragte er.

»Der Legende nach besteht der Schlüssel zur Unterwelt aus drei aktivierten Amuletten. Aber zusammen mit zwei Ringen können auch unsere beiden Medaillons bereits ein Portal öffnen. Sie können für einen Augenblick die Schleier heben, gerade weit genug, um hindurchzuschlüpfen. Die Kraft reicht nicht aus, um das Land hinter den Nebeln zu erreichen. Sie müsste stark genug sein, um ungesehen die Insel zu verlassen – oder um zwei Amulette in die Anderswelt zu katapultieren. Tu es, Godje.« Aufmunternd nickte sie mir zu.

Fynn raufte sich die Haare. »Seid ihr jetzt beide verrückt geworden? Er weiß, dass wir hier sind. Nana und Oleg sind da drüben und wohl kaum zum Sonntagskaffee vorbeigekommen. Er wird Cora niemals glauben. Der Typ bringt euch höchstens um, erst recht, wenn sie ganz ohne Amulett da drüben auftaucht. Wir sitzen in der Falle.«

»Hast du nicht zugehört? Genau das kann er nicht, solange der Schutz besteht.« Ich stemmte die Fäuste in die Hüften. »Und danke für das Update. Hast du eine schlauere Idee?«

»Ja. Allerdings. Ich finde, dass Cora … Cora?«

Cora war verschwunden. Wo sie eben noch gestanden hatte, raschelten Blätter. Ein wenig weiter weg knackten ein paar Zweige, und dann hörten wir ein Pferd antraben, noch bevor wir es sahen. Eine Schrecksekunde lang starrten wir uns an, dann rannten wir ihr in unseren Bademänteln und den klobigen, trotz der Socken viel zu großen Holzschuhen hinterher. Der Duke preschte mit Cora auf seinem Rücken zwischen den Büschen hindurch auf die andere Seite der Insel. »Ich schicke euch das Floß mit Nana und Oleg zurück und lenke ihn ab«, rief Cora uns über die Schulter hinweg zu. »Du weißt, was du dann zu tun hast, Godje!«

»Bleib hier!«, brüllte ich verzweifelt.

»Ich bringe dir den Ring! Komm nach, sobald Nana und Oleg in Sicherheit sind!«

Arion galoppierte seinem Freund wiehernd hinterher. Als wir ihn endlich eingeholt hatten, hatte Cora sich bereits mit einem kleinen, stabil wirkenden Floß abgeseilt und hangelte sich an einem dicken Seil Meter um Meter weiter von der Insel weg. Der Duke kam eben platschend aus dem knöcheltiefen Wasser zurück und brummelte Arion an, als ob er ihm versichern wollte, dass er niemals ohne ihn gehen würde. Das Floß verschmolz mit dem Nebel und mit ihm jeder Laut, den es machte.

14. Original und Fälschung

Zwanzig Minuten zuvor

Oleg bremste. »Wir sind da«, sagte er leise und sah zu Margarete, die sich während der ganzen Fahrt mit einer Hand am Türgriff, mit der anderen an der Handtasche auf ihrem Schoß festgehalten hatte.

»Und du bist sicher, dass Godje wirklich hier ist?«, fragte sie so leise, dass er ihr die Worte hauptsächlich von den Lippen ablas.

»Sie ist mit Cora und Aides zusammen«, wiederholte er zum hundertsten Mal.

Margarete legte kurz die Hand auf ihr Herz, dann umschlossen ihre Finger den Türgriff. Ein wenig zittrig, aber entschlossen drückte sie die Autotür auf und stieg noch vor Oleg aus. Der Hof wirkte menschenleer, allerdings nur auf den ersten Blick. Aides löste sich aus dem Schatten eines Mauervorsprungs. Er hatte einen Gegenstand in der Hand gehalten, den er nun rasch weglegte. Groß war er geworden, der Junge. Obwohl das eigentlich nicht sein konnte. Er war schon damals erwachsen gewesen, als sie ihn das letzte Mal gesehen hatte. Über die Jahre hatte er seine Schlaksigkeit verloren, war zum Mann geworden, vielleicht war es das.

»Was macht ihr hier?«, rief er schon von Weitem. Doch es klang nicht erfreut, sondern eher gehetzt. Natürlich war er überrascht, sie zu sehen, aber warum diese Panik? Margarete Philipp hätte ihn beinahe gefragt, ob sie ungelegen kämen. Was für ein Unsinn. Das spielte keine Rolle.

Oleg ging um den Wagen herum und drückte den verblüfften jungen Mann an sich. »Gut, dich zu sehen, Junge«, brummte er.

Aides schüttelte hilflos den Kopf. »Ihr solltet nicht hier sein!«, zischte er. »Ihr müsst weg von hier, schnell! Steigt wieder ein! Es ist zu gefährlich.«

»Genau aus diesem Grund sind wir gekommen«, sagte Margarete und räusperte sich. »Wir bleiben. Ich muss zu Godje. Ich habe etwas für sie, und das duldet keinen Aufschub.«

»Nein, ihr versteht das nicht.« Aides' Stimme überschlug sich, seine Augen glichen denen eines gehetzten Tieres. »Er kann jeden Augenblick hier sein.«

Margarete wusste sofort, wen er meinte. Dann hörten sie alle das Motorengeräusch, das rasch näher kam.

»Es ist zu spät. Schnell. Versteckt euch im Haus. Alle beide!«

Oleg musterte Aides und widersprach. »Wen auch immer du erwartest, er würde sich über den fahrerlosen Wagen wundern. Ich bleibe.«

Aides wandte sich an seine Schwiegeroma. »Bitte komm, Nana!«

»Aber …«, protestierte sie. Doch Aides ergriff ihre Hand, zog und schob sie die wenigen Stufen hinauf und durch die Tür in eine wohnliche Küche. Die Jacken an der Garderobe rochen nach Pferd. Davor standen Schuhe aufgereiht, auf dem Dielenboden in der Mitte des Raumes lag ein riesiger Mischlingshund auf einem Flickenteppich. Seine Rute klopfte rhythmisch auf den Boden, und er winselte leise, als er die Besucherin sah.

»Bleib um Himmels willen hier drin und versteck dich, wenn er argwöhnisch wird. Der Dunkle darf dich nicht sehen«, bat Aides eindringlich, bevor er die Tür von außen schloss.

»Der Dunkle.« Margaretes Hand fuhr erneut an ihr Herz. Erschrocken nickte sie. Der Hund erhob sich träge. Er kam auf sie zu und

schleckte ihr über die Hand. Kraftlos ließ sie sich auf die Küchenbank sinken, stellte die Handtasche neben sich und knöpfte ihren Mantel auf.

Eine Minute später kam Oleg zu ihr herein. Er wirkte nervös, aber nicht kopflos. »Margarete, gib mir das Päckchen«, bat er ohne Umschweife. »Schnell, wir haben nicht viel Zeit. Und verhalte dich leise.«

An der Tür drehte er sich noch einmal um. »Es wird mir nichts geschehen«, versprach er. »Und den Kindern auch nicht. Du hast mein Wort.«

Verwirrt sah sie ihm nach, als er wieder nach draußen ging.

»Was hast du vor, Junge?«, fragte Oleg ohne Umschweife. »Ihn konfrontieren? Bist du lebensmüde?«

Aides schob trotzig das Kinn vor. »Wir wollen verhandeln. Die Amulette gegen unseren Frieden. Cora braucht Ruhe. Und auch Godje hat kein solches Leben verdient.«

Oleg schüttelte den Kopf. »Das ist Wahnsinn. Mit dem Teufel kann man nicht verhandeln. Als ob das so einfach wäre! Habt ihr das noch immer nicht begriffen?«

Das Motorengeräusch war jetzt ohrenbetäubend laut.

Er drehte Fynns Ring an seinem kleinen Finger. »Geh!«, raunzte Oleg, als ein roter Ferrari in die Hofeinfahrt bog. »Ich mache das auf meine Art.«

Aides blieb mit geballten Fäusten neben ihm stehen. Doch als er den Ring seines Bruders sah, wurde er blass. Als sei jede Kraft aus ihm gewichen, ließ er die Schultern fallen und gab auf. »Wir sind verloren.«

Oleg holte tief Luft. Seine Narbe schmerzte immer heftiger. Mit jedem Meter Abstand, den der Dunkle zwischen ihnen verringerte, nahm das Brennen zu. »Es ist meine Schlacht. Sie geht dich nichts an, Junge.

Ich regele das«, beharrte der alte Stallmeister. »Niemand kennt ihn so gut wie ich.«

Mir war übel, ich fror, und ich wünschte mir sehnlichst, endlich aufzuwachen, aus diesem völlig bescheuerten, total durchgeknallten Albtraum. Ich wollte die Augen aufmachen und zurück bei Nana sein, in meinem Zimmer im ersten Stock unseres gemütlichen, kleinen Reihenhäuschens, wo ich aus dem Fenster den Pferden drüben auf Anytas Weide beim Grasen zusehen konnte. Stattdessen war ich gefangen auf einer verzauberten Nebelinsel und konnte nichts tun als warten und dabei zuschauen, wie meine Schwester sich unserem Erzfeind auslieferte. Außerdem kratzten diese blöden Wollsocken.

»Und wie geht's jetzt weiter?«, fragte Fynn, als wir mit den Pferden an die Stelle zurückgekehrt waren, von wo aus wir den Hof beobachten konnten.

»Woher soll ich das wissen?«, schnauzte ich ihn an und bereute es gleich darauf. »Tut mir leid«, entschuldigte ich mich.

»Meine Nerven liegen auch blank«, sagte er nur und sah durch das Fernglas.

»Was passiert da drüben?«, fragte ich. »Was machen die? Lass mich auch mal gucken.«

»Sei leise«, schimpfte Fynn. »Die Weide ist groß. Das dauert, die zu Fuß zu überqueren. Ich gehe in die Hütte und schaue mal, ob ich etwas zu essen finde.«

»Wie kannst du jetzt ans Essen denken?«, zickte ich. Aber in meinem Magen rumpelte es auch. Mürrisch zog ich meinen Bademantelgürtel fester und nahm ihm das Fernglas ab.

Endlich tat sich drüben etwas. Ich sah, wie sich Cora über den Hof zum Haus hinüberschlich und im Kellereingang verschwand. Und ich sah einen Schatten am Fenster, ganz kurz nur. Nana?

Endlose Minuten später, in denen ich meine Lippe blutig kaute, tauchte Cora wieder auf und half Nana ins Freie. Cora verschwand wieder nach drinnen, und Nana schien an die Hauswand gelehnt auf etwas zu warten. Ich hielt die Luft an. Hoffentlich war sie so schlau, sich weiter versteckt zu halten.

Aides und Oleg gerieten offenbar in einen Streit. Ich sah sie wild gestikulieren. Der Dunkle saß entspannt in seinem Ferrari. Anscheinend wartete er einfach ab, was als Nächstes geschehen würde. Er war noch nicht einmal ausgestiegen. Vielleicht wartete er auf den roten Teppich. »Arschloch«, zischte ich und versuchte, Nana durch die Ferngläser wiederzufinden.

Kasimir und die Stute dösten im Auslauf. Ich schwenkte langsam weiter. Ah. Da war sie. Anscheinend ging Coras Plan zumindest bis hierhin auf. Es war Nana gelungen, unbemerkt durch den Weidezaun zu schlüpfen. Wesentlich schneller, als ich es ihr zugetraut hätte, lief sie über die neblige Wiese aufs Seeufer zu. Zwischendurch verlor ich sie in den dichten Schwaden aus dem Blick. Aber sie schaffte es aufs Floß.

Neben mir knackte ein Zweig. Fynn hielt mir ein Stück Knäckebrot hin. »Was anderes habe ich nicht gefunden«, entschuldigte er sich.

Stürmisch fiel ich ihm um den Hals.

»So viel Freude für ein Stückchen Brot?«, fragte er grinsend.

»Quatschkopf. Los, komm, Nana muss gleich hier sein.«

»Und die anderen?« Er schnappte sich das Fernglas. »Sollte Oleg sie nicht begleiten? War das nicht anders geplant?«

»Beobachte weiter, was passiert«, rief ich und kletterte mithilfe eines Baumstumpfes auf Arions Rücken. Ich hatte weder Zeit noch Lust, schon wieder in den viel zu großen Holzpantinen durchs Unterholz zu stolpern. Nana würde auf dem Rückweg ganz sicher niemals auf Arion reiten, aber vielleicht konnte ich sie überreden, sich von mir führen zu lassen. Immerhin war das ein Notfall.

»Godje! Da bist du ja! Geht es dir gut? Was hast du denn da an, um Himmels willen?«

»Nana!«

Stürmisch drückte meine Großmutter mich an sich. Zum ersten Mal fiel mir auf, wie klein und zerbrechlich sie war.

»Mein Liebling.« Bevor ich etwas sagen konnte, schob sie mich von sich. »Wir haben keine Zeit für so etwas, entschuldige bitte. Jetzt hör mir gut zu«, begann sie kurzatmig. Umständlich klaubte sie ein kleines Schmuckkästchen aus ihrer Handtasche hervor. »Hier drin war ein Duplikat deines Amuletts. Ein Goldschmied hat es vor vielen Jahren für mich angefertigt. Ich wollte es damals deinen Eltern untermogeln. Es war eine furchtbare Idee. Der Dunkle hat mich hereingelegt, und statt unsere Familie zu retten, habe ich womöglich den Tod deiner Eltern mitzuverantworten. Das habe ich erst begriffen, als du an deinem Geburtstag plötzlich das echte Amulett geschickt bekommen hast und es in dir die Gabe aktiviert hat.«

»Aber –?«

Nana ließ mich nicht zu Wort kommen. »Das spielt jetzt keine Rolle. Wir werden später darüber reden. Wichtig ist nur, dass der Dunkle das Original auf keinen Fall zurückbekommen darf, jetzt, wo es aktiviert ist. Oleg will ihm die Fälschung geben. Mithilfe von Fynns Ring wird er das nicht sofort bemerken. Es wird euch genug Aufschub verschaffen, um deine Schwester zu finden. Wir müssen uns einfach nur ruhig verhalten.«

»Nein, nein, nein!«, rief ich schockiert. Das brachte endgültig alles durcheinander!

»Nana, ich habe meine Schwester doch längst gefunden. Der Dunkle wusste gar nicht, dass Fynn und ich hier sind. Hat sie dir das denn nicht erzählt?« Hatte sie die Begegnung etwa schon vergessen? Bestürzt sah ich sie an. Bestimmt war die ganze Aufregung zu viel für sie. »Du hast sie gerade eben gesehen. Sie hat dich doch hierher zu uns geschickt.« Ich sah die Böschung nach Fynn ab. Wo steckte der Kerl bloß? Was sollten wir denn jetzt machen? Verdammt! Wenn Cora Oleg den Ring abnahm, hatte er keine Tarnung mehr. Und wenn sie es nicht tat, konnten wir das Portal nicht öffnen. Und egal, wer von ihnen dem Dunklen seine Geschichte zuerst auftischte, der Zweite würde den anderen auffliegen lassen. Ich musste zu ihr. Aber ich konnte Nana hier nicht einfach so stehen lassen.

Meine Großmutter wischte den Einwand ungeduldig beiseite. »Ich rede nicht von Cora. Ich kann meine Enkelinnen immer noch ganz gut auseinanderhalten, Godje. Cora wartet darauf, dass du sie abholst. Ich meine Rhianna. Sie ist damals an Coras Stelle ins Internat nach Wales gegangen, weil Cora das partout nicht wollte, nachdem sie vierzehn wurde und das Amulett bekam. Eure Eltern haben es zwei weitere Jahre hinausgezögert. Aber sie fanden es einfach zu gefährlich, euch alle drei unter einem Dach zu behalten. Das hat sich ja leider bewahrheitet.« Ihre Stimme zitterte. »Ihr müsst sie finden. Nur zu dritt habt ihr eine Chance gegen den Dunklen. Sonst wird es nie aufhören.«

Meine Gedanken flitzten hin und her wie eine erschreckte Maus in der Futtertonne, wenn man den Deckel hob. Noch eine Schwester? Rhianna? In Wales? Was hatte Oleg vor? Wo war Cora jetzt gerade? »Nana, Cora und ich hatten einen ganz anderen Plan. Sie wollte ihn ablenken, damit ich –« Ich unterbrach mich zunehmend verzweifelt. Nana machte sich auch so schon genug Sorgen. »Was genau solltest du mir von ihr ausrichten?«

Nana runzelte die Stirn. »Dass sie sich wie besprochen an den Plan hält, und das sollst du auch tun. Sie hat mir versichert, dass euch wegen der Ringe in diesem Nebel nichts geschehen kann und dass sie gleich nachkommt.«

»Nana. Sie kann ohne das Floß gar nicht herkommen, wenn sie nicht schon wieder schwimmen will. Sie wollte Fynns Ring holen.«

»Aber den hat doch Oleg.« Nana wurde leichenblass. »Du musst sie aufhalten!«

»Das habe ich vor.«

Ich wollte zum Floß laufen, aber Nana hielt mich am Ärmel zurück. »Lass mir dein Medaillon hier. Wenn er dessen Energie an dir spürt, bemerkt er den Schwindel sofort.«

Arion schnaubte, und sie zuckte ängstlich zusammen. »Keine Angst. Ich bewahre es sicher für dich auf«, versprach sie tapfer und hielt mir die geöffnete Schatulle hin.

Ich griff in die Tasche meines Bademantels, in der ich Coras Medaillon und den Ring von Aides bei mir trug. Vielleicht war es noch nicht zu spät. »Nein, ich kann es dir nicht geben«, widersprach ich. Ich benötigte beide, und zwei Ringe dazu. Jetzt musste ich improvisieren.

»Godje?! Was hast du vor?« Fynn rannte die Böschung hinunter, aber ich hatte bereits die Schnur ergriffen und mich ein paar Meter vom Land entfernt.

»Pass auf Nana und Arion auf!«, rief ich ihm zu, während ich mich immer weiter in die Nebelschwaden hineinhangelte.

Ich rannte in den Wollstrümpfen über die neblige Weide, die Holzschuhe hatte ich auf dem Floß zurückgelassen. Meine Arme brannten. Das Gras war eiskalt, und die Strümpfe waren schnell durchnässt, aber das machte mir jetzt auch nichts mehr aus. Ich brauchte Fynns Ring. Und dann musste ich damit ein Portal erschaffen und unsere Amulette in eine andere Dimension kicken. Na, wenn es weiter nichts war!

In Wahrheit hatte ich natürlich keine Ahnung, wie ich das anstellen sollte. Und selbst wenn wir hier draußen Netz gehabt hätten, irgendetwas sagte mir, dass man so was nicht googeln konnte.

15. Rosenblütenduft

Acht Minuten zuvor

Aides versuchte noch einmal, den alten Stallmeister zu überzeugen. Ohne die Kraft seines Ringes hatte er keine andere Möglichkeit, Oleg aufzuhalten. »Wir haben uns mit dem Dunklen geeinigt. Er lässt uns in Frieden, sobald er die beiden Medaillons hat. Und Godje bekommt Arion. Wir werden hier in Frieden leben. Alle zusammen. Endlich Frieden.«

»Törichter Narr«, fuhr ihn Oleg plötzlich an. »Es würde den Tod der Mädchen bedeuten, wenn sie ihm die Amulette übergeben. Sie sind ihre Nabelschnur und ihr stärkster Schutz.«

»Dann gib mir Fynns Ring«, bat Aides verzweifelt. »Ich kann ihn auf die Insel schicken. Damit können sie fliehen, wenn wir hier versagen.«

»Wir?« Oleg grunzte missbilligend. »Hier gibt es kein Wir mehr. Halt dich zurück, Junge, bevor du alles noch schlimmer machst.« Er reckte das Kinn, als der Dunkle endlich aus dem Wagen stieg, und trat ihm entgegen. Seine Hand brannte wie Feuer.

Oleg sah dem Bösen aufrecht ins Gesicht und hielt den eisigen Blicken stand. Der des Dunklen schmerzte am wenigsten.

Unter Aufbietung all seiner Kraft zog er die Mütze, beugte in Zeitlupe das Knie und verneigte sich tief. »Ich habe ein Geschenk für Euch, Herr.« Er griff in seine Westentasche und zog Godjes Medaillon hervor.

Doch der Dunkle beachtete ihn nicht. Er ging an ihm vorbei, als ob er überhaupt nicht existierte.

Wo er auftrat, gefror der Boden. Auf Grashalmen und Kieseln bildete sich Raureif. »Dem Fälscher seine eigene Auftragsarbeit anbieten. Dazu gehört Mut«, sagte er trocken, als er auf einer Höhe mit Oleg war. Er drehte kurz an seinem Ring, und Oleg stürzte zu Boden, hielt seine Hand und krümmte sich vor Schmerzen.

»Sei froh, dass ich an die Regeln der Gastfreundschaft dieses Ortes gebunden bin«, zischte er und ging auf Aides zu. »Mein Sohn. Ich hörte, du hast dich an dein Blut erinnert. Steht unser Handel noch?«

Unsicher sah Aides zu Oleg. Er nickte zögernd und wollte zu dem alten Stallmeister eilen, aber der Dunkle breitete die Arme aus und hielt ihn davon ab. »Wo hast du dann, was ihr mir angeboten habt?«

»Wir müssen zum See«, sagte Aides und zeigte in die Richtung.

Der Dunkle blickte über die neblige Weide. »Ich bin es nicht gewohnt, meiner Ware nachzulaufen, und ich werde heute ganz sicher nicht damit anfangen. Bring mir, was mein ist. Wo ist Arion?«

»Äh, auch auf der Weide«, behauptete Aides, für einen Moment aus der Fassung gebracht, denn aus dem Augenwinkel nahm er eine Bewegung wahr: Cora kauerte hinter dem Misthaufen und bedeutete ihm mit aufgeregten Gesten, eine andere Richtung einzuschlagen.

»Wo ist dein Ring, Junge?«, wollte der Dunkle plötzlich wissen.

Ich sah Oleg stürzen. Dann ging alles ganz schnell. Sobald Aides und der Dunkle sich umgedreht hatten und weitergegangen waren, sprang Cora wie eine Katze hinter dem Misthaufen hervor und eilte zu dem verletzten Stallmeister. Ich kam von der anderen Seite. Wir wollten ihm aufhelfen, aber Oleg war offenbar zu schwach. »Lasst mich«, stöhnte er kaum hörbar. Er drückte mir das falsche Medaillon in die Hand und ließ sich von Cora Fynns Ring abziehen. »Was jetzt?«, flüsterte sie mir zu.

»Wir können ihn doch nicht so liegen lassen!«

Oleg schüttelte den Kopf. »Kümmert euch um die Amulette!«

Auf einmal hörten wir seine schnarrende Stimme. Ich erstarrte in der Bewegung. Meine Nackenhaare stellten sich auf.

»Ah. Da sind ja meine Liebsten. Siehst du, Aides. Ich laufe den Dingen nicht nach. Sie kommen zu mir. Das ist eine Lektion, die du dir merken musst, mein Sohn.«

Ich fuhr herum. Aides und der Dunkle standen keine drei Meter von uns entfernt. Ich fror, wie ich noch nie gefroren hatte. Dagegen glichen selbst meine Eisbäder mit Arion einer Wellnesspause in der dampfenden Badewanne.

Aides' Augen waren weit aufgerissen. Der Dunkle dagegen grinste selbstgefällig. Zum ersten Mal verstand ich, woher er seinen Namen hatte. Es war seine Aura. Sie verschluckte alles Licht. Es blieb nicht einmal genug für einen Schatten übrig.

Siegessicher öffnete er seine Hand. »Gebt sie mir«, forderte er.

Ich bedauerte, dass ich Fynn nicht noch einmal geküsst hatte. Nana hätte ich so gern noch gesagt, wie lieb ich sie hatte. Und ich war noch nie mit Arion über ein Stoppelfeld galoppiert.

Es war vorbei.

Ich sah Cora an, bereit, aufzugeben und mich in unser Schicksal zu fügen. Langsam griff ich in die Tasche meines Bademantels und fischte ihr Amulett und den Ring von Aides heraus.

Aber in Coras Augen blitzte etwas. Im nächsten Augenblick hatte sie mir mein Medaillon vom Hals gerissen und ihr eigenes zusammen mit den beiden Ringen geschnappt. Bevor irgendjemand schalten und sie aufhalten konnte, rannte sie damit in Richtung des Tränkebottichs von Kasimir und der Stute.

Der Dunkle erstarrte. Dann riss er die Arme hoch, und direkt hinter Cora stürzte krachend die Stallwand ein. Eine Mistgabel bohrte sich wie von Geisterhand direkt neben ihr in den Boden und verfehlte nur knapp die beiden kranken Pferde. Entsetzt stoben Amber und Kasimir auseinander.

Ich dachte nicht darüber nach, ob das klug war oder nicht, ich wollte nur den kleinen Ponywallach beruhigen und aus der Gefahrenzone retten.

Die Pferde reagierten so wie immer, wenn ich bedroht wurde: Sie versuchten zu helfen. Kurze Bildsequenzen aus meiner Kindheit blitzten auf: der Wallach beim Sankt-Martins-Umzug, der gestorben war, als ein Auto auf uns Laternenkinder zugerast war; eine Gruppe Pferde, die mich vor einem bissigen Nachbarhund beschützt hatte. Und nun war Kasimir drauf und dran, sich dem Dunklen in den Weg zu stellen. Der feuerte weiter mit Werkzeugen und Geräten aller Art auf uns. Gerade verfehlte ein Spaten Kasimirs Brust um Haaresbreite.

Ich würde es nicht ertragen, noch ein Pferd für uns sterben zu sehen. Wie in Trance ging ich auf den Wallach zu. Im nächsten Moment sah ich aus dem Augenwinkel Amber auf mich zustürmen, gerade als ich nach Kasimirs Halfter greifen wollte. Die Stute rempelte mich an, und der gezielte Bodycheck brachte mich völlig aus dem Gleichgewicht. Dicht neben meinem Kopf zischte etwas, und eine Forke schlug mit dem Stiel voraus direkt vor meinen Füßen ein. Die Zinken rissen mir den Ärmel auf. Ich ignorierte den Schmerz, so gut ich konnte. Mit zusammengebissenen Zähnen hechtete ich an Ambers Kopf und griff um ihre Nase. Sie trug kein Halfter, also musste ich sie so überzeugen, mir zu folgen. Aber ich konnte mich kaum auf meinen eigenen Beinen halten. »Kasimir?«, hustete ich. Wo war der kleine Mann? Meine Augen tränten. Ich konnte kaum noch etwas sehen. Die Stute neben mir schnaubte und schnorchelte, und ich hatte Mühe, dass sie mir in all dem Chaos nicht auf die Füße trat.

Um uns herum tobte die Hölle. Es staubte und rauchte, weil nun auch der Rest des Stallgebäudes aus den Angeln gerissen und wie von Geisterhand in seine Einzelteile zerlegt wurde. Und da war Nebel. Außerdem war das gar nicht ich, die so schwankte, das war der Boden! Die Erde bebte, und Wind zerrte an meinem zerrissenen Bademantel. Zwischen meinen Fingern sickerte warmes, klebriges Blut hervor. Ob es Ambers war oder meins konnte ich nicht sagen. Ich hatte furchtbare Angst. Mein Kopf flog herum. Verzweifelt versuchte ich, irgendetwas zu erkennen. Wo war Kasimir? Wo war unser Angreifer? Wie ging es Oleg? Was war mit Aides? Und wo steckte Cora?

Wie aufs Stichwort tat sich vor mir eine Lücke in den Nebelschwaden auf.

»Gib mir die Amulette!«, brüllte der Dunkle. Er hielt Kasimir am Schopf, und ich sah ein Messer in seiner Hand aufblitzen. Aber er blickte nicht mich an, sondern meine Schwester. Cora kniete vor dem Tränkebottich. Sie hatte es tatsächlich dorthin geschafft, aber was wollte sie da? Sie würde doch nicht …?

»Du wirst sie nie bekommen«, höhnte Cora. Dann schlug sie die beiden Ringe so heftig gegeneinander, dass es einen Funkenregen gab. Ein purpurrotes Flämmchen setzte zischend auf dem Wasser auf und löste eine Kettenreaktion aus. Die Oberfläche fing an zu strudeln und zu kreisen und bildete eine Windhose.

»Dann werden alle hier sterben!«, tobte der Dunkle. »Godje, willst du das? Halte sie auf!«

Verzweifelt öffnete ich den Mund. Aber selbst wenn ich gewollt hätte, Amber blockte mich ab, ich konnte nichts tun. Die Zeit stand still. Alles war still. Kein Lüftchen regte sich, Staub, Bretter, selbst der Dunkle verharrte mitten in der Bewegung, wie eingefroren, bewegungslos.

Cora warf die beiden Amulette zusammen mit den Ringen ins strudelnde Wasser. Rosenduft stieg mir in die Nase, und dann wirbelten ein paar Blütenblätter um uns herum, und ich sah den Schatten eines sich aufbäumenden Schimmels in der hochspritzenden Fontäne.

Der Bann war gebrochen. Aides schrie etwas. Der Dunkle brüllte auch. Er schnaubte vor Wut. Aber es war zu spät. Und genauso schnell, wie der Spuk begonnen hatte, war er auch wieder vorbei.

Ich drehte mich nach den beiden um. Aides rannte auf Cora und den Bottich zu. Der Dunkle war verschwunden. Einfach weg. Wir waren in Sicherheit. Mein Blick flog hinüber zu Kasimir. Dann zu Amber. Es war nur ein Kratzer, sie schien nicht schwer verletzt.

Was blieb, war unnatürliche Stille.

»Wir haben es geschafft«, wisperte ich. Dann rief ich lauter. »Cora. Wir haben es geschafft.«

Erst da hörte ich das Schluchzen.

Aides kauerte über der reglosen Gestalt meiner Schwester. Er hielt ihren Kopf auf seinem Schoß. Oleg kroch humpelnd auf die beiden zu. Ich rannte.

»Was ist mit ihr?«, fragte ich aufgelöst. »Ist sie gestürzt? Hat sie sich verletzt? Ist sie bewusstlos?«

»Die Nabelschnur«, sagte Oleg düster. »Ihre Seele ist mit dem Amulett ins Land hinter den Nebeln katapultiert worden.«

»Aber … wie ist das möglich?«, fragte ich. »Und wieso bin ich dann …«

Oleg fischte mit seiner vernarbten Hand im Tränkebottich herum. Zwei Ringe kullerten tropfend über den Boden – und ein Amulett blieb träge vor mir im Staub liegen. Ich hob es auf. Wie ein toter Fisch klebte es seltsam kühl und leblos in meiner Hand. Es war die Fälschung. Um meinen Hals glühte das echte Ebenbild Eponas.

»Hol sie wieder zurück, Godje.« Aides' Augen schwammen in Tränen. »Du musst sie mir wieder zurückbringen.«

Ich nickte. Ich hatte nur nicht die leiseste Ahnung, wie. Verzweifelt fiel ich ihm in den Arm.

»Du bist nicht allein«, sagte Oleg leise. »Finde Rhianna. Bevor er es tut. Sie ist eure einzige Chance.«

… Fortsetzung folgt …

Glossar

Ein bisschen Hintergrundwissen zu den vielen Göttern und Namen

Arion ist ein unsterbliches Wunderpferd aus der griechischen Mythologie. Der Hengst ist zugleich der Bruder der **Despoina** (Das bedeutet jedoch nur »Gebieterin«. Ihr eigentlicher Name war streng geheim und wurde nirgends genannt.). Die Eltern der beiden Geschwister sind der Meeresgott Poseidon und die Göttin **Demeter.**

Demeter, die auch den Beinamen Chloe (»die Grünende«) trägt, hatte zusammen mit **Zeus** noch eine ältere Tochter, die von **Hades** (auch Aides geschrieben) in die Unterwelt entführt wurde: **Persephone,** die auch Kore genannt wird.

Manchmal wird Demeter sitzend mit einem Pferdekopf abgebildet. Andere Darstellungen zeigen sie mit einer Fackel in der einen Hand, die andere ruht auf Despoina, auf deren Knien ein Stab liegt. Ein anderer Beiname Demeters war **Daeira** (»Göttin«).

Anytos war Despoinas Erzieher und einer der sogenannten **Kureten.** Ob diese nun wirklich neun wilde, waffenklirrende Dämonen waren oder doch eher besonders weise und erfindungsreiche Männer aus den Bergen Kretas – das ist umstritten, es gibt beide Überlieferungen.

Epona ist eine keltische bzw. gallische Göttin, deren Kult in der Antike in ganz Europa verbreitet war. Sie wurde meist mit Pferden, oft aber auch mit einem Füllhorn dargestellt. Ihr Feiertag ist der 18. Dezember. Epona soll auch die Schlüssel zu allen Türen der Unterwelt besessen haben. Sie galt als Führerin in die keltische Anderswelt, also ins Jenseits. Die Römer übernahmen die keltische Pferdegöttin und verehrten sie als Schutzmacht der Pferde und der Reiterei im Allgemeinen. Ihre Heiligtümer, Bildnisse und auch Pferde wurden zu ihren Ehren mit Rosen geschmückt.

Der antike griechische Schriftsteller Plutarch erwähnte den Gott Mars (oder Teutates, wie ihn die Kelten nannten) als Vater von Epona und eine Schimmelstute als ihre Mutter. Demnach wäre Epona das Kind von Teutates und der gallischen bzw. altkeltischen Muttergöttin **Rigani** oder **Rigatona**, die in Wales auch als **Rhiannon** bekannt war und oft auf einem Schimmel reitend dargestellt wird. Von den Historikern wird Rhiannon direkt auf die gallische Göttin Epona zurückgeführt.

Lady Godiva ist keine Göttin, sondern war eine britische Adelige, die circa 1085 starb. Seit dem 13. Jahrhundert existiert die Legende über ihren nackten Ritt durch Coventry. Damit wollte sie ihren Mann **Leofric** dazu bringen, die hohen Steuern zu senken, die er über seine Untertanen verhängt hatte.

Der Name **Godje** bedeutet übersetzt »die kleine Gute« oder einfach »Gotteskind«.

Karin Müller
Nordlicht, Band 1:
Im Land der wilden Pferde
€ 10,00, Klappenbroschur
ISBN 978-3-505-14126-3
Ab 12 Jahren

Ausgerechnet Island – Schnee, Eis und Kälte! Die 15-jährige Elin ist alles andere als begeistert, als sie mit ihrer Mutter nach Island reisen muss. Und dann ist auch noch ein Ausritt auf Islandpferden geplant! Dabei ist für Elin eigentlich ganz klar: Pferde und Reiten, das war mal! Doch als sie auf Island ankommt, spürt sie sofort eine besondere, geheimnisvolle Verbindung zu der Insel. Ein wunderschönes Pferdeabenteuer im Land der Elfen, Feen und Trolle mit einem Hauch Romantik!

Nordlicht, Band 2:
Im Bann der wilden Pferde
€ 10,00, Klappenbroschur
ISBN 978-3-505-14176-8

Nordlicht, Band 3:
Die Magie der wilden Pferde
€ 10,00, Klappenbroschur
ISBN 978-3-505-14231-4

www.schneiderbuch.de

Leseprobe aus Nordstern, Band 1

Prolog

Alles hier ist beseelt. Jeder Stein, jeder Strauch.

Die Berge atmen. Feuer und Eis.

Wo die Haut der Erde so dünn ist wie hier, da sind viele Grenzen fließend. Der Wind trägt ihre Lieder mit sich fort.

Die Huldú haben mich gelehrt, ihnen zu lauschen, sie zu verstehen. Aber was nutzt uns das jetzt? Nun bin ich die einzige, die diese Melodien noch spürt.

In der Tiefe schiebt sich träge ein Lavastrom voran.

Wärme und Schwefel steigen zu mir auf.

Da lauert etwas in der Tiefe. Ein rotglühendes Lachen will nach meiner Seele greifen. Ich werde fortgerissen in einem tosenden Strudel.

Ein Feuersturm. Salzig und trocken.

Heiß.

Kalt.

Dann ist da nichts.

Dunkelheit umhüllt mich. Ich sehe die Zukunft. Eine dunkle Zeit liegt vor uns.

Lange.

Viel zu lange.

Weil alles doppelt ist und auch wieder nicht.

Ich zittere. Friere. Alles an mir schmerzt.

Ich weiß, wenn ich jetzt aufgebe, ist alles verloren. Ich muss meiner Bestimmung folgen. Den Schicksalsfäden, die die Nornen für uns weben. Kämpfen.

Und dann sehe ich sie. Eine wird kommen, in der diese Lieder wieder singen werden.

Wenn ich eine sehr alte Frau bin. Noch so lange hin.

Aber es ist noch nicht verloren. Ich darf nicht aufgeben, nicht der Verzweiflung nachgeben, dem Kummer und der Schuld.

Mein eigenes Schluchzen weckt mich auf.

Und ich kann mich erst beruhigen, wenn ich den Stein zwischen meinen Fingern fühle. Er schimmert milchig grün.

Als hätte er ein geheimnisvolles Licht in seinem Inneren.

Ein Licht, das mich zu ihr führt.

Durch Zeit und Raum.

Durch den Nordsturm.

Durch die Nordnacht.

Wie ein Nordstern, der die Richtung vorgibt.

Ein Funken Hoffnung.

Der am Ende ein Feuer entfacht.

Sie rufen mich Jorúnn. Weltenwanderin. Weltenwandlerin.

Aber ich trage noch einen anderen Namen. Ich kann mich erinnern.

Erla. Meine Mutter rief mich Erla.

Dies ist meine Geschichte.

Kapitel 1: Island Ahoi!

„Erla! Komm von der Reling weg! Das ist viel zu gefährlich. Du holst dir den Tod, Kind." Um nicht umgeweht zu werden, klammert meine Mutter sich mit beiden Händen an der braun lackierten Holztür fest, die ins Innere des Schiffes führt. Sie ist ein bisschen bleich um die Nase, aber ihre Wangen glänzen rosig. Das macht die Kälte. Wir sind viel zu dünn angezogen für dieses Wetter, dabei tragen wir schon die wärmsten Sachen, die wir mitgenommen haben – übereinander.

„Nur noch einen Augenblick, Mutsch! Ich kann das Land schon sehen! Guck doch mal!" Ich kann meine Finger kaum noch spüren, aber das ist mir völlig egal. Schaumkronen tanzen über die Wellen. Und da vorn, in der Ferne, da sieht es so aus, als ob schroffe Felsen mit Schneehauben aus dem Meer wachsen. Ich kneife die Augen zusammen, um schärfer sehen zu können. Das muss es sein. Island! Und gleich dahinter kommt der Nordpol, glaube ich.

Der Wind treibt mir Tränen ins Gesicht und wischt sie mit meinen eigenen rotblonden Haarsträhnen, die er mir aus der Wollmütze gestohlen hat, wieder fort. Die Fähre hebt und senkt sich, als ob wir auf dem Rücken eines Meeresungeheuers reiten würden. Jedes Mal, wenn wir in ein Tal fallen, plumpst mein Magen ein Stück mit, und wenn wir auf die nächste Woge hinaufgetragen werden, habe ich das Gefühl, ich könnte spielerisch die Möwen erreichen, die über uns kreischen. Ich fühle mich frei, so frei und leicht! Wenn ich den dicken, glatten Holm der Reling loslasse, könnte ich abheben und mit ihnen fliegen!

Neben mir übergibt sich jemand in die See. Ich habe keine Zeit für Übelkeit. Ich bin viel zu aufgeregt. Wir sind unterwegs in ein neues Leben. Mutsch hat versprochen, dass wir nie wieder Hunger haben werden. Keine zerbombten Kellerwohnungen mehr. Keine Kohlen klauen oder heimlich Rüben aus den Äckern ziehen müssen, damit wir etwas zu essen haben. Nie mehr vor den Hunden der Bauern wegrennen, draußen auf dem Land vor Lübeck, wo ich geboren wurde, vier Jahre bevor Hitler diesen wahnsinnigen Krieg begonnen hat.

Vier Jahre ist der Krieg nun vorbei.

Ich bin vierzehn Jahre alt und ich kann anpacken und hart arbeiten. Das ist der Grund, weswegen Herr Hrafn meiner Mutsch erlaubt hat, mich mitzubringen. Nicht, dass sie ohne mich gefahren wäre, aber andere Mütter mussten das.

Neben Mutsch in der Schlange vor dem isländischen Konsulat stand eine Frau, die ganz verzweifelt war, weil sie selbst auf Island keine unnützen Esser haben wollen in ihren Bauernhöfen. Sie musste ihren kleinen Sohn bei den Großeltern zurücklassen, sonst hätte sie die Stelle nicht bekommen. In einem Jahr will sie ihn nachholen, hat sie Mutsch erzählt. Oder wieder zurück nach Deutschland gehen, wenn sie bis dahin genug Geld gespart hat. Denn die Isländer zahlen gut. Sie müssen wirklich dringend gute Arbeitskräfte auf dem Land brauchen, wenn sie sie sogar mit dem Dampfschiff aus Deutschland holen.

Wir haben keine Großeltern mehr. Das war keine Option für uns. Mutsch und ich wollen bleiben. Das wissen wir jetzt schon.

Wohin sollen wir auch zurück? Ich bin Halbwaise. Mein Vater ist tot, er ist bei einem Bombenangriff gestorben. Schon 1939. Zehn Jahre ist das her, ich kann mich kaum an sein Gesicht erinnern. Ich war noch so klein, sagt Mutsch. Das sei normal, wir müssten nach vorne schauen.

„Auf Island gibt es Pferde", sagte sie, als sie mir fünf Wochen zuvor von ihrem tollkühnen Plan erzählte. Sie hielt einen Zeitungsartikel aus den Lübecker Nachrichten in der Hand, und ihre Augen haben geglänzt, trotz der dunklen Ringe darunter, zum ersten Mal seit vielen Monaten. „Der isländische Bauernverband sucht Arbeitskräfte, Erlakindchen, stell dir vor. Ledig, stark und gesund – als Landhelferinnen. Das kriegen wir schon hin, du und ich. Das schaffen wir auch noch."

„Island?", habe ich gefragt. „Wo liegt das? In der sowjetischen Besatzungszone?"

„Dummchen", hat Mutsch gelacht und mich herumgewirbelt. „Es ist weit weg von der Bundesrepublik und den Russen. Es ist ein Land auf einer Insel aus Eis, ganz oben im Norden. Vielleicht sehen wir Eskimos. Oder Pinguine?! Sie zahlen unglaublich gut, die isländischen Bauern, sogar die Überfahrt! Und wenn da so viel Schnee liegt, wie sie erzählt haben, dann kann das mit der Landwirtschaft auch nicht so schwer sein, oder? Ich habe oft beim Melken zugesehen, damals, zu Hause. Das sah ganz leicht aus. Wir geben einfach an, dass wir das können und Erfahrung haben. Ich laufe gleich morgen aufs Amt und beantrage unser Visum und polizeiliche Führungszeugnisse brauchen wir auch und …"

Ich hörte gar nicht mehr richtig zu, ich suchte gleich nach meinem Koffer. Mutsch ist in Ostpreußen aufgewachsen, auf einem

Gut. Da gab es nicht nur viele Kühe, sondern auch Trakehner, große stolze Tiere. „Solche werden die Wikinger wohl auch haben", sagte Mutsch. „Nur die Großen und Starken können in solch einem Land überleben."

Aber wir hoffentlich auch.

Und jetzt stehen wir an Bord dieses Schiffes, der Esja, zusammen mit über zweihundert anderen jungen Frauen und Mädchen, die sich auf die Zeitungsannonce beworben haben und genommen wurden.

Ich habe mit Pferden noch nicht viel zu tun gehabt. Als ich klein war, gab es in unserer Straße ein Gespann mit zwei Kaltblütern, die haben die Malzsäcke in die Brauerei gezogen. Sie kamen fast jeden Tag an unserer Wohnung vorbei. Aber eines Morgens waren sie weg, zum Kriegsdienst eingezogen. Genau wie Papa. Und genau wie er kamen sie nie mehr zurück.

Die Frau neben mir stöhnt. Sie ist ganz grün im Gesicht. Sie sagt irgendwas zu mir, aber wegen des Sturms kann ich sie nicht verstehen. Also hangele ich mich näher zu ihr heran. Die Reling darf ich keinen Augenblick loslassen, sonst bläst der Wind mich um. Aber das ist nicht so einfach, mit den steifgefrorenen Fingern. Und es geht immer noch auf und ab über die Wellenkämme.

„Hast du ein Taschentuch?", brüllt die Frau gegen das Tosen an.

Ich nicke, und schlinge meinen Arm um ein dickes Schiffstau, damit ich eine Hand frei habe, um in meiner Jackentasche danach zu wühlen. Ich habe es ganz tief hineingestopft, damit ich es bloß nicht verliere, weil ich nur noch das eine habe. Mutsch hat es an den Ecken bunt gesäumt und da, wo der Stoff inzwischen so dünn war, dass er gerissen ist, hat sie es gestopft und hübsch mit

Blüten bestickt. Der Wind reißt mir das Baumwolltüchlein fast aus der Hand, aber die seekranke Frau nimmt es mir geschickt ab. Sie wischt sich damit über den Mund, aber dann muss sie schon wieder spucken und beugt sich tief über die Bande, als ob sie sich vor der schäumenden See verneigt.

Ich drehe mich rücksichtsvoll weg und erspähe Mutsch.

„Erla! Komm jetzt endlich!“, ruft sie erschöpft. Meine Mutter fällt fast um, als sie die Holztür mit dem runden Bullauge mit einer Hand loslässt, um mir den Arm entgegenzustrecken. Hat sie etwa die ganze Zeit hier draußen gestanden? Ihre Lippen sind blau gefroren, ihre nackten Beine unterm Rock krebsrot. Dabei ist Sommer! Wir haben den 9. Juni 1949, und in Hamburg war es warm und sonnig, als wir vor vier Tagen an Bord gingen.

Ich will mein Taschentuch wiederhaben, deshalb zögere ich einen Augenblick. Aber die Frau sieht sehr elend aus, also lasse ich es ihr, und Mutsch zieht mich an meinem Ärmel zurück in den Windschatten und ins Innere des Schiffs.

Drin werden wir herumgeworfen wie die Murmeln in einem Karton. Es riecht hier noch viel unangenehmer nach Erbrochenem, nach Kohle und nach Öl. Ich wäre lieber wieder an Deck, weil außer uns fast alle seekrank sind. Aber Mutsch will, dass ich mich aufwärme. Meine Finger stechen und brennen, als das Blut wieder auftaut. Ich möchte an Deck gehen und als erste das Land erblicken.

„Wie lange dauert es noch, bis wir im Hafen sind?“, will ich wissen.

„Heute Abend werden wir da sein, haben sie gesagt. Also gedulde dich, junge Dame.“

Ich kichere, weil Mutsch mich junge Dame nennt. Dann schüttele ich den Kopf. „Nein, das kann nicht sein. Es ist ja noch so hell und ich habe doch schon Land gesehen. Es kann nicht mehr lang bis zum Dunkelwerden dauern."

Neben mir lacht ein hünenhafter junger Mann. So wie ihn stelle ich mir den Riesen Goliath vor. Mit einem dichten Bart und Händen wie Bratpfannen. „Es ist Sommer", sagt er und grinst Mutsch und mich frech von der Seite an. „Da geht die Sonne bei uns nicht unter. Höchstens ein bisschen. Damit man gut sieht, wen man küsst." Er schenkt mir ein Stückchen Brot. Mutschs Hand zuckt. Beinahe hätte sie ihm eine Ohrfeige gegeben. Das sehe ich genau. Aber das kann sie schlecht tun: Der Mann ist Isländer, und das gehört sich sicher noch weniger, wenn man fremd ist, dem Gastgeber gleich eine zu scheuern. „Wir müssen uns an die Sitten hier noch gewöhnen", schärft sie mir leise ein und zieht mich am Kragen ein Stück fort von Goliath. Das Brot darf ich behalten.

Plötzlich kommt Bewegung in die Menschenmenge. Die Mischung aus Schweröl, Schweiß und anderen schlechten Gerüchen wird noch einmal intensiver. Irgendwo weint ein kleines Kind. Das Schiff schaukelt jetzt quer zu den Wellen. Das lässt auch Mutsch und mich ein bisschen gegen ein flaues Gefühl im Magen kämpfen.

„Frische Luft?", schlage ich vor. Diesmal hat sie nichts dagegen, aber sie zieht mich noch einmal zurück. „Wir nehmen unsere Sachen gleich mit." Das ist keine Feststellung, sondern eine Aufforderung.

Wir besitzen nicht viel. Jede von uns hat ein Köfferchen und einen Leinensack. „Ist das wirklich schlau?", frage ich trotzdem. „Bei dem Seegang?" Mutsch nickt. Sie zeigt aus dem Bullauge.

Ich quietsche begeistert. „Land! Ganz viel davon! Ich hatte recht. Wir sind gleich da! Gleich landen wir in Island! Da draußen wartet unser neues Leben, ist es nicht so?“

Mutsch lächelt mich müde, aber vorfreudig an. „Ja, Kindchen. Das ist wohl so. Lass dich kämmen. Wir wollen einen guten Eindruck machen. Und dann lass uns staunen gehen.“

Als ich hinausstürmen will, hält sie mich noch einmal zurück. Eindringlich sieht sie mich an. „Erla. Die … Dinge, die du manchmal siehst …“ Sie räuspert sich und sieht sich um, ob uns auch niemand zuhört. „Diese Flausen behalten wir für uns, auch hier in diesem neuen Land, abgemacht?“

Ich nicke eilig. Ich will raus. Ich sehe keine Dinge, aber das habe ich Mutsch noch nie begreiflich machen können. Manchmal weiß ich, was geschehen wird. Ich weiß es einfach. Manchmal sehe ich auch Menschen und Tiere, die andere nicht wahrnehmen können – oder andere Wesen. Diesen Unsinn habe ich von Papa, sagt Mutsch. Im sogenannten Dritten Reich war es gefährlich, solche Dinge zu erzählen. Die Nazis hätten mich mitgenommen, sagt sie, und dass ich ihr mit diesen Flausen graue Haare gemacht hätte, seit ich klein war.

Aber eine alte Frau in den Trümmern hat mir einmal gesagt, das wären keine Flausen: Man nennt das eine Gabe und ich hätte das zweite Gesicht. Mutsch hat die alte Frau nicht gesehen, wie sie dasaß und so nett mit mir gesprochen hat. Also habe ich sie ihr beschrieben. Sie wurde kalkweiß im Gesicht und zog mich damals schnell weiter. Sie sagt Flausen dazu und will davon nichts wissen, und eine Backpfeife bekam ich auch. Die einzige in meinem Leben. Ich bin es also gewöhnt, allein zu sein.